江永生祝贺莫桑比克前总统希萨诺七十大寿

江永生与莫桑比克前总统阿曼多·格布扎合影

江永生与莫桑比克总统菲利佩·纽西合影

江永生与莫桑比克前议长爱德华多·穆伦布韦合影

江永生与莫桑比克前议长韦罗尼卡·马卡莫合影

江永生与莫桑比克前总理帕斯库亚尔·莫昆比合影

莫桑比克卫生部长亚力山大与江永生讨论针灸工作

与赞比亚开国总统肯尼思·卡翁达（中）合影

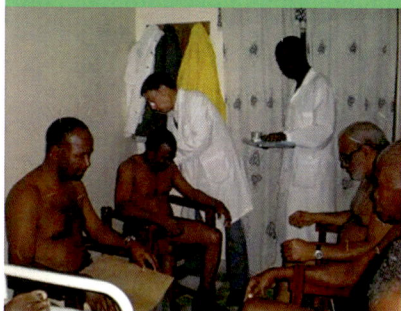

为莫桑比克患者进行针灸治疗

在莫桑比克蒙德拉内大学医学院
为实习生讲授针灸原理

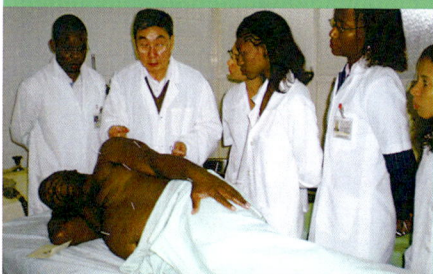

在蒙德拉内大学医学院指导针灸实习

在蒙德拉内大学孔子学院开设中医体验班

2004年8月在香港地区中国和平统一促进会
举办的"中国和平统一论坛"上发言

2015年6月在中莫建交40周年庆祝活动上，莫桑比克
中国和平统一促进会徐曙光副会长夫妇（左一和左二）
江永生夫妇（右二和左三）、台胞黄玉华（中）和
王孝金副会长（右一）合影

2017年6月在莫桑比克中国
和平统一促进会成立十五周
年座谈会上合影

2017年9月在中国和平统一促进会
九届三次常务理事会暨第十五次
海外会长会议上合影

贺　电

中国海外交流协会理事、莫桑比克中国和平统一促进会会长江永生先生：

　　您所编著的《江永生文集》是您在莫开展援非医疗、弘扬中医文化、增进中莫友好、推进中国和平统一大业等方面几十年如一日辛勤耕耘的结晶。欣闻此书即将付梓，谨致热烈祝贺！

国务院侨办国外司

二〇一六年六月二十七日

国务院侨办国外司贺电

贺 函

全非洲中国和平统一促进会副会长
莫桑比克中国和平统一促进会会长
江永生先生：

欣闻新作《江永生文集》即将出版，谨致祝贺！

江会长身在海外，心系祖国，多年来积极参与反"独"促统活动，投身两岸关系和平发展和祖国和平统一事业、令人钦佩。

希望江会长继续发挥影响力，为祖国和平统一作出新的贡献！

国务院台湾事务办公室
港澳涉台事务局

2016 年 12 月 11 日

国务院台湾事务办公室贺函

贺　电

中国和平统一促进会理事

莫桑比克中国和平统一促进会会长

江永生先生：

　　欣闻您编著的《江永生文集》一书即将发行，谨致热烈祝贺！拳拳爱国心，悠悠赤子情。您几十年如一日地关心中国发展建设，投身反"独"促统事业，促进中莫两国友好，您的努力和奉献会被历史牢记。我们相信在您的感召下，会有更多的爱国人士为促进中国早日完全统一，为实现中华民族伟大复兴的中国梦贡献力量！

中国和平统一促进会秘书处

2017 年 9 月 21 日

秘书处

中国和平统一促进会贺电

贺　信

世界中医药学联合会副主席、西南医科大学江永生教授：

　　您著《江永生文集》即将由世界知识出版社付梓，特致热烈祝贺！

　　您肩负中国人民援非医疗使命，在非洲莫桑比克艰苦奋斗26年，为中非中莫友谊，弘扬中医针灸文化，推进中国和平统一大业做了大量工作，为祖国人民作出了贡献，为西南医科大学赢得了荣誉。相信本书的出版，将进一步激励我校师生更好地秉承"厚德精业、仁爱济世"的校训，弘扬"自强不息、守正出新"的学校精神，更好地为广大人民健康服务。

　　顺祝江永生教授身体健康！78岁生日快乐！

西南医科大学

2020 年 12 月 14 日

西南医科大学贺信

贺江永生教授文集出版

两万里远渡重洋

大展歧黄九针神功

数十载广布善缘

力促华夏一统伟业

西南医科大学

王明杰

西南医科大学附属中医院原院长王明杰教授贺词

传播铖灸医学

远福非湘人民

恭贺《江永生文集》出版

丙申暮春抄录

伊少书忠山

四川省中医药科学院原党委书记、西南医科大学原党委书记尹杰霖贺词

四川省中医药科学院原党委书记、西南医科大学原党委书记尹杰霖贺词

贺祝《口术生文集》出版

健承发扬祖国医学

努力为非洲人民服务

刘敏如 二〇一六年七月廿七于澳门

中医论坛

注：国医大师 成都中医药大学恩师刘敏如教授
在澳门中医药科技大会祝贺题词，时年82岁。

国医大师、成都中医院大学教授刘敏如贺词

贺《江永生文集》出版

大医官医疾医人医社稷

好论著论仁论术论心怀

香港新闻出版社社长　古广祥　题

香港新闻出版社社长古广祥贺词

博大精深针灸文化
服务非洲造福世界

祝贺《江永生文集》出版发行

四川 陈剑英贺

二〇二〇年闰庚择罚五通桥

陈剑英贺词

江永生文集

江永生◎编著

世界知识出版社

图书在版编目（CIP）数据

江永生文集／江永生编著．--北京：世界知识出
版社，2021.10
ISBN 978-7-5012-6403-2

Ⅰ．①江… Ⅱ．①江… Ⅲ．①随笔—作品集—中国—
当代 Ⅳ．①I267.1

中国版本图书馆 CIP 数据核字（2021）第 160426 号

责任编辑	狄安略
责任出版	赵　玥
责任校对	陈可望

书　　名	江永生文集
	Jiangyongsheng Wenji
编　　著	江永生

出版发行	世界知识出版社
地址邮编	北京市东城区干面胡同 51 号 （100010）
经　　销	新华书店
网　　址	www.ishizhi.cn
电　　话	010-65265923 （发行）
	010-85119023 （邮购）
印　　刷	北京虎彩文化传播有限公司
开本印张	710 毫米×1000 毫米　1/16　21¼印张
字　　数	260 千字
版次印次	2021 年 10 月第一版　2021 年 10 月第一次印刷
标准书号	ISBN 978-7-5012-6403-2
定　　价	68.00 元

谨以此书献给：

中国共产党成立 100 周年！

热爱世界和平和力促祖国和平统一的爱国者们！

为中非友谊救死扶伤的中国援外医疗队的同人朋友们！

序　言

希萨诺与江永生合影

我的保健医生江永生教授编著的《江永生文集》，将他 25 年来在莫桑比克的医疗和促统工作进行了总结。他在百忙之中回顾历史、展望未来，我更表示支持、赞赏和敬佩。

25 年对一个人来说是一个漫长的历史时期。江永生 47 岁来到莫桑比克，至今他已经 73 岁了，他把自己最宝贵的年华献给了莫桑比克！25 年来，他将中医知识与现代医学相结合，为我和我家人的健康做出了很大的贡献。不管患者的地位如何，他都热情、认真地治疗和服务。在非洲较为艰苦的环境中，他不求回报、夜以继日地工作，甚至损害了自身的健康。我很佩服他的职业精神和道德品质，这造就了我个人与他 20 多年的深厚友谊，我们相互视为值得尊敬和信任的朋友。他克服了重重困难，用针灸等中医疗法治疗、服务莫国人民、政要及外国驻莫使节达 20 多万人次之众。五年前他在医院诊治病人时突发心梗，我前往医院看望他，他还表示要继续努力工作，增进中莫友谊，使我十分感动。他是一位值得称颂表扬的中国"民间大使"，是中非人民的友好使者。我在 2013 年 8 月 4 日曾致信习近平主席，称江教授是白求恩式的优秀医生，并希望在中莫两国政府的支持下，在莫桑比克创办孔子中医学院——这将是中莫友谊辉煌的一页。

更可贵的是，江教授热爱祖国，积极支持中国的和平统一大业。他经常向我介绍和展示中国各历史时期的变化，特别是习近平主席在号召中国人民投身于实现中国梦及促进世界和平发展，在惩治腐败、扶助贫困、伸张正义等方面所取得的种种成果，使我更了解中国、更信任中国。中国是非洲人民和全世界人民最可靠的朋友。

为了支持中国的和平统一大业，2015 年 11 月 28 日，全球华侨华人促进中国和平统一大会在南非约翰内斯堡召开，这是全球"反独促统"大会自 2000 年召开以来首次在非洲举办。江教授多次力邀我出席本次会议，最终我在百忙之中婉拒了同期的几个重要的国际会议，欣然出席了此次大会并做了 33 分钟的致辞。我还荣幸地担任了全非洲中国和平统一促进会名誉主席一职，进而结交了更多的中国朋友。回到莫国后，江教授率团祝贺我母亲 100 岁的生日，还号召莫国侨领资助希萨诺基金会，帮助非洲贫困孤儿和艾滋病患者。这些慈善活动为希萨诺基金会增添了活力，我当将其发扬光大，为莫国人民和世界人民服务。

2015 年中莫建交 40 周年之际，在中国驻莫大使馆举办的"中莫友谊在我心中"葡萄牙语征文活动中，江教授所撰写的《我为希萨诺总统当保健医生》一文获得特等奖，受到中莫各界人士的普遍赞誉。这篇文章的中葡文稿是经过我审阅同意后发表的，也是对江教授多年如一日促进中莫两国友好、无私奉献莫国人民的高度肯定。

江教授多年来历尽艰辛，一直勤勉尽责、真诚待人，如今他在著作中将自己 20 多年来的援非医疗工作和促统活动，思乡爱国和挂念亲友的情怀，以及华侨华人与莫桑比克人民的友谊和中莫两国间的友谊进行了回顾。十年前我曾为江教授编著的《莫桑比克十五年亲历记——反独促统专辑》作过序，其既是对中国统一大业的支持，也是对江教授的工作和他个人的赞赏。现又接到为他文集作序的邀请，我欣然接受。

最后，愿中莫两国人民的友谊世代相传，也真诚地祝福我的朋友江教授幸福、健康、长寿！

莫桑比克前总统

莫桑比克中国和平统一促进会终身名誉主席

若阿金·希萨诺

2016 年 5 月 3 日于马普托

自　序

我到非洲工作，经历了26年艰苦奋斗的峥嵘岁月，实属不易，值得感怀。在此，我以文集向祖国人民汇报，也希望与友人、亲人们共勉公励。

1975年6月25日，非洲东南部国家莫桑比克脱离葡萄牙而独立，同日，莫桑比克与中华人民共和国建立了外交关系。然而，该国独立后不久又陷入了长达16年的内战，直至1992年10月才恢复了和平。1991年8月，我受中国卫生部派遣加入中国医疗队援助莫桑比克，历经了莫国内战的炮火硝烟到战后的政坛动荡，再到和平年代济世行医的26年岁月。在莫期间，我用一根根银针治疗了20多万莫桑比克人，还被聘为莫国前任和现任总统的保健医生，在取得较好医疗效果的同时，也产生了积极的影响。其间，我本人经历了疟疾、哮喘、胆结石、高血压、失眠等病痛的折磨，回国休假时在莫寓所遭遇了四次入室偷窃，2017年元宵节之际在莫经历了一次入室绑架，还遭遇了两次车祸，甚至还因突发心梗在鬼门关里走了一遭！时至今日，值得庆幸，亦是苍天有眼，垂怜好人吧。

我到非洲做了20多年的"中国梦"，是信仰的力量和爱国思乡的情怀促使我在艰辛和磨难中不断历练、更加坚强。我出生于四川省乐山市五通桥区的一个中医世家，清代诗人李嗣沆有云："垂榕夹岸水平铺，点缀春光好画图。烟火万家人上下，风光应不让西湖。"五通桥也因此有了"小西湖"的美誉。抗日战争时期，为躲避日军对重庆的轰炸，国民政府盐务总局内迁五通桥，办理全国盐运关税等事务。五通桥是继自贡后的四川第二大盐都，盛产井盐，工厂林立。"七七事变"爆发后，著名爱国实业家范旭东在天津塘沽（现天津市滨海新区）创办的永利碱厂被日寇抢占。范旭东与总工程师侯德榜拒绝与敌合作，带领员工辗转多地，于1938年在今五通桥区桥沟镇重建化工基地，称作永利川厂。该厂为抗战时期的军工业及大后方的工业发展做出巨大贡献，侯德榜更是在此成功发明了举世闻名的侯氏制碱法，书写了复兴民族工业的奇迹。五通桥还是"文革"前全国"三线建设"中著名的东风电机厂的所在地，该厂为中国的核工业发展做出了重大贡献。著名的文学家、历史学家郭沫若先生亦诞生于五通桥边的沙湾镇。家父江欣然先生是巴蜀名医，也是五通桥永利厂、岷江电厂、吉祥煤矿、五通桥盐场的特约中医师，在当地设有诊所，享有较高的威望。《五通桥区志》对他医德的评价是："他待人宽厚，处事刚正不阿，对权富不趋，见贫穷不鄙，对病家一视同仁，恬淡名利，痛恶浮华。"

家父于1953年创办了"五通桥联合诊所"，并担任诊所主任。1958年，该诊所又改建为"五通桥中医医院"，他担任副院长，把自己的高超医术奉献给群众。1972年国家卫生部率西南三省视察团视察时，高度评价该院为西南地区最好的中医医院之一。1959年，家父奉调至中科院四川分院（重庆）中医中药研究院任研究员，那时我是初中三年级的学生，便随父到重庆五中上学。1963年高中毕业后，我便开始了自己的中医学徒生涯。1964年，父亲又回到五通桥中医医院担任业务副院长，我也于1964年2月正式进入五通桥中医医院当起了中医学徒。经过14年的摸索实践，我成了一名临床医生。1978年，中医药行业正面临着百废待兴的状况，当年9月，党中央第56号文件转发卫生部党组《关于认真贯彻党的中医政策，解决中医队伍后继乏人问题的报告》。邓小平同志在批示中指出："这个问题应该重视，特别要为中医创造良好的发展与提高的物质条件。"12月，卫生部、国家劳动总局发布《关于从集体所有制和散在城乡的中医中吸收一万名中医药人员充实加强全民所有制中医药机构问题的通知》。从当年起，全国各地为一批中医药从业人员确定技术职称，晋升了一批正副主任中医（药）师、教授、研究员。1979年，四川省在万余名应试者中录取了 800 名中医师，我有幸成为其中之一。1980 年，我奉调至四川泸州医学院工作。其后，我从讲师、副教授到教授，一路勤奋进取。1991 年 8 月，我受卫生部和四川省卫生厅派遣，有幸成为中国援莫桑比克医疗队的一名针灸医生。这次援莫改写了我的人生历程，更使我的人生画卷增添了一抹辉煌的色彩。

中医学术的传承在历史上多数表现为师徒口授心传。从中医学徒到登上大学讲台，再到在北京中国中医研究院针灸研究所师从著名的针灸学家薛崇成、宋正廉、王淑琴等教授，这些家传师授的经历为我在针灸学方面的造诣奠定了坚实的基础。针灸作为中华文化的瑰宝，其神奇的疗效赢得了莫国政要和人民的赞誉。能为中华医学在海外传播贡献绵薄之力，我也深感荣幸。

在莫桑比克工作的 20 多年中，我先后出版了四本拙著：《莫桑比克十五年亲历记——反独促统专辑》《莫桑比克十八年——总统与医生》《创办莫桑比克孔子中医学院和医院》《我的中国梦与非洲情》，皆由香港新闻出版社出版，在全球发行并赠予师友。为纪念中国人民抗日战争胜利 70 周年，我又于 2015 年 9 月在北京编制了内部资料《江永生文集：论文选编》，以莫桑比克中国和平统一促进会的名义在四川泸州印刷，赠予抗战老兵、全球中国和平统一促进会的华侨华人爱国者及各部委领导，受到了多方的赞誉和鼓励。以上著述真实记录了我与莫桑比克政要和人民间的友谊，它们是一位普通的中国针灸医生在莫桑比克夜以继日艰苦奋斗的历史片断。特别是"爱国促统"运动成为继辛亥革命、抗日战争之后，中国海内外风起云涌的第三次爱国主义高潮，也是世界上 6000 万华侨华人为实现中华民族伟大复兴、祖国完全统一和世界和平的呐喊，值得讴歌、提倡和发扬。1949 年以来，中国共产党、中国政府、中国人民始终把解决台湾问题、实现祖国完全统一作为矢志不渝的历史任务。我们海外华侨华人为伟大祖国所取得的举世瞩目的成就感到自豪，愿尽己所能为祖国的统一大业贡献绵薄之力，也愿祖国繁荣昌盛、欣欣向荣！

本文集分为金针度人、友好使者、促统楷模、心系祖国、乡梓情深和附录六章，前五章汇集了笔者撰文的主要内容，最后一章附录汇集了领导、师友、亲人们的鼓励和鞭策性文章及对笔者的一些报道和采访。文中辅以函件图片和活动照片等资料，主要回顾了笔者从1991年8月援莫至2017年文集定稿这26年来的人生际遇。习近平总书记的治国理政思想和他提出的"四个自信"思想，是对"信近于义""亲仁善邻""协和万邦""天下为公"等中国古代政治思想的发展，笔者在学习时感慨尤多。从中学时代开始明事理起，我便积极向上，追求真理。信仰的力量无限大，多年来我一直受到党的教育和培养，无论是毛泽东主席在20世纪30年代末至40年代中期发表的著名的"老三篇"，还是1963年毛主席发出的"向雷锋同志学习"的号召，都给予过我无尽的力量，不仅陶冶我要具有国际精神、牺牲精神和责任心，也指导我热忱、勤恳、全心全意地为人民服务。我也十分赞赏清代爱国名将左宗棠23岁时所写的一副立志楹联："身无半亩，心忧天下；读破万卷，神交古人。"扬鞭奋蹄、完善自我，是我人生的不懈追求，"一身正气，两袖清风，三餐温饱，勿忘祖国"，是我的座右铭。救死扶伤、助人为乐当为宗旨，家父经常教诲我的"仁心仁术，杏林自暖"我践行至今，也倍感踏实和欣慰。

谨以此书献给我亲爱的祖国和人民，感谢各级党委、政府、政协等有关部委，感谢中国和平统一促进会的关怀和指导，感谢历任中国驻莫大使的关爱！感谢莫桑比克前、现任总统，特别是前总统希萨诺博士的关照！也感谢四川乐山家乡父老和我工作的西南医科大学的师生和同事，以及泸州市九三学社同人、家族成员的关心、鞭策和鼎力支持。莫道桑榆晚，为霞尚满天，有生之年，当为祖国人民争取更大的光荣。

笔者在海外以医为本，以促进祖国统一大业为己任，不觉间悬壶行医已52载。在此不揣浅陋，争分夺秒，希将在莫26年的工作经历整理成册，图以医济世，助力非洲，传播中华文化，倡医办学，创造为民业绩，寻其友声。我自知年事已高，来日无多，且是一棵小草，但我一生尊贤敬能，努力耕耘，只求无愧于先辈，无愧于人民。2016年10月，中国中医药出版社出版了"巴蜀名医遗珍"系列丛书，其中，笔者整理的家父遗作《血证类释》受到业界好评。如今我的个人文集即将付梓，在此衷心感谢莫桑比克前总统、78岁的希萨诺博士为文集作序，还要感谢国务院侨办、中国侨联等单位发来的贺信、贺电和贺函。感谢山东济南域潇集团有限公司董事长吴涛先生，域潇集团驻莫国总经理李恒臣先生、杨德慈先生。域潇集团外联部部长许宇婷女士等同人朋友们承担了选稿、校对等烦琐的协助工作，在此一并感谢。还要感谢莫桑比克广大人民和病员们、友人们的鼓励，以及莫桑比克中国和平统一促进会全体同人26年来在促统岁月中的鼎力合作和努力奉献。

由于笔者水平有限，敬请读者对书中不妥之处悉心指点，予以雅正为盼。最后，祝福祖国繁荣昌盛、欣欣向荣，祝福亲友们平安健康、幸福吉祥！

江永生

2017 年春节于莫桑比克

目　录

金针度人

友好使者

促统楷模

心系祖国

乡梓情深

附　　录

金针度人

中华颂，非洲情[*]

中华民族历史悠久，英雄辈出。她曾有令人难以忘怀的耻辱，更拥有重生发展的辉煌！那些涌现出的众多杰出人物，以不凡的胆略和智慧壮大中华，在此作以歌颂，献给祖国，献给为革命事业牺牲的先人们，献给为中非和中国—莫桑比克友谊而牺牲的十多位朋友们。

1949 年 10 月 1 日，毛泽东主席在北京天安门城楼上向全世界人民宣告："中华人民共和国中央人民政府今天成立了！"那是经过几十年血雨腥风的革命斗争，救人民于水火、挽民族于危亡而取得的成就。老一辈的开国领袖们领导中国人民拉开了中华民族崭新的历史序幕，创建了人民军队，缔造了伟大的中华人民共和国！

中华人民共和国成立以来，截至 2013 年，共举行过 14 次国庆阅兵，其中影响较大且最具代表意义的是开国大典和新中国成立 5 周年、10 周年、35 周年、50 周年、60 周年的 6 次大阅兵。它们见证了新中国从弱到强的历史，是体现中华人民共和国的国威、中国人民解放军的军威、中华民族的浩然正气的重要形式。

我亲历了 2009 年庆祝中华人民共和国成立 60 周年大会的盛况。

    ＊ 本文写于 2013 年。

站在天安门的观礼台上，只见天安门广场上鲜花盛开，人民英雄纪念碑下万众欢腾。伴随着震天的60响礼炮，由200名武警官兵组成的国旗护卫队护卫着中华人民共和国国旗，从人民英雄纪念碑基座出发，走向国旗杆基座前。在分列两旁56个民族群众代表的注目下，国旗护卫队正步向前，他们行进的169步，象征着1840年以来中华民族169年的非凡历程。现场那激动人心的军乐，那催人奋进的旋律，让人深感祖国的强盛，也让我抑制不住内心的激动，热泪纵横。当胡锦涛主席检阅由中国人民解放军陆海空三军、人民武装警察部队和民兵预备役部队组成的44个精神抖擞、装备精良的地面方队，以及各支群众和华侨方阵时，3000多名港澳台侨各界代表情不自禁地欢呼"祖国统一万岁""中华人民共和国万岁"，让人们的心潮久久不能平静。

江永生2009年参加国庆60周年庆祝大会，在天安门观礼台上留影

2012 年 7 月，时任中国国家副主席习近平在苏州出席第二届中非民间论坛开幕式，并以《推进中非新型战略伙伴关系新发展》为题发表主旨讲话。开幕式前，习近平会见了出席论坛的莫桑比克前总统希萨诺等非洲政要，并与他们进行了亲切的会谈。希萨诺回到莫桑比克后对我讲道："习近平副主席很有魄力，也很有能力。我已邀请他访问非洲，因为非洲人民是中国人民最可靠的朋友。"2012 年 11 月，党的十八大选举产生了以习近平同志为总书记的新的中央领导集体。2012 年 11 月 29 日，习近平总书记在和其他中央领导同志前往中国国家博物馆参观《复兴之路》大型展览时，提出了实现"中国梦"的伟大号召，激励全国各族人民、港澳台同胞和海外华侨华人为实现中华民族的伟大复兴而努力奋斗！

党的十八大以来，在以习近平同志为核心的党中央坚强领导下，中国特色社会主义进入了新的发展阶段。在诸多重大国内外场合，习近平主席全面、深入地阐述了中国梦、新型国际关系、人类命运共同体、正确义利观等中国特色大国外交系列理念。2013 年 3 月 25 日，习近平主席在坦桑尼亚尼雷尔国际会议中心发表演讲时，把非洲称为"希望的大陆""发展的热土"和正在"加速奔跑"的"雄狮"。他表示：对待非洲朋友，我们讲一个"真"字；开展对非合作，我们讲一个"实"字；加强中非友好，我们讲一个"亲"字；解决合作中的问题，我们讲一个"诚"字。无论中国发展到哪一步，中国永远都把非洲国家当作自己的患难之交。

中非之间有着相似的历史遭遇、共同的奋斗历程、共同的现实使命、一致或相近的国际问题立场。在过去的岁月里，我们同心同向、守望相助，走出了一条特色鲜明的合作共赢之路，铸就了牢不可破的中非命运共同体。14 亿中国人民正致力于实现中华民族伟大复兴的中国梦，12 亿非洲人民正致力于实现联合自强、发展振兴的非洲梦！

从 1991 年的中国援莫医疗队队员到现在的莫桑比克总统保健医生，我在非洲已艰苦奋斗了 23 年。多年的工作和奉献使我爱上了莫桑比克，但我更爱我的祖国、我的家乡四川乐山的父老乡亲和泸州医学院的所有师生和同事。无论是在故乡还是在他乡，我都将牵挂和思念送给远方的朋友们，也祝福中非友谊之花绽放得更加绚丽多彩！

江永生 2019 年在人民大会堂参加国庆招待会时的留影

儒医世家，杏林春暖

——继承先父的医德风范

家父江欣然先生（1900—1974）是四川省乐山市五通桥区人，中国科学院四川分院（重庆）中医中药研究所研究员，四川省名老中医。江氏乃儒医世家，居住在风景秀丽、有"小西湖"之称的乐山市五通桥区。五通桥盛产井盐，与自贡自流井盐齐名，还有岷江电厂、吉祥煤矿、亚西机器厂和侯德榜先生创建的永利碱厂等大型厂矿。家父则是各厂聘用的特约中医师，诊务十分繁忙。

五通桥人杰地灵，名医辈出。我自幼随父习医，从中医学徒开始，在家父的严格教育下，熟读《伤寒论》《针灸甲乙经》等岐黄典籍，并遵从父训，努力树立以民为本、悬壶济世、救人危难、不求名利的医德医风。家父早年受祖父江景纯先生之命从业为医，后又去成都考取四川大学接受科学教育，以充实中医学术之基。旧社会中医受人歧视，但疗效颇受群众的认可和信赖。家父于1939年曾通过中央考试院四川中医师执照考试并名列当地榜首，在家乡轰动一时。因家父承袭《伤寒论》等古典医籍，处方精当，每帖处方仅七八味，价廉而效宏，故有"江八味"之雅号。家父为人正直，不畏权贵，对汪伪反动政权取缔中医之举措曾多次组织同行集会抗议。

他还多次告诫我等后辈，要多为中医事业努力工作，并将其作为终身追求，不可等闲。

家父拥护中国共产党，抗战时期就订阅了《新华日报》等进步刊物。早在大革命时期，其弟江欣华继承父业，长于针灸，后投笔从戎，从广州邮过《共产党宣言》等进步书籍供家父阅读。家父之弟欣华在大革命时期失去联系，家父多次寻亲，后经友人相告其已在广州不幸遇难。家父痛失亲人，更加追求真理，以寄托哀思。

家父曾多次担任乐山市和五通桥区人大代表和政协委员。1956年中央人民政府卫生部派员来四川选调名中医赴京工作，家父也是在邀之列，惜因当时他致力于创建五通桥中医医院而谢辞。通过三年辛勤筹建，终于建成了有 3000 多平方米，集门诊部、住院部和后勤部等 5 座房舍为一体，医师员工达 102 人的五通桥中医医院。该院每日门诊量达 800—900 人次，年门诊量近 30 万人次。家父任该院业务副院长，并曾受到四川省卫生厅的表彰。1972 年，西南三省视察团高度评价该院是当时西南最好的中医医院之一，该院因而成为川南各界同人学习的模范中医医院。1959—1962 年，家父奉调到中科院四川分院中医中药研究所工作。2002 年，我受中央有关部门邀请从非洲回国参加国庆活动，专程去重庆探望了老红军、北京公安医院原院长、时任中医中药研究所所长的李兴凯同志，他对家父的医德和学术水平做了高度的评价。家父著有《伤寒论汇证》《黄疸》《妇科真言》和《江氏秘方》等著述，共 300 多万言。这些著述留存于该所的档案馆内，我当努力在今后加以整理、出版，以贡献于社会。

1959 年，家父奉调至重庆工作，我随父到重庆五中读书并开始学医。1963 年我高中毕业后随父当学徒，三年后出师在五通桥中医医院工作，其间一直得到家父的家传师授。成都中医学院毕业生龙治平和苏树蓉皆是我的同门师兄妹。龙兄是乐山市中医医院首任院长，享受国务院政府特殊津贴的全国 500 名老中医之一，著名的中医肝病专家；苏教授是全国中医教材《儿科学》的主编。他们在国内著述颇丰，受到了人民的赞誉，是我学习的榜样。我妹妹江和生毕业于吉林医科大学，在学习了十年的西医临床医学之后又到成都中医学院中西医结合班学习，从事中西医结合工作，我还向她传授过中医针灸医术。她还担任过成都八一四厂职工医院的院长。

毛主席在 1958 年做出的"中国医药学是一个伟大的宝库，应当努力发掘，加以提高"的指示，使中医得到了新生。毛主席倡导"救死扶伤，实行革命的人道主义"，倡导学习白求恩精神，使我长期受到教育，受益匪浅。

1978 年 9 月，邓小平同志对卫生部党组《关于认真贯彻党的中医政策，解决中医队伍后继乏人问题的报告》做出批示："这个问题应该重视，特别要为中医创造良好的发展与提高的物质条件。"根据该指示，卫生部、国家劳动总局于同年 12 月发布了《关于从集体所有制和散在城乡的中医中吸收一万名中医药人员充实加强全民所有制中医药机构问题的通知》，旨在召集基层人才，加强中医力量。1979 年，四川省从万余名应试者中录取了 800 名中医师，我有幸成为其中之一。录取后我被选调到泸州医学院任教，还被派到北京中医研究院针灸研究所进修，这使我的理论和实践水平有了很大提高。从中医学徒到走上大学讲台，我逐步获得了展示才华的机会，也促使我终生奋发工作，为把中医事业发扬光大而不懈努力。

1991 年，经卫生部及四川省卫生厅选派，我参加了中国援莫桑比克医疗队，并于 1993 年荣获"援外医疗队优秀队员"称号。1994 年，在三年的援外医疗工作结束后，我经批准留聘于莫桑比克军队总医院工作，并担任莫国总统的保健医生至今。

1992 年中国援莫桑比克医疗队第 8 队与

时任中国红十字会常务副会长顾英奇（第二排居中）合影

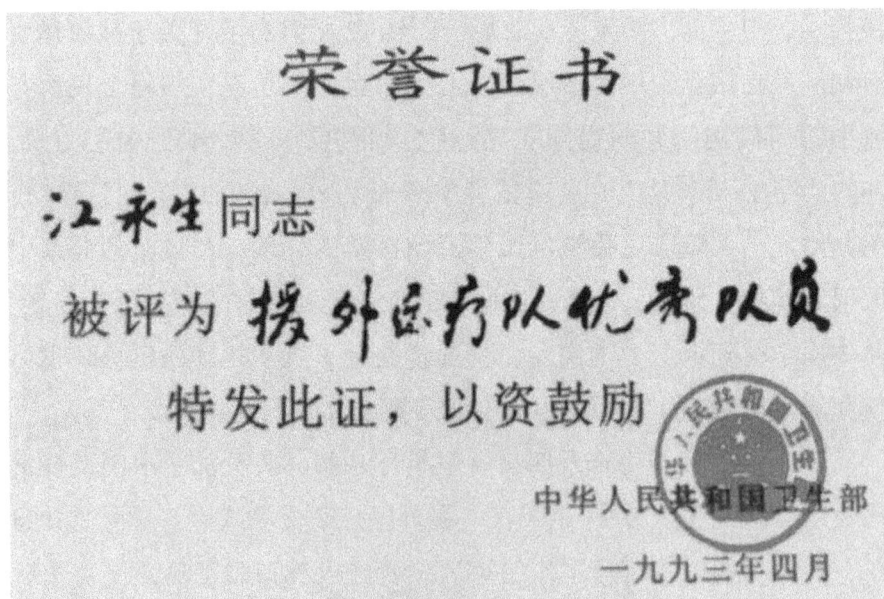

江永生获卫生部"援外医疗队优秀队员"的荣誉证书

　　我的点滴成功是党和人民长期培养的结果，家父的亲传师授也功不可没。抚今追昔，感受良多，当继承家父的医德风范，为中医事业的发达兴旺做出贡献，为非洲人民和世界人民无私奉献，为四川家乡父老、为伟大祖国争取更大的光荣。

2009 年 7 月 10 日初稿

2009 年 8 月 12 日二稿

于莫桑比克马普托

创办中国国际和平医院，
团结海内外力量促统一*

值此"全球华侨华人促进中国和平统一大会（2006）"在中国澳门特别行政区隆重召开之际，我谨代表莫桑比克中国和平统一促进会，对大会的胜利举行表示热烈祝贺，并祝全体代表事业顺利、身体健康。

一、努力创办中国国际和平医院

为弘扬祖国医学文化，践行国际主义精神，我在此提出创办中国国际和平医院的倡议。自 1991 年加入中国援莫桑比克医疗队并担任援外针灸医生以来，我在莫桑比克工作和生活了 16 年时间，随莫国总统出访过美国、法国、意大利、新加坡等十多个国家，也参观了不少国家的医学院和医院。其间，我向中国卫生部国际合作司和国家中医药管理局等相关部门汇报和建议过创办中国国际和平医院的事宜，并得到了积极的回应和热情的鼓励。

---

* 本文是江永生以中国和平统一促进会第七届理事会理事、莫桑比克共和国总统保健医生、莫桑比克中国和平统一促进会会长的身份，向有关部门提交的建议。

我认为，中国是世界大国，祖国的优秀文化和中医针灸学走向世界是必然的。因此，以中国为中心创办中国国际和平医院是历史发展的必然趋势。为此，我建议在北京建立中国国际和平医院，联络世界各地的医学专家，以医疗、教学为世界人民，特别是发展中国家人民服务。

莫桑比克前总统希萨诺先生在为我的著作《莫桑比克十五年亲历记——反独促统专辑》一书所作的序言中评价我说："十多年来，他把中医知识和现代医学相结合，为我和家人的健康，为许多来他工作的医院诊病的病员做出了很大的贡献。他不管人的社会地位如何，都一视同仁，以热情和认真的态度服务。我很佩服他高超的医疗技术，更敬重他的职业精神，这造就了我个人与他的深厚友谊，我们互相视为值得尊敬和信赖的朋友。"希萨诺曾任非洲联盟主席，在非洲享有崇高的威望，他对我工作的支持和一贯的对华友好态度为中国国际和平医院的建立奠定了基础。

关于创办中国国际和平医院一事，我多次写信给中国外交部、商务部等部门，相关部门对我的建议都做出了较为积极的回复，使我受到了很大的鼓舞。尽管前进的道路上还有很多困难，但我认为建立中国国际和平医院是一项利国利民的事业，也是我个人的最大愿望，我将继续为之努力，争取得到进一步的支持。

二、反独促统话统一

我到莫桑比克工作已 16 年，为前总统希萨诺和现任总统格布扎担任过保健医生，其间感受良多。我和朋友们为祖国的统一大业奔走呼号，得到了党和政府的充分肯定。祖国的强大给予了我力量，老师、朋友、亲人的嘱托给予了我信心。为此，我编著了《莫桑比克十五年亲历记——反独促统专辑》一书，由香港新闻出版社于

2006 年 9 月出版。我还将其赠送给参加第五届海外统促会会长会议的会长和代表们，受到了大家的鼓励与好评。

该书由莫国前总统希萨诺、中国驻莫大使洪虹、中国统促会执行副秘书长李路为之作序，书中记录了我与莫国政要以及各国政要和友人交往的很多文件、信件、新闻报道和照片，如我与教皇保罗二世握手的照片，那是 2004 年为感谢教皇保罗二世调停莫桑比克内战，我随希萨诺总统去梵蒂冈会见他时拍摄的。全球有近 20 亿人信仰基督教，这是一股巨大的社会力量。我认为，向他们介绍中国的统一大业，宣传"一个中国"的政策，争取其理解与支持，意义重大。我曾向保罗二世讲过和平统一台湾的问题，他深表赞同，还授予我两枚和平勋章。我在莫桑比克受到了人民的欢迎，也受到了很多政要和使节的赞扬。现将莫桑比克驻梵蒂冈大使对我的感谢信陈列如下。

致江永生教授：

2005 年 3 月，我经一个朋友介绍与您相识，对此我十分高兴。我听闻您医术精湛，在中国传统医学，尤其是在针灸治疗方面颇有造诣，并且中国针灸的确对患者能起到治疗和缓解痛苦的作用。

时光荏苒，我逐渐对您以中国医学治疗患者的过程有了更多的了解。您待人和蔼可亲，服务热情，做事妥帖，对患者总是想得很周到。看得出来，您的治疗是十分专业和卓有成效的。在与您相处的日子里，我感受到您深深的、发自内心的莫桑比克情结，同时也认为一个远离自己祖国如此长时间的人，为莫桑比克人民服务的这种精神将永远留在莫国人民心中。

我非常钦佩您撰写的《莫桑比克十五年亲历记》一书，书中讲述了您在莫桑比克的生活和工作。您是中国人民的好儿子，却将一生的主要精力奉献给了莫桑比克的医疗卫生事业，使很多像我这样的病员能够得到治疗。我祝愿您在莫桑比克继续施惠于人，使更多人在您结合西方医学和中国传统医学的治疗中受益。

乔治·帕尼库兰

莫桑比克驻梵蒂冈大使

2006 年 7 月 14 日

三、传承"九三精神"

我工作于四川省泸州医学院，历任医学院和附属中医医院讲师、副教授、教授。我本人也是四川省泸州市九三学社社员。九三学社主要是由科技界、文教界高中级知识分子组成，具有爱国、民主和科学的光荣传统。在中国共产党领导下，一代代九三人关心国计民生，在科技、教育、医学、卫生等领域充分发挥自身优长，做出了重要的贡献。1991 年援助莫桑比克以来，我每次归国都会得到中央、省、市各级领导和九三学社领导和同人的关怀和帮助，使我倍感鼓舞。医学是没有国界的，"救死扶伤，实行革命的人道主义"是医生的神圣职责。2004 年 10 月，我当选中国和平统一促进会第七届理事会理事，著名医学专家、九三学社中央主席、全国人大常委会副委员长、中国统促会副会长韩启德先生亲手在人民大会堂向我颁发了聘书。2005 年 10 月，台湾新党主席、医学专家郁慕明先生与我在北京相会，并题词"有缘千里来相会"。我当传承"九三精神"，为实现祖国统一大业而努力奋斗。

事实证明，祖国的统一是历史潮流，势不可当，我们不仅要声讨分裂祖国的言行，更要以民族大义为重，期许和促进中国的和平统一。因此，团结各界人士发挥各自优势，做好统战工作，特别是台湾同胞的工作，推动中国和平统一大业，为中华民族的伟大复兴贡献点滴力量，是华侨华人共同的心愿和责任。特此撰文共勉，祝祖国繁荣昌盛！

2006 年 11 月 10 日

关于创建汶川地震灾区中医医院
的倡议书

女士们、先生们：

震惊中外的四川汶川"5·12"大地震牵动着全球华侨华人的心，各国政要、联合国官员、港澳台同胞等纷纷奉献爱心、捐款捐物。在党中央和国务院的领导下，全国人民万众一心、众志成城，抗震救灾英雄们的事迹也令人感动和敬佩。现在地震已造成6万多人罹难，35万人受伤，近3万人失踪。地震无情，人间有爱。安置受伤群众，做好灾后重建规划工作至关重要。汶川地震摧毁了青川县中医医院，而中医药工作者应义不容辞地使这所医院获得新生。为此，我倡议全球中医药工作者、海内外同人和慈善家们继续奉献爱心、捐款捐物，创建汶川地震灾区中医医院，使之长久地为灾区人民服务。

敬望各位支持！

全国政协十届五次会议海外列席代表

中医药全球大会共同主席（2003年、2005年）

中国针灸专家、莫桑比克总统保健医生

江永生教授

2008年5月24日于马普托

关于成立全非洲中医药
联合会的倡议书

尊敬的世界中医药学会联合会副主席孙庆涪女士，

首届中非中医药国际合作与发展论坛执行主席张毅先生，

南非医学会、非洲各国医学会的同人们：

值此首届中非中医药国际合作与发展论坛大会在开普敦召开之际，为了更好地增进世界各国中医药学界及其与其他医学界的交流与合作，促进中医药学在国际上的发展，使其为人类健康做出更大的贡献，特别是为了更好地促进中医药学在非洲的发展，我在此提出成立全非洲中医药联合会的倡议。

本会的章程以世界中医药学会的章程为蓝本，在世界中医药学会联合会的领导下，以传播中医药文化为宗旨，以创办孔子中医学院、为非洲人民培训中医工作者为己任，望加强中非友谊，为非洲人民造福。特此倡议，望大力支持！

请各位讨论发表意见，选举会长和副会长以及理事，为成功建立这一联合会而努力。敬礼并紧紧握手!

全国政协十届五次会议海外列席代表
全非洲中国和平统一促进会副会长
莫桑比克中国和平统一促进会会长
莫桑比克共和国总统保健医生
世界中医药学会联合会副主席
江永生教授敬启
2012 年 3 月 17 日于马普托

致世界中联养生专委会主席的贺信

尊敬的马烈光教授：

值此世界中医药学会联合会养生专业委员会成立大会在北京人民大会堂隆重召开之际，我谨代表莫桑比克中国和平统一促进会，并受我会终身名誉主席、莫桑比克前总统、联合国和平使者、联合国希萨诺基金委员会主席希萨诺阁下的委托，向大会致以热烈的祝贺，并告知您他同意接受您的邀请，出任贵会的名誉主席。他将在开会前从国外访问归来后专函表示祝贺，现委托我代表他转告主席先生，并向参加大会的各国代表和同人们问好。

贵会的成立对弘扬祖国医学，以中国养生学带动中华文化在世界的传播，整合养生领域在国内外发展的最新成果，规范养生行业的发展，进一步办好《养生杂志》，意义重大。在此欢迎各界同人来非洲传播养生文化，共同开创养生学科的新时代，对人类的健康做出更大的贡献。

预祝大会圆满成功！

向参加贵会的领导和代表们致以亲切的问候！

莫桑比克中国和平统一促进会会长

全非洲中国和平统一促进会副会长

世界中医药学会联合会副主席

江永生教授

2015 年 5 月 3 日于马普托

关于在非洲莫桑比克
创办孔子中医学院的论证意见[*]

2009 年 4 月 18 日，莫桑比克总统保健医生、泸州医学院^①援外针灸专家江永生教授向全国政协做了在非洲莫桑比克创办孔子中医学院的提案，已引起中央有关部门的重视。2014 年 9 月 16 日，由泸州医学院附属中医医院杨思进院长主持邀请，泸州医学院及附属中医医院有关专家对这一提案做了论证。

江永生教授是 1991 年由我院选派至中国医疗队赴莫桑比克工作的针灸专家。他经过多年在莫国的工作实践与思考，提出在莫桑比克创办孔子中医学院的倡议，高瞻远瞩，极具创意，功在当代，利在千秋。此举可为非洲国家培养中医药人才，使中医药学和中国文化在非洲大地生根发芽、开花结果，对改善非洲的医疗卫生状况，增进中非人民友谊，影响深远，意义重大。莫桑比克时任总统希萨诺对此事十分重视。2004 年 9 月 15 日他致信胡锦涛主席，对此倡议表示赞扬，并认为其将对人类健康做出重大贡献。2013 年 8 月 4 日，希萨诺以莫桑比克前总统和莫桑比克中国和平统一促进会终身名誉

---

* 本文是江永生以泸州医学院及附属中医医院的名义撰写的。

① 泸州医学院于 2015 年 4 月经国家教育部批准更名为四川医科大学，2015 年 12 月又更名为西南医科大学。

主席的名义，又一次致信中国国家主席习近平，赞扬他当选国家主席后首次出访就选择了非洲，并祝贺他在领导中国人民实现"中国梦"方面所取得的显著成就。希萨诺在信中还特别强调，江永生教授为加强莫中两国人民的友谊，在莫桑比克艰苦奋斗、无私奉献了20多年，受到莫国人民热烈诚挚的欢迎，并鼓励他继续在非洲推动中国和平统一大业和为实现他创办孔子中医学院的伟大理想贡献力量。

与会专家经过认真讨论后一致认为，江永生教授的提案既有实施的必要性，也有一定的可行性，关键问题在于办学经费。一方面，如果能争取到国内有关部门的支持，资金落实到位，有关师资力量、培养方案、教材教具、医疗设施等问题，通过努力不难逐一解决；另一方面，与莫桑比克国立蒙德拉内大学或者莫桑比克圣托马斯大学的合作方式及细则尚待双方正式洽谈、具体商定。

2012 年 10 月，莫桑比克孔子学院已挂牌成立，由莫桑比克国立蒙德拉内大学与浙江师范大学合办，受到莫国人民的积极支持和欢迎。现拟由莫国圣托马斯大学与四川泸州医学院合作，创办非洲第一所孔子中医学院，特呈报中央，望予以支持！

2014 年 9 月 16 日于泸州医学院及附属中医医院专家论证会上撰写

2016 年 1 月 9 日于莫桑比克军队总医院整理

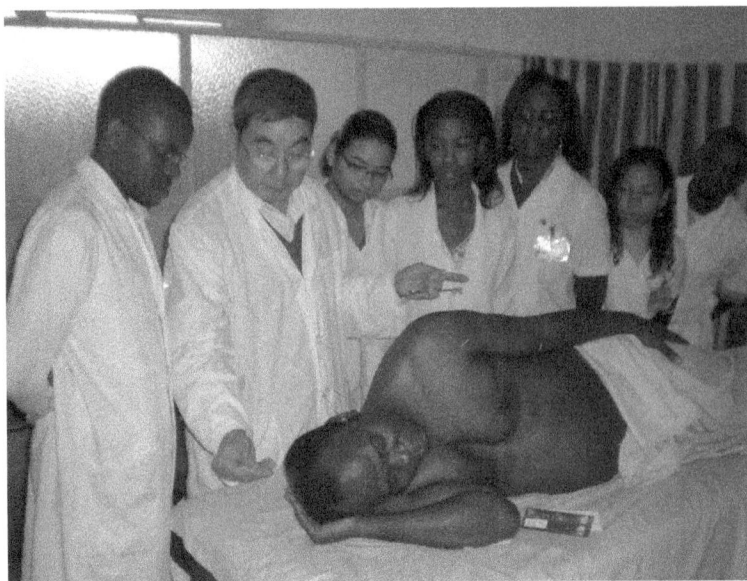

江永生在莫桑比克军队总医院指导蒙德拉内大学医学院实习生针灸实习

友好使者

我为希萨诺总统当保健医生[*]

2015 年 6 月 25 日是莫桑比克国庆 40 周年纪念日，也是中莫建交 40 周年的庆典日。1991 年 8 月，我受中国卫生部派遣，由四川泸州医学院加入中国医疗队援莫桑比克第 8 队，至今已在莫桑比克工作 25 年。同时，2015 年也是我从医 50 周年。2002 年 1 月 19 日，我出任全非洲中国和平统一促进会副会长。2002 年

江永生为希萨诺总统进行耳针治疗，
左为总统夫人马塞丽娜

---

[*] 本文是江永生 2015 年在中莫建交 40 周年之际撰写，莫桑比克前总统希萨诺审阅后对之赞赏有加并同意发表。2015 年 10 月 1 日《人民日报（海外版）》刊登了《为总统当保健医生》一文，可以参阅。

7 月 15 日，莫桑比克中国和平统一促进会成立，我被推选为该会会长，特此撰文回顾。

特别重要和值得追述的是，我为莫桑比克前总统希萨诺当保健医生的故事，因为这不仅涉及我本职的医疗工作，更关系到他出任莫桑比克中国和平统一促进会名誉主席、支持中国和平统一大业一事。由于他的影响和带动，莫桑比克继任总统格布扎出任我会名誉主席，现任总统菲利佩·纽西也承诺出任我会名誉主席，莫国议长、总理和一些部长也出任我会名誉顾问和名誉理事。

我来自四川医科大学，曾任学校针灸教研室主任和附属中医医院针灸科主任。1991 年随中国医疗队援助莫桑比克以来，我运用针灸等中医治疗手段服务莫国人民已 25 年，共治疗患者 20 多万人次，并出任莫桑比克中国和平统一促进会会长。

我在为希萨诺总统当保健医生期间，与他结下了深厚的友谊，希萨诺总统称我为"值得信赖和可敬的中国朋友"。下面我就来讲述一下我们的友谊故事。

一、总统夫人慕名而来

我出生于四川省乐山市五通桥区的一个中医世家，自幼随父学习中医针灸。然而，我怎么也没有想到，自己那双紧握银针的手能与莫桑比克人民的手握在一起，能与莫桑比克总统的手握在一起。

在莫桑比克马普托中心医院，一位偏瘫患者、82 岁的农民弗朗西斯科通过针灸治疗后能正常行走；时任莫桑比克解放阵线党中央书记西托莱偏瘫 6 年，在经我治疗后也能走路并恢复工作，他专门为我题词"中国针灸，造福世界"表示感谢。1994 年 9 月，在医疗队的工作结束后，经国内有关部门批准，我受聘于莫桑比克军队总医院工作。

莫桑比克总统若阿金·希萨诺的夫人马塞丽娜·希萨诺右肩长

期疼痛，有颈臂活动受限、失眠等症状，经过多方面治疗却仍然无效。1997年，因听到我的医术和中国针灸的神奇，她专门派人来到军队总医院请我为她治疗。我对马塞丽娜做了检查，认为她的症状是颈椎骨质增生所导致，而不是以前其他医生所诊断的肩周炎，而这一诊断在拍摄 X 光片后也得到了证实。经过三次针灸治疗，总统夫人的病情显著减轻。感激之余，她对我说："没想到中国有这样神奇的医术呀！今后请你到总统府为我治疗，也请你为我的丈夫治疗。"

1997年9月25日上午，一辆专车把我接到了总统府。在为总统夫人治疗时，希萨诺总统要求在旁边观看，当银针在马塞丽娜颈部扎下时，希萨诺露出了惊讶之色，自言自语道："针扎得这么深啊！"在为总统夫人按摩时，希萨诺忍不住说："我来试试。"

后来，我在为希萨诺号脉、看舌苔、查眼底后说："总统先生，您有头痛、失眠、腰痛和疲劳等症状。"希萨诺听后十分惊奇，说："你说得完全对，这些症状我都有。"接着，我为希萨诺按摩、刮痧、拔火罐。这就是我们交往的开始。

二、我们两家人的友谊

在生活中，我与希萨诺总统你来我往，结下了深厚的友谊。希萨诺总统很喜欢中国文化，影，他经常会看我的作品。总统工作很忙，但每逢星期六和星期日，他和夫人总会邀请我给他们针灸治病，并在家里吃饭聊天，节假日还陪他外出垂钓、游泳、度假。休假的

江永生在希萨诺总统家中做客

时候，我们一家三口（我和夫人、女儿）和总统一家三口（总统、总统夫人和总统的女儿）有时会一起去总统的农场劳动，有说有笑，其乐融融。莫桑比克的官方语言是葡萄牙语，除葡语外，总统还精通多国语言，尤其是英语、法语、斯瓦希里语、西班牙语、意大利语和匈牙利语。他不仅口语好，还能书写。他总是教我葡语，并纠正我的发音，还经常在书写上对我进行指正，使我的葡语水平有了进一步的提高。我则教他说简单的汉语，唐家璇外交部长参加希萨诺总统的就职典礼时，希萨诺还用中文对唐部长说："欢迎您，外交部长先生，您全家好吗？"唐部长后来问我："是你教他的中文吗？"我很高兴地说："是的，他教我葡语，我们互相学习！"唐部长频频点头，说："很好，很好！"

希萨诺有四个儿女，我有一儿一女，他经常叫我们的儿女们一起到海边游玩、观光，亲热得就像一家人。我儿媳来莫国探亲，总统全家还请我们一家四口参加家宴。因此，我也视他的家人为我的

江永生夫妇和女儿与希萨诺总统合影

家人。无论何时何地，他和他的家人一有病痛，我就随叫随到并认真治疗。总统的岳母有一次突然出现剧烈的腰痛，总统半夜打电话叫我去总统府急诊。我用针灸和拔火罐的方法很快帮总统的岳母缓解了疼痛，在旁观看的总统十分高兴，他的岳母笑着对他说："江大夫是我的救命恩人，不止一次了。"总统很高兴地把我送出了门外，说："你是我家尊敬的朋友和兄弟，你是中国在莫桑比克的白求恩。"

三、总统拿出私房钱

我刚到莫桑比克的时候，正值内战高峰期，疾病泛滥，不少患者都需要我出诊治疗。出诊需要交通工具，我便一直想攒钱买一辆车。

在一次莫国博览会上，我陪同总统参观，看中了一辆价值2万美元的轿车，可我当时手头只有1万美元。主办方出主意说："你去找总统批个

希萨诺与江永生
是"同志、朋友加兄弟"

条子，可以减半征收关税，以1万美元卖给你。"回到总统府后，我向希萨诺总统提出了这一请求，他却说："这样是不行的。即使你是我的保健医生，我也不能为你破例。为你我批了条子，下面的部长们也可以批条子，那就乱套了。我买车也要依法缴纳关税。"我心想，这走后门的事还是不要办为好，便表态说："好的，我以后凑齐了钱再说。"过了三天，我去总统府为总统治病，他主动询问我买车

之事。我说经过协商，一次性付款 1.7 万美元可以买车。他问我："你现在有多少钱？"我说我只有 1 万美元，现在不准备买了。有一辆车别人准备 3000 美元卖给我，但车经常坏，要修理很麻烦，不过还可以用。总统很认真地对我讲："你想买新车就买吧，我资助你 7000 美元。"接着，他到卧室取出了 70 张 100 美元的现金，一张一张点清后请我收下。我惊讶地看着他，说："总统先生，不行不行，我怎么能接受你这么多钱呢？"总统郑重地说："因为你是我的兄弟，是我的朋友，你帮助我家不少，还主动自己贴钱购买药物，我是知道的。这是我的一点儿心意，务必请你收下，不然我就生气了。"

我深知总统的脾气，如不收下，他会感到伤了他的情谊和自尊心，于是便说："我收下，作为暂时借你的，以后如数还你。"总统笑着说："兄弟之间帮助还要还钱，那还是兄弟吗？"我说："中国人是'亲兄弟，明算账'，借钱还钱很正常。"他说："这件事，你不要对外讲。"他用手指指了指我俩的胸口说："这件事天知地知，你知我知，千万不要对我夫人讲，也不要对你夫人讲，传出去影响不好。本来我想开张支票给你，但用有总统名字的支票，外界就知道了。我用现金就是真心诚意地想赞助你的，这在莫桑比克很正常。"

在我眼中，希萨诺总统是一位有原则又不失情义、严谨又不失风趣的朋友。他的夫人也很重情义，我女儿到美国读书前夕，她来我家中看望我的女儿，叫她好好学习，还给了我女儿 1000 美元作为零花钱，并说："你的女儿就是我的女儿。"这使我非常感动。

四、邀请总统当名誉主席

2002 年 1 月 19 日，全非洲中国和平统一促进会在南非成立，我当选为副会长。旅居南非以及来自世界各地的华侨华人代表约 500

人出席了成立大会。中国大陆派出了以中国侨联副主席李祖沛为团长的 14 人代表团，台湾地区出席大会的有海峡两岸和平统一促进会会长梁肃戎和副会长郭俊次等。在会上，我结识了欧洲中国和平统一促进会会长张曼新先生，他动员我做好希萨诺总统的工作，促进祖国和平统一。回到莫桑比克后，我与华侨华人们共同努力，于 2002 年 7 月 15 日创立了莫桑比克中国和平统一促进会，由我出任会长。

2002 年 8 月，希萨诺总统接受我的邀请，出任莫桑比克中国和平统一促进会名誉主席。

记得那一天他要去参加刚果新任总统的就职典礼，便在上午将同意出任名誉主席的信件交给我，并说："你的爱国精神很可贵，我支持你。我坚信，中华人民共和国的国旗一定会早日在台湾飘扬。"他还用手比画着旗帜飘扬的动作，使我十分感动。我与他握手后又热烈拥抱，说："十分感谢您对中国和平统一大业的支持，中国促统大业及世界和平的历史将记下这珍贵的一页。"

我还向希萨诺总统引荐了澳洲中国和平统一促进会会长、大洋洲中国和平统一促进会主席邱维廉先生，邱会长来莫桑比克访问过两次，捐赠了 1 万头澳大利亚良种牛。希萨诺总统与邱会长从此结下了深厚的友谊，希萨诺还出任了大洋洲中国和平统一促进会的名誉主席。邱会长于 2015 年 5 月 25 日不幸在北京病逝，我告知希萨诺总统后，他还于 5 月 31 日向邱会长家属及澳洲统促会发去唁电表示慰问，称邱维廉会长是伟大的爱国者。

五、希萨诺是杰出的非洲国家领导人

希萨诺总统 1939 年 10 月 22 日出生于距莫桑比克马普托市 200 公里远的村庄马拉尼舍。他年轻时热爱祖国，受大环境的影响积极开展民族解放运动。他曾是马普托中学学生会主席，后求学于葡萄牙、法国，并因参加革命而未完成学业。1974年，希萨诺参与了莫桑比克解放阵线同葡萄牙当局的谈判。1974年9月至1975年6月，他任莫桑比克过渡政府总理。1975年6月莫桑比克独立后，他出任首任外交部长，是莫国的开国元勋。1986年11月莫桑比克萨莫拉总统因飞机失事遇难后，希萨诺继任总统。1994年10月，他在莫国首次多党大选中当选为首任民选总统，并于1999年连任，共担任莫国总统职务18年之久。

2015年莫桑比克国庆40周年国宴上，
江永生向希萨诺致以问候

2007年10月22日是希萨诺68岁的生日，这一天，联合国前秘书长安南在英国伦敦宣布，授予希萨诺首届易卜拉欣奖（由英国富翁莫·易卜拉欣创立），以表彰他对非洲和世界和平的贡献。希萨诺因此可获得500万美元的奖励，而他用此款创办了"联合国希萨诺基金会"，用于慈善活动、艾滋病防治、青少年和儿童的教育工作。对此殊荣，当时莫桑比克举国欢呼，时任总统格布扎、南非国父曼德拉也向希萨诺表示热烈祝贺，称他为当之无愧的民族英雄。

我也向希萨诺表示了热烈的祝贺，并赞扬他支持中国和平统一大业的举动。他受到过江泽民、胡锦涛等中国领导人的赞扬，也受到了中国人民的尊敬和爱戴。他不仅是莫桑比克的民族英雄，更是非洲的和平使者。

六、邓小平会见希萨诺

1988年5月16日至20日，希萨诺总统对我国进行了国事访问，并与邓小平同志会见。其间，两位领导人进行了友好的会谈，交换了各自的意见。《邓小平文选》第3卷中有《解放思想，独立思考》一文，可为此段历史作证。

此外，希萨诺总统还向我讲述过文卷记载之外的鲜为人知的故事。

他很尊重邓小平等中国老一辈无产阶级革命家，莫桑比克解放运动就是在毛泽东思想的指导下进行的。但是，独立之后，莫桑比克的社会主义道路却越走越穷。

希萨诺在会谈时问邓小平："难道社会主义越穷越好吗？"邓小平沉思了一会儿对他讲："你们根据自己的条件，可否考虑现在不要急于搞社会主义。确定走社会主义道路的方向是可以的，但首先要了解什么叫社会主义，贫穷绝不是社会主义。要讲社会主义，也只能是讲符合莫桑比克实际情况的社会主义。"

希萨诺素以务实、开明而著称。他出任总统后，强调捍卫和巩固民族独立和国家主权，保卫已经取得的革命果实。在对外政策方面，希萨诺重申，莫桑比克以争取和平、进步，同世界各国和谐相处为基本出发点。

他回国后，带领莫桑比克人民走上了独立自主的莫桑比克道路，进行了改革开放，使经济迅速增长。在他就任总统期间，莫桑比克的 GDP 年均增长率达 7.9%，受到了联合国和世界银行的好评。

七、总统赞赏中国文化，支持我创办孔子中医学院

我在莫桑比克工作已有 25 年，将自己的宝贵年华奉献给了莫桑比克人民和广大非洲人民，也受到了莫桑比克总统及我国领导人的赞扬和鼓励。

1998 年 3 月和 2004 年 4 月，我两次以总统保健医生的身份陪同希萨诺总统访问中国，受到了江泽民、李鹏、胡锦涛、朱镕基、温家宝等国家领导人的接见。1998 年第一次陪同希萨诺出访时，正值我主编的《彝汉针灸学》（50 万字）由四川民族出版社出版。该著作是一本汉彝对照版的针灸学专著，由中国中医研究院原副院长、世界针灸学会联合会终身名誉主席王雪苔教授审定。王教授是我的老师，他评价本书弥补了国际彝汉文字针灸专著出版的空白，达到了国际先进水平。我在访问期间将此书向江泽民主席和希萨诺总统各赠送了一本，希萨诺对我说："我希望你把这本书译为葡语，在莫桑比克创办针灸学校，为莫国人民服务。"经过努力，2012 年，莫桑比克国立蒙德拉内大学与中国浙江师范大学合作建立了孔子学院，开设了汉语专业课程。我也在此开设了针灸课程，并与中国医疗队进一步加强合作，争取促成四川医科大学与莫国圣托马斯大学进行合作，创办非洲第一所孔子中医学院。

2004 年 4 月，在希萨诺总统与胡锦涛主席会晤后的宴会上，我将希萨诺总统及其夫人、莫国华侨华人代表、统促会理事参加"反独促统"签名活动的照片赠送给胡主席，胡主席十分高兴，并与希萨诺总统热烈拥抱表示感谢。

八、希萨诺出任世界中联养生专业委员会名誉会长

世界中医药学会联合会养生专业委员会于 2015 年 5 月 23 日在北京人民大会堂隆重成立，我的老朋友、学弟、养生学专家、成都中医药大学教授、博士生导师马烈光被推选为主席。早在 2003 年 7 月，我就出席了在成都召开的筹备会议，并在 2003 年、2005 年、2007 年担任中医药全球大会共同主席。我力邀希萨诺出任中医药全球大会名誉主席，新华社驻马普托记者杨志刚报道了这一消息，让全球同人和中莫人民知道了希萨诺喜欢中国文化，并在美国、印度、荷兰、德国、意大利等国家推荐的医生中选择了我出任他的保健医生，这表示他对中国十分友好，认可中国文化和中国医学。

在成都会议上，大家希望我转告希萨诺，希望他能出任养生专业委员会名誉会长。我多次向他介绍养生学对长寿和人类的贡献，并向他展示了马烈光教授创办的《养生杂志》和相关医学成果，他表示可以考虑。2012 年，世界中联李振吉副主席兼秘书长曾专函邀请希萨诺出任世界中联名誉主席，希萨诺则因当时正与南非前总统曼德拉等讨论创办非洲总统论坛而婉拒。随着养生学在全世界的影响日益增强，后来他愉快地告诉我，他决定出任世界中联养生专业委员会的名誉会长并致函祝贺，足见他对中医药文化是何等的重视和青睐。

九、国医大师对我的鼓励

国医大师、成都中医药大学教授、九三学社社员郭子光先生不幸于 2015 年 5 月 17 日去世，享年 83 岁。他是我的老师和挚友，我

们一同编著过《实用内科学》等书。他积极支持我到非洲工作，曾为我题词"金针度人，服务非洲"。他还为我编著的《莫桑比克十八年——总统与医生》一书题词"实干创未来"，以资鼓励，并祝贺我在莫桑比克取得的辉煌成就。

江永生拜访国医大师郭子光教授

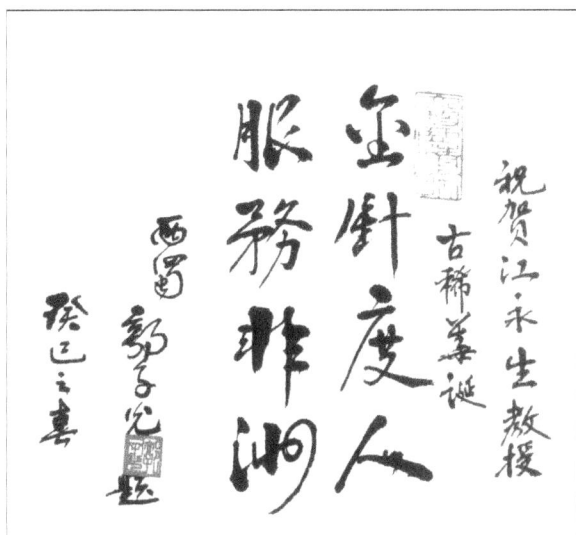

郭子光题词

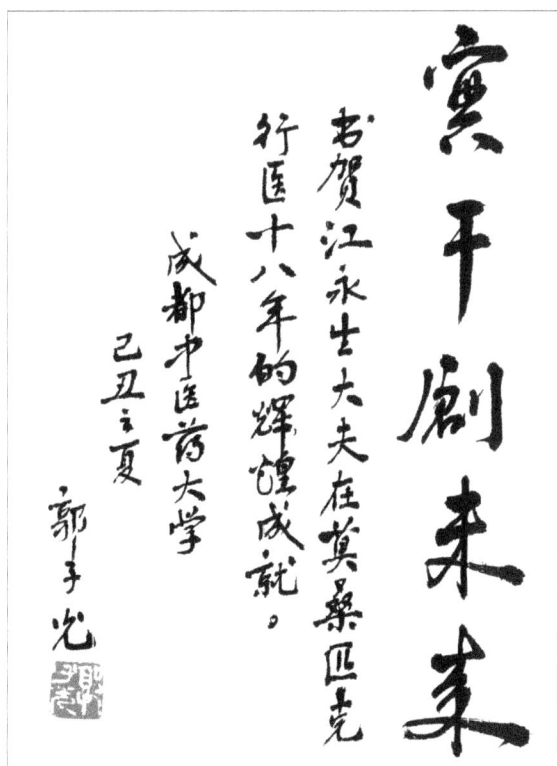

郭子光题词

国医大师王琦教授是 20 世纪 80 年代我在北京中国中医研究院研究生班的老师。2012 年 3 月他出席在南非开普敦举行的首届中非中医药国际合作与发展论坛，而我担任该次大会的执行副主席。我们久别重逢，甚是高兴，王琦老师也欣然命笔题诗，鼓励我为祖国争取更大的光荣。赠诗如下：

赠江永生教授

古有鉴真渡东流，
而今永生非洲行。
艰苦奋斗二十载，
海外奉献赤子情。

2015 年 7 月 23 日第三稿

我与一位非洲总统的友谊[*]

1998 年 3 月 23 日凌晨 4 时，莫桑比克总统若阿金·希萨诺的秘书向我送还了朱镕基总理在北京举行的中外记者招待会上的讲话的录像带，并说："总统看了你送来的录像带很高兴，对中国总理的讲话很钦佩，朱总理讲得太好了！因工作太多太忙，他刚才才看完，送回来晚了，很抱歉。"

应中国国家主席江泽民的邀请，希萨诺总统将于 1998 年 3 月 28 日至 4 月 3 日对中国进行国事访问。我于 1991 年随中国援莫桑比克医疗队来莫桑比克工作，至今已有 6 年多，认识希萨诺总统已有 5 年多了。他和他的家人经常请我治病，我们之间建立了深厚的友谊。

3 月 22 日，希萨诺总统结束了为期一周的全国视察工作。上午 8 时，他刚一回总统府，就派车接我到家中为他做针灸和按摩。

在治疗结束后，我们又像平常一样闲话家常。我说，中国最近召开了第九届全国人大一次会议，选出了新一届国家领导人。总统说："我已知道江泽民主席再次当选为国家主席，李鹏总理当选为人大常委会委员长，朱镕基副总理当选为总理。这次会议很成功，有很多年轻人升任为领导人，这是中国改革的骄傲，我也感到高兴。李鹏总理和朱镕基副总理去年和前年访问过莫桑比克，我们彼此认

---

[*] 原载《中国图片报》1998 年 4 月 1 日。

识，我应当向他们表示热烈祝贺。"我说："3 月 18 日朱总理在北京举行了中外记者招待会，我妻子通过卫星电视在家收看了中国中央电视台的节目，并录下了 1 小时 20 分的录像带，您愿意看吗?"他说："给我看，当然要看。上次你录的中国与南非建交时南非华侨欢迎钱其琛副总理的录像我也看了，全家都看了，不错。谢谢你的关心和支持。"那天我送录像带时，总统对我说："中国与莫桑比克是十分友好的，我们相互支持。1986 年邓小平同志在北京会见了我，对我讲社会主义不是越穷越好，而应当是越富越好，人民才满意，中国以后会更好的。他的话给我留下了深刻的印象。我国应当很好地学习中国的成功经验。"

希萨诺 36 岁时担任莫桑比克第一任外交部长，47 岁当选为总统。我从 1994 年起担任他的保健医生，而今他 59 岁了，身体还不错。他曾对我说，中国的中医针灸不错，中国人的医德和医疗技术令人敬佩，中国医学和文化是世界第一流的。

江永生向希萨诺总统夫妇赠送陈剑英书写的折扇

　　总统平时作风严谨，平易近人，生活朴实，待人热情。他对我十分信任和友好，他夫人也经常邀请我去他家做客。去年 10 月 25 日我和妻子去他家做客，我赠送了他一把苏州折扇。我告诉总统，扇上的题词是我的朋友、书法家陈剑英为赠送您而书，内容是中国宋代著名文学家苏轼的词《念奴娇·赤壁怀古》。苏轼是四川人，亦是我的同乡。希萨诺总统听后十分高兴，与夫人一起仔细观赏扇上的词和荷叶画，并称赞说："字和画都很漂亮，谢谢你和你的书法家朋友。"他打开扇子扇了扇又说，他将请中国大使馆把这首词译成葡文，以便他更好地了解中国文化。

　　3 月 15 日，总统邀请我到离马普托 250 公里处的他的家乡做客。总统带我看他出生的房屋，叫人陪同我去希萨诺小学参观，还约我一道去教堂看他全家做礼拜。回来后总统问我喜欢他的家乡吗，我说那里环境优美而安静，很喜欢。他说："我们全家人都喜欢你，今后你和家人可以常来此地休息度假。去年我母亲就给我讲过，叫你到这里来做客。"

江永生在希萨诺总统家乡与当地儿童合影

1998 年春节期间，总统和夫人邀请我和妻子、女儿到他的农场做客并休息了三天，我们还与他一同劳动。我们一起打桩，他干得满头大汗。他说，劳动可以强健身体。他一边说，一边用汗衫揩汗。我问："您经常来这里劳动吗？"他说："两个月来一次。中国领导人毛泽东、邓小平也爱劳动，我看过他们植树劳动的照片。我也喜欢劳动，对身体有益。"他的农场有 4000 公顷土地，养有 300 多头牛。前几天，总统还对我讲农场的牛又生了 30 多头小牛，待访问中国回来，我们再一道去农场看看。

1997 年 11 月，我儿媳来莫桑比克探亲，总统在一个星期日邀请我全家到他家做客，还先后多次叫他的大儿子和女儿开车送我们到海滩风景区游玩。平时，我在星期六或星期日去为总统夫妇治疗时，总统待我没有架子，他的夫人及儿女们对我也特别热情。总统说："我在外是总统，工作很紧张劳累，在家还是想像普通人一样更轻松些。我不仅把你当成医生，也当成朋友和兄弟。"总统的夫人和女儿也常来我家玩，她们说："与中国人交朋友，我们放心，通过你们我们可以了解中国。"

在总统大选的日子里[*]

　　莫桑比克总统希萨诺于 2000 年 1 月 15 日在马普托市政大厅宣誓就职，我以总统保健医生的身份受邀参加了庆典、国宴和晚会。在国宴席上，我拜见了前来祝贺的我国外交部长唐家璇。唐部长在询问了我的情况后说："你很辛苦，特别是在非洲。"他还说："泸州医学院不错嘛，出了一位总统保健医生。"

　　希萨诺于 1986 年 11 月 3 日开始担任总统，他是在萨莫拉总统因飞机失事遇难后莫国的第二位总统。1994 年希萨诺在莫国首次多党大选中当选首任民选总统，第一次五年任期届满后，从 1999 年 10 月 15 日起开始了为期 45 天的新一届党选，以现任总统希萨诺所在的解阵党为一方，以反对党莫抵运为另一方。最后根据统计结果，解阵党以 51.2% 的票数当选为执政党，总统候选人希萨诺以 52.8% 的选票再次当选为总统。

　　我与希萨诺总统多年来建立了深厚的友谊，我对他家属的治疗十分认真，效果也很好，他们对我也很尊重。总统称我为"兄弟"，他夫人说我是"我们家庭中最好的中国朋友"，子女们叫我"叔

---

　　* 本文写于 2000 年。

叔"，他的秘书和卫士们称我为"总统家里的人"，对我也分外热情。总统还打过招呼，任何时候都欢迎我去他家。总统将他家的电话和他的手机保密号码告诉了我，说必要时可以直接与他及夫人通话解决困难和问题。

大选中，总统的日程安排得满满的，十分忙碌。10月19日，我国新华社社长郭超人等四人访莫，旨在加强两国新闻联系并希望互设葡汉双语广播电台。莫通社上报外交部转总统府办公厅，希望联系总统接见，但因总统太忙而无时间安排接见。后来新华社驻马普托记者李福祥与我联系，希望我能提供帮助。我与总统办公厅主任和总统秘书说了此事，他们答复说总统的确太忙，很遗憾无时间安排接见，并说，除非我直接与总统联系，总统同意才可办成此事。一方面，我是总统的医生，他的行程他本人或其秘书可以告诉我，以便安排治疗时间。另一方面，新华社一行于10月19日来莫，22日离莫，时间也很紧张。我知道10月20日总统将在彭巴和贝拉开展竞选工作，而22日是总统60岁的生日，总统告诉过我，22日他要在马普托召开一次竞选大会并庆祝60岁的生日。10月21日晚8时，总统从坦桑尼亚参加完尼雷尔的葬礼归来，我听见警车鸣笛开道，知道他回家了（因我的住处就在他家附近）。8点半，我打电话给总统，提出接见郭社长之事，说他明日就要离开马普托，并说明日您工作安排得太满了，只有今晚有点时间，如果方便，希望您能予以接见，这对中莫友好关系是很有益的。总统说，好吧，请他们来吧，9点半我们谈谈。

我立即通知新华社驻莫记者李福祥，并请他转告驻莫大使，告之总统也请他参加会见。会谈最终在总统家中的客厅里举行，谈了25分钟。会见后，郭社长对我说："谢谢你的帮助，与总统的会见使我更加了解莫桑比克。总统对中国十分友好，我真没有估计到他有这样高的水平，我回国后将向党中央做汇报。"

在给总统及其家属的治疗工作中，我是十分尽力和负责的。总统有两位保健医生，一位是古巴内科医生，另一位是我这位中国针灸医生，我们两位医生平时相处得也很友好。总统身体较好，今年60岁，不喜欢服西药，因此预防保健治疗即提高免疫机能显得十分重要。总统对中医针灸很信任，因为他的失眠症就是通过针灸治愈的。总统夫人过去的颈椎病也是我治好的，她也很认可中医针灸。

在大选中，我为总统设计了中药处方及针灸按摩治疗方案，他遵照医嘱严格执行，在大选中精神一直很好，连感冒头痛也未发生过。

我于1991年8月受泸州医学院的派遣随中国医疗队到莫桑比克，在马普托中心医院工作了三年，后经中国卫生部及有关部门批准，受聘于莫国军队总医院并工作至今。我本想工作了八年该回国了，但总统不同意，很多病员及军人也向医院及国防部反映，希望我能继续工作。总统亲口对我讲："你是位好医生，我对你是做过调查和了解的，我信任你、尊重你，希望你留下来再工作五年，因为我还要再当五年总统。"在大选的日子里，经总统吩咐，1999年11月，莫桑比克国防部部长玛若拉代表莫国政府和我又签订了五年的工作合同。

12月31日上午，总统亲笔书写了两份贺年卡叫秘书送到我家，还送了酒和蛋糕。一份贺卡是圣诞祝词："赠江医生及您全家人，祝你们身体健康，事业成功，万事如意！希萨诺总统全家。"另一份贺卡是元旦祝词："赠江医生及您全家人，让新世纪2000年给我们带来更多更好的欢乐和友谊！希萨诺。"后来我去总统家感谢他，送去了中国产的芝麻花生糖请他全家品尝，他们十分高兴。总统夫人对我说，12月30日大选结束，总统回家后亲自书写贺年卡片，这是对最尊敬的朋友的最好礼节。一位外国元首，对一位中国医生如此讲礼重谊，这是多么令人感动啊！

作为一个中国人，作为泸医的一员，我在莫国虽然十分辛苦，不分节假日地为莫国人民和军人服务，为官员们和总统及其家属服务，但也赢得了他们的信任和好感，我也感到无比的光荣和自豪。同时，我更感责任重大，任重道远，我当努力奋进，谦虚谨慎，继续为祖国争光，为泸医争荣。

莫桑比克总统希萨诺成为全球首位出任本国"中国和平统一促进会"名誉主席的国家元首[*]

在党中央和国务院的关怀下，由国务院侨办和中国海外交流协会主办的"2003 年世界华侨华人社团联谊大会"于 2003 年 10 月 8 日在北京召开。我谨代表莫桑比克中国和平统一促进会新老华侨华人，并受我会名誉主席、莫桑比克总统希萨诺的嘱托，以总统和莫桑比克人民的名义，向大会的召开表示衷心的祝贺，祝出席此次盛会的全体代表和同志们、朋友们身体健康！祝大会"团结、联谊、合作、发展"的宗旨得以实现，并祝大会取得圆满成功！

现就我会全体同人在中国驻莫桑比克大使馆的大力帮助和支持下，如何提升华侨华人的生存发展能力，更好地融入当地主流社会，并邀请该国元首希萨诺总统担任我会名誉主席，促进中国统一大业等工作汇报如下。

一、希萨诺总统一贯坚持"一个中国"原则

1991 年，我接受中国卫生部派遣，从四川泸州医学院到莫桑比克马普托中心医院工作。1994 年，我受聘于该国军队总医院，并担

---

* 本文写于 2003 年。

任希萨诺总统的保健医生至今。在与总统及其家人长期的接触中，我与他们建立了深厚的友谊，并深深体会到希萨诺总统领导下的莫国政府对"一个中国"原则的一贯坚持，此举也受到了我国领导人的高度赞扬。

1998年3月，我随同希萨诺总统访问中国。30日，江泽民主席与希萨诺总统举行了会谈，江主席表示："中莫两国人民有着深厚的传统友谊，中莫关系经受住了时间和国际风云变幻的考验。我对莫桑比克政府支持中国统一大业表示赞赏与感谢。"希萨诺总统说："莫桑比克政府非常重视对华关系，对香港的顺利回归表示祝贺。"他还说："澳门将于1999年回归，这也是一个令人期待的好消息。莫桑比克是中国可靠的朋友，莫国政府将一如既往地坚持'一个中国'的立场，支持中国的统一大业。"

当日，李鹏委员长、朱镕基总理也分别会见了希萨诺总统。希萨诺在会谈中重申了莫桑比克政府坚持"一个中国"的立场，受到了我国领导人的高度赞扬。不仅如此，当李鹏、朱镕基、迟浩田、田纪云等中国领导人和一些省部级领导，以及澳门特首何厚铧访问莫国时，希萨诺总统总是要重申"一个中国"的立场。而当莫国其他领导人如议长、部长访问中国时，总统都要嘱托：注意重申"一个中国"的立场。例如，莫国解放阵线党主席格布扎于2003年4月应邀访华，在会见我国全国人大常委会委员长吴邦国时，他重申了莫国政府坚持"一个中国"的立场，也受到了我国领导人的感谢和赞扬。

二、邓小平同志曾会见希萨诺总统

希萨诺于1986年11月6日就任莫桑比克独立后的第二任总统。希萨诺对我说，他是在萨莫拉总统于1986年10月19日因飞机失事遇难后，于当年 11 月 3 日在莫桑比克解放阵线党中央委员会会议上被一致推选为解阵党主席的。根据莫国宪法，执政的解阵党的主席自动成为国家总统。之前希萨诺曾任莫桑比克过渡政府的总理和首任外交部长，他是在国家极其艰难的时候出任总统的。

他出任总统后，强调捍卫和巩固民族独立和国家主权，反对分裂祖国，并实行了国内改革。他积极宣传对内对外政策，先后访问过几十个国家，不断争取国际社会的理解、同情和支持。总统不止一次对我说，他最尊敬的领袖是中国的邓小平同志。

希萨诺对我说，邓小平不仅是中国人民的伟大领袖，也是世界上最伟大的领袖之一，是他尊敬的导师。1988 年 5 月 18 日，邓小平会见了来访的希萨诺总统，希萨诺问，为什么莫桑比克搞社会主义越搞越穷，难道贫穷就是社会主义吗？邓小平对他讲："你们根据自己的条件，可否考虑现在不要急于搞社会主义。确定走社会主义道路的方向是可以的，但首先要了解什么叫社会主义，贫穷绝不是社会主义。要讲社会主义，也只能是讲符合莫桑比克实际情况的社会主义。总之，要紧紧抓住合乎自己的实际情况这一条。所有别人的东西都可以参考，但也只是参考。世界上的问题不可能都用一个模式解决。中国有中国自己的模式，莫桑比克也应该有莫桑比克自己的模式。"希萨诺说邓小平同志的讲话很有水平，对他启发很大。他回国后带领莫桑比克人民走自己的道路，大胆提出了"务实、开明、开放"的政策，深得民心，也得到了政府内部大多数人的支持和赞赏。这使莫国得以前进和发展，人民的生活水平也得到了很大的改善。

希萨诺还对我讲，中国是莫桑比克可靠的朋友，我是他的保健医生，同时他也把我当成他的朋友和兄弟。1991 年我前往莫桑比克工作时该国还处在内战之中，虽然辛苦，但我辛勤的工作受到了莫国人民的认可和赞扬。作为一个中国人，我感到无比的光荣和自豪。希萨诺总统一贯对华友好，这也为他后来出任莫国统促会名誉主席奠定了基础。

三、希萨诺总统出任莫桑比克中国统促会名誉主席

希萨诺总统曾五次访问中国，对邓小平同志特别尊重和敬佩。邓小平同志是中国改革开放的总设计师，也是"一国两制"构想的创造者。平时我每周六、周日总是要到总统家例行诊疗，工作之余，我们说说国家与家中之事已成了惯例。在台湾问题上，我们有一次说到邻近的国家斯威士兰等与台湾当局有"外交"关系，台湾方面曾有人来收买莫国国防部部长，要求使用马普托机场。总统说，中国是我们多年的老朋友，我们不能为了金钱而出卖朋友。因此，他断然拒绝了与台湾当局的官方往来，此举受到了我国政府的尊重和赞扬。

2002年1月19日，全非洲中国和平统一促进会成立；2002年7月，莫桑比克中国和平统一促进会成立，希萨诺总统对华侨华人们的爱国行动表示了极大的支持。

2002年8月3日，台湾地区领导人陈水扁公然发表"一边一国"的谬论，莫桑比克统促会理事会召开了紧急会议，发表了强烈谴责陈水扁"台独"行径的四点声明。新华社驻马普托记者对此向全球做了报道，《人民日报》也做了转载，使我们很受鼓舞。

8月5日上午7时，在给希萨诺总统进行完例行诊疗之后，我提到了陈水扁"一边一国"的谬论，总统认真听我讲述了莫桑比克统促会发表的四点声明，我也征求了他对此事的观点和看法。总统说，这个陈水扁神经有问题，他想分裂祖国，这是办不到的。任何一个国家的主权和领土完整都不容破坏和分裂。我说，1988年，为发展海峡两岸关系，打破两岸长期隔绝的僵局，经邓小平同志亲自提议，由各民主党派领导人和社会团体共同发起成立了中国和平统一促进

会，之后全世界先后成立了149个"反独促统"组织。1995年1月，江泽民主席就曾对台湾问题提出了著名的八项主张，我过去向您讲过，中国大使也向您介绍过。他说，是的，我知道这些，请你把有关的英文或葡文材料再给我看一看。我对他说，经我们理事会开会研究，已邀请陈笃庆大使担任我会名誉顾问，希望邀请您担任名誉主席。他笑了笑说，你们中国大使很不错。担任名誉主席一事让我考虑考虑，我明日要去外省视察，三天后回来。你把邓小平和江泽民相关讲话的资料找来给我，我阅后再说。

于是，我立即向使馆汇报，并请赵强政务参赞将江泽民主席的讲话及有关材料译成了英文和葡文。

8月11日上午10时，总统打电话叫我立即去他府邸，并让我把有关材料带给他。我将中国驻莫大使馆给我的两份各15页、用英、葡文翻译的江泽民主席提出的对台工作"八项主张"，以及最近关于台湾问题的资料交给了总统。总统说，这样很好，今天是周日，我有时间可以仔细看完。

在给总统和他夫人做完针灸治疗后，他们还向我咨询了我们统促会的目标、任务、意义等。我向他们一一介绍，并将中国和平统一促进会的小册子给他们看。总统对我说，你热爱祖国，支持中国和平统一的行动很好，我支持你。总统夫人说，江大夫很热情、认真，他把在南非、澳大利亚、巴西开会的照片和录像给我看了，很好。总统说，他常常向我做宣传，连我母亲都知道了中国的和平统一问题，说得大家都高兴地笑了起来。

临走时，我将8月6日写好的信交给了总统。我说，谢谢您的大力支持，我今年去了南非、澳大利亚、巴西参加全球统促大会，我思考再三，正式写信邀请您担任我们莫桑比克中国和平统一促进会的名誉主席。

8月12日下午7时，总统的秘书来我家告诉我："总统同意当你们的名誉主席，并给你回了信，总统说明日要亲自交予你。祝贺你，你真了不起！"总统的信件全文如下：

莫桑比克共和国总统府总统信件

亲爱的江永生教授：

您好！

你 8 月 6 日的来信我已阅。

你积极参加中国和平统一活动，在今年先后出席在南非、澳大利亚、巴西举行的促进中国和平统一大会，表现出你对祖国的热爱，值得大加褒扬。

你经常将开会的照片、录像、发言给我观看，通过你提供的江泽民主席关于解决台湾问题的"八项主张"及有关介绍资料，增加了我对中国和平统一事业的了解和兴趣，使我十分感动，也使我更加了解中国。我一贯坚持"一个中国"的立场，支持中国的和平统一大业。我坚信在不久的将来，五星红旗一定会在台湾飘扬。

10 多年来，你在莫桑比克认真的工作态度和职业精神受到我国人民的高度赞扬。同样，我本人也对你做出的巨大努力，特别是对我及家人的健康所做出的贡献表示感谢，这也使你和我们之间建立了深厚的友谊，我们相互视为值得尊敬和信赖的朋友。衷心祝贺你当选为莫桑比克中国和平统一促进会会长。我愉快地接受你的邀请担任贵会的名誉主席，以此表达我对你和中国人民的友谊和支持。值此你将赴北京参加和平统一会议之际，请你转达我对江泽民主席的问候，并通过他向中国人民表示亲切问候。

祝愿中国的统一早日实现。

莫桑比克共和国总统

若阿金·阿尔贝托·希萨诺

2002 年 8 月 12 日于马普托

8月13日上午，我给总统做完治疗后，他马上要乘飞机去参加刚果新任总统的就职典礼。临行前，他对我说："祝贺你当选为莫国统促会的会长，我非常愉快地接受你的邀请，出任莫桑比克中国和平统一促进会名誉主席。我坚信，中华人民共和国的国旗一定会早日在台湾飘扬！"他还用手比画着旗帜在空中飘扬的动作，使我十分感动。我和他握手表示感谢，说："您是全球第一位担任中国和平统一促进会名誉主席的国家元首，意义重大，我们统促会全体成员也感到荣幸和自豪。"总统也十分高兴地和我拥抱，并说："你去北京时请向江泽民主席表示问候，并通过他向中国人民表示问候，向全世界统促会的朋友们问好！"

从谴责陈水扁"一边一国"的谬论，到希萨诺总统出任我会名誉主席，新华社、人民日报社、中央电视台皆做了报道。这是中国政府长期与莫桑比克政府友好互助的结果。中国驻莫大使馆自1976年建馆以来，为莫国做了大量的工作，也受到了莫国政府和人民的高度赞扬。

具有80万平方千米土地和近2000万人口的莫桑比克是非洲最早独立的国家之一。希萨诺总统是继南非总统曼德拉之后又一位了不起的非洲国家元首，现在又是非洲联盟主席候选人之一。在非洲，他坚持"一个中国"的立场，是十分著名的政治家和外交家。40多年的政治生涯使他洞悉政治风云变幻，在非洲享有崇高的威望。他的观念和意见在某种程度上代表了多数非洲国家领导人的思想，可以肯定地说，他是支持中国统一大业的杰出领导人之一。因此，我对他十分尊敬，他对我也十分友好。1998年3月17日，他还发表过一份声明给我和中国大使馆："在接受江永生医生给我的针灸治疗以后，我的身体健康状况得到了明显的改善。我很钦佩他高超的医疗技术，特别是他的职业精神。江永生对所有患者，包括对我和我家人的人道主义的关怀，造就了我个人与他的深厚友谊和相互信任。

尤其值得一提的是，他不管人的社会地位如何，都以这种热情认真的态度去服务，这种一视同仁的工作态度值得赞扬。"总统常对他的朋友和其他国家元首说，我对他的健康付出了很大的努力，他现在身体非常健康。他还说对我的工作十分放心，因为我是中国人。总统认为中国的医学文化是世界第一流的，身为一个中国人，我对此感到由衷的高兴和自豪。总统出任莫桑比克中国统促会名誉主席并非偶然，而是因为中国永远是非洲人民和世界人民最可靠的朋友。

总统出任名誉主席之后，对中国的统一大业十分支持。2002年11月，联合国全球可持续发展首脑会议在南非召开，朱镕基总理率领中国代表团与会，希萨诺总统也率团出席会议并与朱镕基总理亲切会见。希萨诺总统归来后很兴奋地对我说："朱总理和中国驻南非大使都知道我是你们统促会的名誉主席，我们还在宴会上喝中国的茅台酒互相祝福。很多国家的元首向我表示祝贺，我也为自己成为全球第一位担任中国和平统一促进会名誉主席的国家元首感到骄傲和自豪！"

今后，我将继续努力工作，多干实事，为中莫两国人民的友谊，为祖国和平统一大业的早日实现贡献力量。衷心祝愿海峡两岸早日和平统一，期盼中华民族的伟大复兴早日实现。

我与总统一起悼念遇难同胞

2008 年 5 月 12 日下午 14 点 28 分（莫桑比克时间上午 10 时 28 分），四川汶川爆发了举世震惊的大地震。我当时正在莫桑比克军队总医院上班，11 点半，莫桑比克中国和平统一促进会肖正民理事来电话告知了我汶川地震的消息。我当时难以置信，思绪万千。汶川地震的震级与唐山地震相当（7.8 级），它是新中国成立以来破坏性最大的一次地震，使无数个城镇毁于一旦。想到家乡人民遭此劫难，我当时心情十分沉重，并告诉了来诊治的患者，很多患者朋友也表达了关切之情。曾接受我治疗的莫国解放阵线党中央政治局委员、前国防部部长希潘德大将向莫国总统格布扎报告了汶川地震的消息，并立即与中国驻莫大使馆取得联系。大使馆临时代办雷同立参赞证实地震造成了严重的伤亡，称党中央、国务院正紧急部署抗震救灾工作。雷参赞还请我统计四川亲友的伤亡情况，并转达了使馆领导的慰问之情。因为有很多四川籍中国公民在莫工作，我也立即向莫国总统、总理、议长、部长等政要及华侨华人、莫国新闻媒体报告了地震的消息，请他们及时了解灾情。

5 月 12 日晚，希潘德大将电话告诉我，莫国总统格布扎向胡锦涛主席发去了慰问电，代表莫国政府向中国政府和人民慰问，并刊登在了莫国 13 日的《消息报》第一版上。该报还刊登了灾情的照片，电视台也及时进行了报道，极大地震撼了莫桑比克。莫国同胞、友人纷纷表达了关切之情，莫国解放阵线党中央书记、议长致电向驻莫大使馆表示慰问。

5 月 13 日，莫国前总统希萨诺从国外归来，他是联合国的和平顾问、非洲特使，也是莫国中国和平统一促进会终身名誉主席。我立即通过电话向他做了汇报，他十分关注并询问了受灾情况。5 月 14 日下午，希萨诺的秘书送来了他的亲笔慰问信，请我转达向胡锦涛主席和中国政府的致意，并转达对四川灾区人民的慰问。全文如下：

致莫桑比克中国和平统一促进会会长江永生先生

亲爱的朋友：

作为中国人民的朋友，我以我个人和我家人的名义，向中国四川强烈地震中失去生命的人们表达我沉重的哀悼之情。

请向胡锦涛主席以及中国政府致意，向遇难者家属深表同情，致以慰问，对所有社会救援组织挽救众多生命表示衷心的敬意和钦佩。

祝愿所有伤者早日康复。中国具有强大的经济活力和生命力，定会帮助人民早日重建家园。

希望这几天承受着巨大伤痛的人们尽快化悲痛为力量，抗灾自救，必将成功。

莫桑比克前总统

莫桑比克中国和平统一促进会终身名誉主席

若阿金·阿尔贝托·希萨诺

2008 年 5 月 14 日于马普托

接下来的两天，莫国华侨华人对灾区的关切和焦急的心情无以复加。5月14日晚7点30分，我在马普托迅速主持召开了莫国统促会和华侨协会理事扩大会，介绍了地震的灾情。在会上，我宣读了在网上摘录的国务院侨办与四川省侨办的慰问电，莫桑比克华侨协会黄类思会长宣读了前总统希萨诺慰问灾区的葡文信件。会议通过了捐款救灾倡议书，32名与会者当场捐款8200美元，第二天很多华侨华人和台胞又纷纷个人捐款。根据会议决议，我们向国务院侨办国外司发了慰问电，请国务院侨办向四川省侨办转达莫国华侨华人和政要的慰问之情。此外，我们将统促会的工作情况和前总统希萨诺的慰问信呈报给了中国和平统一促进会秘书处李路副秘书长，并于5月15日将莫国华侨华人首批爱心捐款8770美元交由中国驻莫大使馆转交灾区。国哀期间，莫国前总统、议长等政要及军队总医院院长和华侨华人、莫国民众还到驻莫大使馆签名以示沉痛哀悼。

特别值得指出的是，莫国前总统希萨诺曾四次打电话给我，询问灾区情况，并对胡锦涛主席和温家宝总理亲临灾区指挥抗震救灾和人民军队的全力以赴表示衷心的敬意和赞扬，对"天府之国"四川遭遇如此惨重的灾害表示震惊和痛心。2004年4月，我曾陪同希萨诺访问过四川省都江堰市，受到了四川人民的热情款待。灾情当前，他请我一定向四川省领导和人民表示深切的慰问，对所有社会救援组织挽救众多生命的义举表示钦佩。5月15日，莫国红十字会捐款5000美元支援灾区。

当前，莫国华侨华人第二批救灾捐款4950美元已于5月23日交由大使馆转交灾区人民。台胞黄玉华在台湾地震中失去了两位亲人，对四川同胞的失亲之痛感同身受，她捐款2000美元，表达了同胞之情。莫桑比克华侨协会会长、四川女婿黄类思捐款1000美元，表达了关爱家乡之情。有的华人小孩将一个月的零花钱10万梅蒂卡尔（折合4美元）拿出来作为爱心捐款。莫国政要、莫国统促会名誉理事希潘德大将捐款 200 美元，我会已转交大使馆。

四川是我的故乡，生我者父母，育我者祖国家乡。电视上，地震现场的惨烈画面使人触目惊心；废墟之中，军民齐心协力抗灾，争分夺秒抢救幸存者的义举令人动容。中国以民为本、高效有序的救灾行动赢得了世界人民的同情和尊敬，灾区人民在震灾面前表现出的坚强和抗争精神也令人感动。四川挺住，中国必胜！

我记得 1975 年在成都中医学院师资班读书时，班上有很多同学来自汶川、绵阳、北川、德阳，如张显昌、唐明德、王经碧等当时皆是当地的名医，张先生还与我同一寝室。回想 30 多年前学生生涯的美好岁月，不知你们可好？家属亲人可好？在此送上最亲切的问候！

我想，地震使四川很多中医医院遭受了巨大的损失，但这压不倒四川人，压不倒中国人，四川挺住，中国必胜！四川素有"中医之乡""中药之库"的美誉，成都中医药大学、泸州医学院等都是全国有名的中医学府，培养了万余名中医工作者，活跃在中国和世界各地。因此，应动员全球中医力量创办灾区中医医院。对此，我已向国家中医药管理局王国强局长，四川省统战部聂文强副部长，香港中医药全球大会常务委员会主席、香港国际传统医学研究会古广祥会长发出了倡议书，并正在组织募捐。为灾民贡献薄力，是我们共同的心愿，我辈当尽力完成这一历史责任！

2008 年 6 月 1 日于马普托

中国驻莫大使馆、莫桑比克统促会、华侨协会、福建同乡会领导成员
在机场为我参加 2003 年世界华侨华人社团联谊大会送行

中为莫桑比克统促会会长江永生，左一、左二为副会长陈照煌、任南华，
右一、右二为副会长王孝金、黄类思

努力进取，为祖国争取更大光荣

——有感于国侨办访莫

　　2008 年 9 月 15—18 日，中国国务院侨务办公室马儒沛副主任率领 6 人代表团访问了东南非国家莫桑比克。在胡锦涛主席 2007 年 2 月访莫后，中国政府侨务官员组团访问莫桑比克，看望新老华侨华人，了解侨界群众的工作和生活情况，使莫国侨胞欢欣鼓舞，倍感亲切。

　　我在莫国工作已有 18 年，与当地华侨华人结下了深厚的友谊，很多老华侨对我十分友好和信任，我们之间畅所欲言。听他们说，1923 年，孙中山先生就任命了中国驻莫官员，当时的国民党政府还派员来此筹建中华会馆，组建中华学校，传播中华文化，培养了众多的华侨华人子弟。莫桑比克独立前，曾有 1 万多名华侨华人生活于此，而在 1975 年独立后，很多华侨华人的财产被莫国政府没收，多数华侨举家迁往他国。莫国现仅存老华侨几百人，但他们对祖国的热爱与日俱增，爱国思乡之情常溢于言表。我在组建莫桑比克中国和平统一促进会和参与组建全非洲中国和平统一促进会时，就得到了他们的热情支持。

　　这次马儒沛副主任率团访莫，日程安排得很紧凑。他们不辞辛劳，十分务实，在中国驻莫大使馆官员的陪同下，拜访莫国主要侨领，走访主要侨团，考察华人企业及商店，了解新侨情，探讨新问题。2008 年 9 月 16 日上午，在中国驻莫大使田广凤、政务参赞雷同立等使馆官员的陪同下，代表团全体成员拜访了莫桑比克统促会。在参观完华人商店和工厂后，田大使、雷参赞和代表团成员出席了我们夫妇举办的家庭午宴。马儒沛副主任当场题词"贡献社会，促进统一，服务侨社，促进发展"并赠予我，以表达对我工作的赞赏和鼓励。我写了一封信请他转呈胡锦涛主席，希望他回国后能当面向胡主席汇报，以表达莫国华侨华人的敬重之情。

2007 年 2 月胡锦涛主席访问莫国期间，我通过大使馆呈送了两本资料集：《莫桑比克十五年亲历记——反独促统专辑》和《莫桑比克华侨历史资料》，其中包括"反独促统"、医疗实践、历史文献、工作总结、侨务业绩、努力方向、中莫友谊等内容，特别是包括希萨诺总统支持中国和平统一大业、支持中医药事业发展等事迹。盖文字者，前人所以垂后，后人所以识古。时光飞逝，岁月催人，我现年已 65 岁。我将宝贵年华献给了莫桑比克，长期担任莫国前总统希萨诺的保健医生。由于我工作尽力尽责，希萨诺称我为值得信任的朋友和兄弟。他鼓励我出书记事，增进中莫友谊，使之代代相传下去。为此，我将编著《莫桑比克十八年——总统与医生》一书献给祖国。

我将继续努力工作，增进中莫友谊，传播中医和中国文化，争取促成两年一次的中医药全球大会能在莫桑比克首都马普托召开，以及在莫国创办孔子学院及医院，为祖国争光，并更好地为莫国人民服务。这当然有很大的难度，希望能得到党和政府的关怀指导以及莫国政府和华侨华人的支持。相信在政府和中莫友人的帮助和共同努力下，这些事业一定会取得成功！

2008 年 9 月 18 日于马普托

在莫桑比克的岁月[*]

2010 年 11 月 3 日，我在莫桑比克收到了四川省泸州市九三学社发来的邀请函，主旨是为编著《多党合作在四川》丛书"九三学社"分卷，邀请我以"民间大使"为主题，撰写"亲历、亲见、亲闻"事迹，使我浮想联翩，夜不能寐。

一、"九三精神" 燃起我的爱国情怀

我本人是九三学社社员和泸州医学院教授，1991 年 8 月受派援助莫桑比克。九三前辈们的丰功伟绩为我等后辈树立了楷模，在近 20 年漫长的出国岁月里，"九三精神"燃起了我的爱国情怀。

在国外工作期间，每年国庆或政协、侨联、统促会邀我回国参加会议时，四川九三同人们都对我热情款待，还安排我就国外见闻和工作体会做报告。2004 年 9 月，我当选为中国统促会第七届理事会理事，在人民大会堂受到了中央领导人的接见。全国人大常委会副委员长、九三学社中央主席、中国统促会副会长韩启德先生亲自为我颁发聘书，鼓励我努力工作，为祖国、为九三学社争取更大的光荣。五年后，我再次当选为中国统促会第八届理事会理事，又是

---

* 本文写于 2010 年。

韩主席为我颁发了聘书。时逢国庆六十周年庆典,我在香港新闻出版社出版了《莫桑比克十八年——总统与医生》和《创办莫桑比克孔子中医学院和医院》这两本书,我当场将这两本书赠送给了韩主席和科技部万钢部长。韩主席与我热情握手,问我:"你还在当总统的保健医生吗?"我说是的,我还在继续担任前总统希萨诺和现任总统格布扎的保健医生。韩主席又一次与我热情握手,鼓励我加倍努力,为九三学社争取更大的荣誉。

江永生与九三学社中央主席、中国统促会副会长韩启德
在中国统促会第六届海外统促会会长会议上合影

二、"九三精神"激励我为国努力工作

我是一名医生,在非洲莫桑比克已工作近 20 年。其间,我用针

灸治疗了 20 多万名患者，受到了莫国领导人和人民的好评。在莫桑比克首都马普托中心医院工作三年期满后，我应莫国政府特别邀请，经中国驻莫大使馆上报国内批准，应聘于莫国军队总医院，并从 1994 年 8 月起开始担任时任总统希萨诺的保健医生。由于工作认真负责且治疗效果显著，我赢得了总统的信任。总统府秘书长致函中国大使馆表扬我时指出："江永生教授神奇的医术让总统保持良好的身体健康和工作节奏，使其顺利完成夜以继日的繁重工作。"在多年的接触工作中，我与希萨诺总统和该国政要及人民建立了深厚的感情和友谊。我虽身在国外，但根在中国，和九三同人们一样，我对祖国充满了深厚的感情，期盼祖国早日实现统一。

2000 年陈水扁在台湾上台后推行"台独"路线，激起了海外 5000 万华侨华人的愤慨，海外"反独促统"运动一时风起云涌。2002 年 1 月，我同南非华侨华人发起成立了全非洲中国和平统一促进会。同年 7 月，我同莫桑比克华侨华人创建了莫桑比克中国和平统一促进会，并被大家一致推选出任会长。我决意以自己的辛劳和热血，凝聚当地华侨华人力量，共同反对"台独"，积极开展住在国主流社会的工作，使他们尽可能多地了解中国政府解决台湾问题的政策方针，取得国际主流社会对中国统一大业的理解和支持。台湾问题事关祖国完全统一，事关祖国的核心利益。实现祖国的完全统一，是全体中华儿女的共同心愿和奋斗目标，也需要获得国际社会的认同与支持。为了推动海峡两岸关系的和平发展，我克服重重困难，在做好本职工作的同时，还在政治领域发挥自身特点和优势，做了大量有益的工作，也受到了莫国政要、官员及人民的理解、支持和赞扬。

2005 年 5 月 25 日，中国和平统一促进会王冀军副秘书长来莫国访问，受到了莫国前总统希萨诺和总理路易莎的热情接见。希萨诺后来对我说："我们谈得很好，她向我介绍了中国统促会的情况。我知道了全国政协主席贾庆林是会长，全国各界人士一共有 265 名理事；海外有理事 60 人，非洲只有 3 人，你就是其中之一。中国统促会团结了各方面的政治力量，促进了中国的和平统一。中国 8 个民主党派参政议政的经验值得莫桑比克解放阵线党借鉴学习。"

希萨诺接见中国和平统一促进会副秘书长王冀军

2007 年 2 月 8—9 日，胡锦涛主席访问莫桑比克，接见了莫桑比克华侨华人代表。中国驻莫大使洪虹向胡主席介绍我说："这是统促会会长江大夫。"胡主席亲切地与我握手后问道："来莫桑比克多少年了？"我说："我是 1991 年同中国医疗队来的。"胡主席说："16年了，习惯吗？"我说："时间久了就习惯了。"胡主席又说："你是前总统希萨诺的保健医生？"我说："是，现任总统又下达文件让我当他的保健医生。我邀请他们二位总统当了统促会的名誉主席。"胡主席高兴地说："好，好！你的工作做得好！"我说："大使的工作做得好，这是和广大华侨共同努力的结果。"胡主席又问："你的太太呢？"我指了指站在我旁边的夫人向胡主席介绍说："这是我的太太。"胡主席亲切友好地伸出手说："与你太太握个手。"这使会场严肃的气氛一下活跃起来，我夫人激动得热泪盈眶，连说："谢谢胡主席！谢谢胡主席！"

值得高兴的是，经过大使和我们的共同努力，2010 年 11 月 8 日，莫桑比克新任议长韦罗尼卡·马卡莫回函莫桑比克中国和平统一促进会，称她接受我的邀请，愉快地出任我会的名誉顾问，支持中国的和平统一大业。

莫国议长韦罗尼卡·马卡莫出任莫国统促会名誉顾问，
向江永生递交议会文件

三、牢记祖国关爱，弘扬中华文化

2010 年 5 月 7—9 日，第五届世界华侨华人社团联谊会在北京隆重举行，来自五大洲 120 个国家的 600 多位华侨华人社团负责人会聚一堂。莫桑比克前总统希萨诺致信胡锦涛主席，对本次联谊会和上海世博会的召开表示热烈祝贺，国侨办主任李海峰代表组委会请我在大会上宣读了贺信。希萨诺现在是联合国非洲特使，也是我会终身名誉主席，他对胡主席和中国人民充满了友好的感情。2003 年 10 月世界华侨华人社团联谊大会举行时恰逢"非典"时期，我也作为时任莫桑比克总统和非盟主席的希萨诺的特使，登台朗读了希萨诺总统致胡主席的信："2003 年对中国而言，是不寻常的一年，在阁下的坚强领导下，中国人民万众一心，战胜并消灭了非典型性肺炎，我十分钦佩……"前后两封信受到两届大会代表的热烈欢迎，产生了良好的国际影响。同月，包括我在内的出席过全国政协大会的 247 名海外代表中的 100 名列席代表受邀参加了"海外侨胞列席全国政协全体会议十周年纪念座谈会"。

莫桑比克总理、前教育文化部部长阿里是我的朋友，我们曾多次交谈过在莫桑比克创办孔子中医学院和医院的事宜，我还把有关文件和方案交于他阅示。他升任莫国总理以后，我还致信表示祝贺并邀请他担任我会名誉顾问，他也欣然接受。我今年已 68 岁，岁月催人，但"九三精神"一直激励着我继续努力工作。我目前致力于在莫桑比克创办孔子中医学院及医院，计划由国内医院与莫桑比克国立蒙德拉内大学合办，每年在莫桑比克招收 100 名学生。未来，我将继续在非洲传播和弘扬中国文化，为早日实现中国的和平统一贡献自己的力量。

促统楷模

心系祖国情，共圆统一梦[*]

为纪念中国人民抗日战争暨世界反法西斯战争胜利 70 周年，中华人民共和国将于 2015 年 9 月 3 日在北京举行盛大的阅兵式以示庆祝，俄罗斯总统普京等 30 位国家元首和政府首脑受邀将出席盛会。2015 年也是中华人民共和国与莫桑比克共和国建交 40 周年，在受邀出席北京"九三"阅兵盛会之际，我心潮澎湃，特此撰文。

谨以此文献给各国中国和平统一促进会的爱国者们，并向致力于"反独促统"运动的全球华侨华人致敬！向支持中国和平统一大业的莫国总统、总理、议长、各界人士，向祖国人民、中央以及各部委、中华人民共和国驻莫桑比克大使馆、莫国各界同人同胞敬礼！并以此文纪念中国《反分裂国家法》颁布 10 周年。

中国和平统一促进会是推动中国和平统一的重要力量。"反独促统"运动已成为继辛亥革命、抗日战争后海外侨胞掀起的第三次爱国高潮。自 20 世纪 90 年代以来，海外华侨华人在世界范围内陆续建立了 180 多个"反独促统"民间组织。全球第一个洲际促统组织欧洲中国和平统一促进会是由匈牙利华侨张曼新先生牵头，在香港"中国和平统一研讨会"的基础上，在海协会副会长张金成、中国和

---

* 本文写于 2015 年。

平统一促进会总干事王北新以及多位爱国侨领和专家学者等支持下，于 1999 年 8 月 22 日在匈牙利注册成立的。此后不久，世界各地的统促会组织像雨后春笋般成立起来。仅欧洲就有 23 个国家成立了统促会组织，它们都成为欧洲中国和平统一促进会的会员单位。2000 年 8 月 26—27 日，在德国柏林召开了全球华侨华人促统大会，吹响了全球"反独促统"的号角。在随后几年里，全球促统大会相继在东京、悉尼、莫斯科、曼谷、维也纳、布达佩斯、澳门等地召开。

莫桑比克统促会于 2002 年 7 月 15 日成立，张曼新先生曾给予我会很大的支持和帮助。张曼新先生的事迹和贡献是广大海外华侨华人的光荣，在此向各国统促会的侨领们致敬，你们都是我敬佩的爱国者，是我学习的榜样。我也号召大家进一步加强团结和合作，为实现习主席倡导的"中国梦"，为祖国统一，为中华民族的复兴贡献力量。

南宋陆游有云："位卑未敢忘忧国，事定犹须待阖棺。"孙中山先生也曾指出："'统一'是中国全体国民的希望。能够统一，全国人民便享福；不能统一，便要受害。"全世界为祖国促统事业不断奋斗的爱国者们，让我们继续努力，为祖国争取更大的光荣！

苏健大使（中右）与莫桑比克中国和平统一促进会会长江永生
主持纪念中国人民抗日战争暨世界反法西斯战争胜利70周年座谈会

发挥理事作用，促进和平统一[*]

我在非洲工作已 16 年。从中国医疗队队员到担任莫国前总统希萨诺和现任总统格布扎的保健医生，我将中国针灸医生的无私奉献精神在非洲发扬光大，又参与创立了全非洲中国和平统一促进会和莫桑比克中国和平统一促进会，并被推选为全非洲统促会副会长与莫国统促会会长。自 2004 年起，我还担任中国统促会理事。我发挥自身优势，在"反独促统"工作中与莫国政要和人民结下了深厚的友谊。现在我以"发挥理事作用，促进和平统一"为题，将主要工作作以汇报，敬请同人批评指正。

一、立足非洲莫国，邀请总统、议长、总理担任名誉主席和顾问

在"反独促统"事业中，非洲具有重大的战略意义。2006 年 11 月，48 个非洲国家的元首、政府首脑或代表以及国际组织代表出席

＊ 本文是江永生 2007 年在中国和平统一促进会七届二次理事大会上以该会第七届理事会理事、莫桑比克中国和平统一促进会会长身份提交的经验交流材料。

了中非合作论坛北京峰会。2007年1—2月，胡锦涛主席访问莫桑比克等非洲8国，去年还访问了肯尼亚等非洲6国。莫国前总统希萨诺早在2002年8月出任莫国统促会名誉主席时就对我讲过："非洲各国是中国人民可靠的朋友。对于台湾问题，非洲56个国家大多数是支持中华人民共和国的，在联合国投票使新中国顺利进入联合国即是证明。今后中国和非洲应互相支持、互相帮助，使传统友谊更加巩固。"

我首先是一名援外医生，爱国爱民爱家乡是我的本能和责任。与希萨诺总统十多年的医疗和政治接触，使我受益匪浅。他把我视为兄弟，国事家事谈笑自如，严肃轻松参半。记得2002年7月我告诉他莫桑比克统促会成立时，他当即表示祝贺。他对我说"你这位医生也要从政了"，还说搞政治要有清醒的头脑，要做最大的牺牲，要成为别人的楷模。我说："当会长要外出去世界各地开会，请您能给予我一定的支持。"他说："可以，我支持你的爱国行动，但是机票不能报销，也没有出差每天100美元的补助。我准假让你出席会议就是支持。办公费、电话费要自拟，你每月1500美元的工资可能要用去一大半，要有思想准备。"我说："报效祖国，义不容辞。"于是，我多次自费到南非、澳大利亚、巴西、俄罗斯、智利等国家和地区参加全球统促大会。应我的请求，希萨诺总统还向这些会议致信表示祝贺，表示莫国政府支持中国和平统一的严正立场。他在莫桑比克当了18年总统，2005年卸任后任联合国和平顾问、非洲特使以及由非洲多国前国家元首和政府首脑组成的"非洲论坛"的主席。希萨诺对莫桑比克统促会的工作给予了很大的支持，我对他十分敬重，对他的健康也十分关心。总统府秘书长伊萨克在给我的信中这样写道："总统和总统家人的保健医生江永生教授，是你使得总统在这段时期身心都保持良好状态，有条不紊地开展工作，以积极的心情应对每天的辛苦工作。你神奇的医术让总统保持了良好的工作节奏。"

1998年3月和2004年4月，我两次以总统保健医生的身份陪同希萨诺总统访问中国，受到了江泽民主席和胡锦涛主席的亲切接见，并听取了总统针对台湾问题和支持"一个中国"政策的谈话。2014年访华期间，我在国宴上还把希萨诺总统及其夫人以及莫国华侨华人等数百人参加"反独促统"签名活动的照片交予胡主席，胡主席十分高兴，并与希萨诺总统热烈拥抱，令人十分感动。希萨诺总统在南非与朱镕基总理、在埃塞俄比亚与温家宝总理见面时，还主动介绍了莫桑比克统促会的"反独促统"工作和我在莫国的各项工作，受到了我国领导人的高度赞扬。

2004年10月，我陪同希萨诺总统参加了莫国执政党解放阵线党的代表大会，此次会议确认了时任解放阵线党总书记格布扎为新的总统候选人。希萨诺总统在会议上强调，支持"一个中国"的原则是莫国政府的既定国策，任何时候都不能动摇，绝不能和台湾方面发生任何官方往来。因为之前台湾当局通过与之"建交"的斯威士兰等国进行游说，企图与莫国建立"代办级"关系及使用马普托机场，结果均遭到了总统的拒绝，总统说不能因金钱关系就损害中国朋友。会议结束前，希萨诺让我去拜会格布扎书记（我们过去也很熟悉，我还为他夫人及母亲看过病），并向他推荐让我继续担任他们二人的保健医生。为此，希萨诺在卸任前特地签署了文件，让我担任他们的保健医生。这是中国人的光荣，也是中国针灸医学的力量。

2005年2月2日莫桑比克新任总统格布扎就职后，我于2月6日致信总统和总理，邀请他们出任莫桑比克统促会名誉主席和名誉顾问。总理路易莎于6月回函表示同意出任名誉顾问。总统太忙，我又及时向中国驻莫大使洪虹反映，请他在与总统会面时做工作。8月底，总统府正式回函我："莫桑比克共和国总统格布扎愉快地接受江永生会长的邀请，出任莫桑比克中国和平统一促进会的名誉主席，支持中国的统一大业。"之后，2006 年 2 月，我又致信议长穆伦布韦并多次与他谈话，邀请他担任我会名誉顾问，还与其家属共同做工作。最终，议长于当月回函："莫桑比克共和国议长穆伦布韦愉快地应江永生会长的邀请，出任统促会名誉顾问。"对此，新华社做了全球报道。

2005 年 2 月在参加莫桑比克总统格布扎的就职典礼后，
江永生在总统府办公室门前留影

二、希萨诺总统支持中国的和平统一大业

2003 年 8 月，希萨诺以莫桑比克总统和非盟主席的名义致信"全球华侨华人推动中国和平统一大会"莫斯科大会表示祝贺："向大会的举办者和参加者致以热诚的祝贺，向那些支持中国和平统一

并因此团结起来的人们致以良好的祝愿。祝中国的和平统一大业早日实现。"

2003年9月，希萨诺以莫桑比克总统和非盟主席的名义致信胡锦涛主席，祝贺世界华侨华人社团联谊大会在北京召开，并指出："从20世纪60年代的民族解放斗争开始，莫桑比克人民就一直支持并将继续支持中国人民实现祖国和平统一而进行的斗争。"

2004年9月，希萨诺以莫桑比克总统和莫桑比克统促会名誉主席的名义致信胡锦涛主席，祝贺中华人民共和国成立55周年，并祝贺中国和平统一促进会第七届理事大会于9月25—27日在北京召开。他指出："召开这次大会意义十分重大，这不仅有利于中国的国家统一和民族团结，而且有利于加强亚太地区的安全与稳定，加强世界各国人民的友谊，以及世界各国的和平与合作。""祝胡锦涛同志身体健康，并在领导中国人民走向繁荣富强的道路上万事顺利。"

希萨诺总统还为澳门全球统促大会、香港回归十周年等事件专门致信表示祝贺。

三、促进华社团结，反独促统，弘扬中华文化

莫桑比克有80万平方千米土地和2100万人口，华侨华人在莫国生活有130多年的历史，鼎盛时期在莫华侨华人有1万余人。1923年，孙中山先生就开始任命中国政府驻莫国官员。莫国当时开办了中华学校，招收学员达300余人，在非洲尚属先例，南非等地的华人都来马普托就读。3000平方米的中华会馆是华人经常聚会的场所。1975年6月莫国独立后，中华会馆被政府没收充公，很多华人也出走巴西、葡萄牙、美国、新加坡。因此，收回中华会馆是几代在莫华侨华人的心愿。

作为华侨团体的代表，我们莫桑比克统促会与中华协会等通力合作，在中国驻莫大使馆的支持下，力促莫国政府于2005年归还了中华会馆，为弘扬中华文化，培养华人子弟学习中文、热爱祖国做出了贡献。

为支持北京奥运会建设，我们积极组织莫桑比克统促会和中华协会会员捐款，捐款总额达5200美元，其中31名捐款100美元者获得了"奥运捐赠证书"。2004年印度洋海啸发生后，许多印尼华侨华人遇难，我们发动大家捐款1200美元并送交红十字会，表达了莫国华侨华人的手足之情。

2000年陈水扁上台担任台湾地区领导人后，延续"台独"分子李登辉的路线，不断进行"台独"分裂活动。2002年8月3日，陈水扁公然抛出"一边一国"的谬论，莫桑比克统促会立即召开理事会紧急会议，发表了强烈谴责陈水扁分裂祖国罪恶行径的四点声明。2005年3月，莫桑比克统促会举行理事扩大会并发表声明，坚决拥护中国十届全国人大三次会议通过的《反分裂国家法》。2007年6月，我会还发表声明，谴责陈水扁"公投入联"的分裂行径，在国际上产生了很好的影响，受到了各国统促会同人的鼓励、支持和赞扬。

多年来，我们与海外兄弟统促会，如美国、英国、澳大利亚、日本、加拿大、巴西等地的统促会皆有联系和交流。其中，英国的单声、美国的黄企之、日本的陈福坡、巴西的张无咎、智利的彭奋斗、中南美洲的钟月钧等会长虽都年过七旬，却仍然奔波于世界各地，支持祖国的和平统一大业。他们是我的楷模，也给了我很多的支持和鼓励，我对他们表示衷心的感谢和敬意。

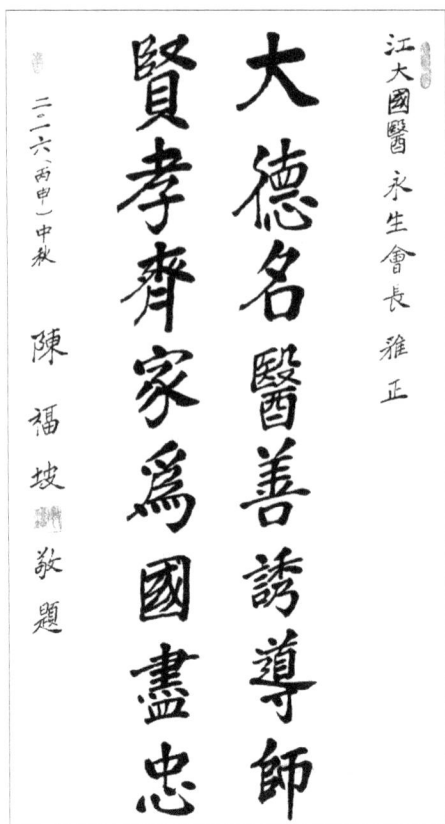

江大國醫 永生會长 雅正

二〇〇六(丙戌)中秋

大德名醫善誘導師
賢孝齊家爲國盡忠

陳福坡敬題

陈福坡题词

四、贯彻"两会"精神，宣传和平统一

2007 年 3 月，我作为海外侨胞代表列席全国政协十届五次会议，并应邀到北京大学、北京师范大学、成都中医药大学以及我所在的泸州医学院做宣传祖国统一大业的演讲，受到了师生们的热烈欢迎与鼓励。北大研究生会以"医术架桥梁，银针渡友谊"的报道在网上写道："江教授经常利用与总统一同出访的机会，将和平统一促进会的工作做到了罗马教皇、联合国秘书长等世界政要的身上，得到了多方声援。"

我认为，"反独促统"是长期的历史任务，做好当代大学生的工作，鼓励他们热爱祖国、忠诚奉献，具有很大的意义，希望各国统促会同人都努力做好下一代的工作。使"反独促统"工作后继有人，是我们义不容辞的责任。

五、编著《莫桑比克十五年亲历记》

盖文字者，前人所以垂后，后人所以识古。在海外华侨华人及莫国领导人和人民的支持与帮助下，我将15年来在莫国的工作总结成文，编著了《莫桑比克十五年亲历记》一书。2006年该书出版，莫桑比克前总统希萨诺、中国驻莫大使洪虹、中国和平统一促进会执行副秘书长李路为之作序。此外，我还收到了国台办陈云林主任的贺信，他在信中说："相信该书的出版对增进中莫两国民间友好往来，对推动中国和平统一大业具有积极意义。"

本书出版后，我将其赠送给了在重庆参加第五届海外统促会会长会议的各位代表，以及莫国的华侨华人、总统、总理、议长和部长们。我还通过"非洲特使"希萨诺向联合国汇报工作的机会，将本书交予安南秘书长阅示，受到了好评与支持。

现在，我编著的《总统与医生》一书已经完稿，其将我15年来与总统及其家人的友谊、在莫国治疗15万余名患者的经验汇为一册，旨在为培养更多的总统保健医生、举办针灸中医论坛和建立中非友谊医院创造条件，使针灸医学在非洲发扬光大，为祖国做出更大的贡献。

我担任统促会会长、理事以来，发挥自身优势，做好莫国主流社会和人民的工作，积极开展了支持中国和平统一大业的实践活动。陈水扁等"台独"势力不会自动退出历史舞台，今后我们还将面临各种挑战。因此，世界各国的华侨华人应发挥各自的优势，团结合作，形成海内外巨大的历史潮流，这将是推动中国和平统一的巨大动力。国家兴亡，匹夫有责。总结历史，寻求规律，为实现中华民族的伟大复兴而奋斗，为祖国的统一大业贡献毕生的力量，是时代赋予我们的神圣职责。我们应不辜负祖国人民的重托，继续努力，为祖国争取更大的光荣。

2007 年 9 月 6 日于马普托

和平统一是历史潮流

——有感于莫桑比克前总统希萨诺
获首届易卜拉欣和平奖

2007 年 11 月 27 日晚，莫桑比克电视台转播了在埃及开罗举行的授予莫桑比克前总统希萨诺首届易卜拉欣奖（由英国富翁莫·易卜拉欣所创立）的活动。莫桑比克举国上下一片欢呼，令人十分感动。

早在 10 月 22 日，在希萨诺 68 岁生日当天晚间，易卜拉欣基金评奖委员会主席、联合国前秘书长安南就在英国伦敦宣布授予希萨诺首届易卜拉欣奖，以表彰其在担任总统期间对莫桑比克及非洲所做的贡献。希萨诺因此可获得 500 万美元的奖励，外加每年 20 万美元的终身养老金。而在 11 月 27 日晚的授奖大会上，南非前总统曼德拉和安南等政要发表了热情洋溢的讲话，盛赞了希萨诺的历史功勋及对和平事业的贡献。希萨诺本人也发表讲话，表示他将继续为非洲和世界的和平事业做出更大的贡献。莫国现任总统格布扎随后也发表讲话表示祝贺，称这不仅是希萨诺个人的荣耀，也是令莫桑比克及其全体国民感到骄傲的事情。莫国在野党"全国抵抗运动"（抵运党）主席德拉卡马也发表了讲话，对希萨诺表示祝贺。

希萨诺于 1986 年 10 月接任莫国总统，2005 年卸任，前后执政长达 18 年。在他的领导下，莫国政府与反对派于 1992 年在罗马签署了和平协议，结束了长达 16 年的内战。此后，他致力于国内和平和发展建设，使莫国经济实现了高速增长。

希萨诺支持中国的和平统一大业，是莫桑比克中国和平统一促进会的终身名誉主席。2002 年 7 月，我同莫桑比克华侨华人创立了莫桑比克中国和平统一促进会，并被大家一致推选出任会长。2002 年 8 月，希萨诺总统接受我的邀请，出任莫桑比克统促会名誉主席，是全球第一位出任中国民间组织统促会这一名誉职务的外国在任元首。2005 年希萨诺卸任总统，后担任莫桑比克统促会终身名誉主席。我在莫国工作已有 16 年，长期担任希萨诺的保健医生。多年的交往使我和他及他的家庭结下了深厚的友谊，他称我为"值得信任的朋友和兄弟"。

2007 年 10 月 23 日，我通过电话对他获奖表示热烈祝贺时，他还在非洲马里以联合国特使的身份执行和平使命。他很高兴地对我说："谢谢你的祝贺，我也十分感谢你对我身体健康的帮助。"11 月 2 日他返莫后，晚上 8 时我又去他办公室为他治疗，并再一次祝福他身体健康、生日快乐。我们交谈甚畅，当说到台湾"入联公投"之事时，他对我讲，台湾"入联公投"是不可能实现的事，联合国是绝不会同意的。世界上只有一个中国，即中华人民共和国，台湾是中国领土不可分割的一部分。和平统一是历史潮流，中国的和平统一大业一定会成功。

希萨诺担任我会名誉主席的职务后，多次在讲话、谈话和信函中坚决支持中国的和平统一大业。他获得首届易卜拉欣奖是当之无愧的，我也为他感到高兴和自豪。

2007 年 10 月，胡锦涛总书记在党的十七大报告中指出："我们郑重呼吁，在一个中国原则的基础上，协商正式结束两岸敌对状态，达成和平协议，构建两岸关系和平发展框架，开创两岸关系和平发展新局面。"和平统一是人心所向、民族所愿，是不可阻挡、不可逆转的历史潮流。团结海内外华侨华人，特别是台湾同胞，推动两岸关系和平发展和祖国和平统一大业，是历史赋予我们这一代人的神圣使命。

2007 年 11 月 27 日晚于莫桑比克马普托

致中国和平统一促进会秘书处的信

尊敬的梁金泉秘书长，李路、王冀军副秘书长台鉴：

今日收看了胡锦涛主席在纪念《告台湾同胞书》发表30周年座谈会上的讲话，并与李路、王冀军副秘书长通了电话。他们希望莫桑比克统促会在莫开展对胡主席重要讲话的讨论学习，我当努力为之。现就讲话先谈谈我个人的学习心得，并结合莫国统促会讨论的共识，提出贯彻胡主席讲话的工作意见。

胡主席对30年来的促统工作进行了详细的总结，表达了中国政府结束两岸对抗历史、共创美好生活的愿景。讲话中提出的"六点意见"（恪守一个中国，增进政治互信；推进经济合作，促进共同发展；弘扬中华文化，加强精神纽带；加强人员往来，扩大各界交流；维护国家主权，协商涉外事务；结束敌对状态，达成和平协议）对推动两岸关系和平发展具有重要的指导意义，我深表赞同。结合全非洲和莫桑比克统促会及华侨华人的情况，如南非有30万华人，其中台湾同胞有5万余人，我们当积极响应胡主席的指示，在非洲做一些实际的工作。

我建议2010年在非洲莫桑比克马普托举办"第四届全球中医药

大会和平友谊合作和谐统一论坛",并在非洲各国创办孔子中医学院和医院,以弘扬中华文化并加强国际合作和两岸民间交流合作。

祝统促会同人新年快乐!

莫桑比克统促会会长

全非洲统促会副会长

江永生

2008 年 12 月 31 日于马普托

致中国和平统一促进会的贺词

中国和平统一促进会：

值此第八届中国和平统一促进会理事大会在北京隆重召开之际，我谨代表莫桑比克中国和平统一促进会，并受我会终身名誉主席、莫国前总统希萨诺，我会名誉主席、莫国现任总统格布扎，我会名誉顾问、莫国现任议长穆伦布韦和总理路易莎的委托，向大会的胜利召开表示热烈祝贺！

去年 5 月以来，在两岸同胞的共同努力下，两岸关系取得突破性进展，呈现出和平发展的光明前景。我们坚决支持胡锦涛主席在纪念《告台湾同胞书》发表 30 周年座谈会上的讲话，愿两岸早日签订和平协议，推进中国的和平统一大业，为实现中华民族的伟大复兴做出贡献！

祝大会圆满成功！

祝各位领导、各位同人朋友们、理事们身体健康、工作顺利！

敬礼！

莫桑比克中国和平统一促进会会长

中国和平统一促进会第七届理事会理事

莫桑比克共和国总统保健医生

江永生教授敬贺

2009 年 8 月 25 日于马普托

我的中国梦

——支持祖国统一大业，让中医造福世界

2013 年，中国中央电视台"全球侨胞中国梦"大型征文活动成了国际媒体关注的热点，世界看到了一个正在走向繁荣富强的中国。在实现中华民族伟大复兴的中国梦的历史进程中，广大海外侨胞发挥着不可替代的重要作用。作为 5000 万海外华侨华人中的一员，我的中国梦，一是在政治上始终不渝地支持中国的和平统一事业，二是在莫桑比克创办非洲第一所孔子中医学院，在非洲传播中国文化，为非洲人民和世界人民造福。

我是一名普通的中国针灸医生，到莫桑比克工作已有 22 年，我把自己宝贵的年华献给了莫桑比克。从中国医疗队队员到担任莫桑比克总统的保健医生，从马普托中心医院到莫国军队总医院，22 年来，我用一根根银针治疗了莫桑比克 20 多万名患者，以中国医生崇高的使命感为莫国人民服务，得到了华侨华人对我工作的大力支持，也得到了莫桑比克领导人和人民的认可和赞扬。2002 年 7 月，我还参与创建了莫桑比克中国和平统一促进会，并被推举为会长。在历任中国驻莫大使和官员的帮助下，在全国政协、中国和平统一促进

会、国务院台办、国务院侨办、中国侨联等部委的关怀下，莫桑比克统促会通过与当地华侨华人的通力合作，为祖国的和平统一大业贡献了微薄的力量，受到了党和国家领导人的好评，也受到了世界各国华侨华人的赞扬。

13亿中国人民正在致力于实现中华民族伟大复兴的中国梦，10亿非洲人民也在致力于实现联合自强、发展振兴的非洲梦。非洲雄狮在中国政府和人民的支持下正在加速奔跑，非洲情结促使我努力帮助非洲人民实现非洲梦。

2007年3月，我出席了全国政协十届五次会议，并作为全非洲唯一的海外列席代表，在侨联组做了发言。2009年4月18日，我正式向全国政协做了在非洲创办孔子中医学院的提案，引起了中央有关部委的重视。

在蒙德拉内大学孔子学院开设中医体验班

莫桑比克孔子学院于2012年10月在马普托挂牌成立，由莫桑比克国立蒙德拉内大学与浙江师范大学合办，我被聘请为该院的首席高级顾问。该院现已正式招生200余人，目前正在马普托市区、华侨会馆、贝拉市设点扩大招生。莫桑比克国内外民众和华侨华人纷纷踊跃报名学习汉语，现已有 500 余人正式报名，这为创办孔子中医学院创造了有利的条件。此外，我将在该院开设针灸课程，为创办中医孔子学院进一步奠定基础。

2011 年 5 月 25 日，中华人民共和国卫生部副部长、国家中医药管理局局长王国强在我向他汇报在非洲创办孔子中医学院时欣然题词"仁心仁术，大医精诚，弘扬中医，造福人类"，鼓励我努力完成此事，造福中非人民。当前，全世界只有四年前在澳大利亚墨尔本、两年前在英国伦敦成功创办了孔子中医学院，如果能在非洲创办第一所孔子中医学院，将使我十年前向时任莫国总统希萨诺提出的建议成为现实。

国家中医药管理局局长王国强与江永生亲切握手

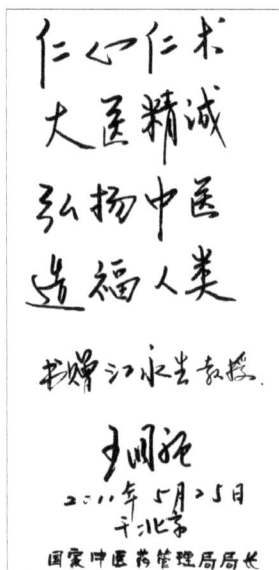

仁心仁术
大医精诚
弘扬中医
造福人类

书赠江永生教授

王国强

二○一一年5月25日
于北京

国家中医药管理局局长

国家中医药管理局局长王国强题词

　　1963年4月，应阿尔及利亚政府的请求，在周恩来总理的亲自部署下，中国向阿派出医疗队，开创了中国援外医疗队的历史。多年来，中国援非医疗队筑起了中非友好的桥梁，向非洲人民乃至全世界人民展示了中国爱和平、负责任的大国形象。中国援莫桑比克医疗队于1976年由四川省卫生厅组建，我于1991年加入援莫医疗队第8队，至今在非洲工作已有22年的时间。其间，我用针灸、按摩、刮痧等中国传统医学以及中西医结合的诊疗方法服务于莫桑比克政要、官员和民众，取得了较好的治疗效果，也得到了大家的认可和赞许。

　　总之，我认为，在非洲创办孔子中医学院，不仅对实现"中国梦"具有方向性和战略性的意义，也是加强中非合作、促进"非洲梦"实现的一个重要举措。希望能得偿所愿，功在国家，造福于非洲人民。

2013年6月1日

莫桑比克中国和平统一促进会成立十二周年总结[*]

尊敬的中国驻莫桑比克大使李春华先生，

莫桑比克统促会各位理事、会员代表们，

各位来宾、朋友们：

今天是 2014 年 12 月 29 日，在 2015 年新年即将到来之际，我们在马普托隆重召开庆祝莫桑比克中国和平统一促进会成立十二周年暨 2014 年理事会扩大会。我受莫桑比克统促会理事会的委托，根据我会章程，向大家汇报莫桑比克统促会成立 12 年以来的工作情况。

中国和平统一促进会是各民主党派、工商联和有关人民团体共同发起的，由赞成中国统一的各界人士组织成立的民间团体。自 1988 年成立以来，中国和平统一促进会高举爱国主义的伟大旗帜，以促进祖国统一、实现民族复兴为己任，进行了长期的不懈努力。

---

* 原题为《庆祝莫桑比克中国和平统一促进会成立十二周年暨 2014 年理事会扩大会主题报告》。

李春华大使（左二）与江永生会长、
王孝金副会长（右一）和黄类思副会长（左一）
在莫桑比克中国和平统一促进会成立十二周年大会上合影

　　莫桑比克中国和平统一促进会于 2002 年 7 月 15 日在莫国首都马普托成立，如今已走过了 12 年的历程。在中国和平统一促进会的领导、广大莫桑比克华侨华人的支持以及中国驻莫大使馆的关怀下，我会充分发挥自身优势，一直致力于推动中国的和平统一事业，并主要做了五个方面的工作：一是加强华侨华人社团间的联系，促进新老华侨合作，凝聚侨心。二是做好莫桑比克主流社会的工作，广交朋友。三是加强区域团结和国际合作，扩大国际影响。四是深入开展文化交流，弘扬中华文化。五是著书立说，团结台胞，做好"反独促统"工作。

　　莫桑比克统促会具有五大特点：一是它是经过莫桑比克政府部门批准而成立的民间组织，并有多位莫桑比克前、现总统，总理，议长出任我会名誉主席和名誉顾问。二是参会的人员范围广、层次高、活动领域宽。三是接待过国内中国侨联、国侨办和国内外统促会领导访问莫桑比克，促进了祖国的统一大业。四是受到了中国驻莫大使馆和中央各部委的关怀和指导。五是各位会员积极参加中国政府组织的各项活动，受到了教育，加强了团结。

12年来，我会先后邀请过陈笃庆、洪虹、田广凤、黄松甫、李春华五位中国驻莫大使出任名誉顾问并指导我会工作，使我们在党和国家方针政策的指引下，做出了成绩，贡献了力量，受到了全球华侨华人的好评和赞扬。

莫桑比克统促会能够不断发展壮大，取得今天的成绩，离不开中国和平统一促进会、中国驻莫桑比克大使馆的关怀和指导，离不开莫桑比克各级政府、各相关部门和社会各界人士的爱护和支持，同时也是我会全体同人精诚合作、共同努力、积极奉献的结果。特别是世界各国华侨华人的声援、支持和鼓励，是我们促统行动的力量和源泉。

12年来，我们做了很多工作，也取得了点滴的成绩，对此我向大家作以下简要汇报。

一、统战工作及爱国活动

莫桑比克统促会成立至今，莫桑比克前、现任总统，总理和议长先后担任过我会的名誉主席和名誉顾问，我会成为全球华侨华人在180多个国家和地区所成立的中国和平统一促进会中首家（截至目前仍然是唯一一家）由所在国国家领导人集体参与的民间组织，受到了中国和平统一促进会、国务院侨办、全国政协等部门领导的高度赞扬与肯定，同时也显示了莫国政府和人民支持中国和平统一大业的坚定立场。

我会多次组织爱国促统活动。2005年9月，由我会倡议召开的旅莫华侨华人纪念中国人民抗日战争胜利60周年座谈会在中国驻莫大使馆举行，与会代表在发言中一致表示应铭记历史、珍惜和平，积极推进祖国和平统一大业。2008 年 3 月，我会在驻莫大使馆举行座谈会，强烈谴责达赖集团分裂国家、破坏民族团结的行径，坚决支持中国政府依法处置拉萨暴力事件，以维护国家统一和安定团结的社会秩序。2012 年 9 月，我会组织莫桑比克华侨华人"保钓"座谈会，坚决反对日本实施所谓的钓鱼岛"国有化"，坚定支持中国政府捍卫国家主权和领土完整的严正立场。2014 年 1 月，针对日本首相安倍晋三参拜靖国神社的行径，我会举办座谈会，坚决支持中国政府的立场，对安倍复活日本军国主义的言行予以谴责，声讨日本军国主义对世界人民犯下的滔天罪行。

2012 年 9 月，时任中国驻莫桑比克大使黄松甫（左三）
出席莫桑比克华侨华人"保钓"座谈会

二、做好莫国主流社会的工作，
广交朋友，诠释中国的和平统一政策

我会成立第二年，即 2003 年圣诞节之际，时任莫国总统希萨诺及其夫人特邀我会 12 名理事参加在总统府举行的国宴活动，使更多的莫国政要、社会名流及各国驻莫使节了解了中国的和平统一事业，在当时产生了积极的影响。多年来，我们都会组织人员参加莫国英雄节、国庆节、圣诞节等重大庆祝活动，加强与各级官员的联系与交流，宣传中国的和平统一政策，反对"台独"和分裂势力。

为感谢莫国前总统希萨诺及议长、总理、各部长和人民对我会的支持，我代表统促会于 2009 年 10 月 22 日在希萨诺 70 岁生日的庆典上向他表示热烈祝贺，赞扬他支持中国和平统一大业的举动。

三、参加中国政府相关部门的会议活动，
紧密互动，促进祖国统一大业

我会在马普托接待过国务院侨办、中国侨联、北京电视台、中国和平统一促进会等单位的访莫代表团，同时完成了全非洲中国和平统一促进会、澳洲中国和平统一促进会等访莫代表团的接待任务。

2007 年 3 月，我本人以莫桑比克中国和平统一促进会会长、全非洲中国和平统一促进会副会长等身份，并作为全非洲唯一的海外列席代表，出席了全国政协十届五次会议。

2010 年 10 月，我应邀出席全国政协在北京举办的邀请海外侨胞列席全国政协全体会议 10 周年纪念活动（自 2001 年以来，共有来自 38 个国家的 247 位海外侨胞应全国政协邀请列席全国政协全体会

议）。共有来自 33 个国家的 90 余名海外侨胞代表出席了此次活动，这对海外华侨华人来说是一种莫大的荣幸和鼓舞。

作为莫国统促会的代表，我每年均会参加在中国国内举办的中国和平统一促进会会长会议，还多次参加了由全国政协办公厅、国务院侨办等五部委联合举办的国庆招待会。

此外，我会副会长徐曙光、王孝金也分别参加了国内举办的统促会会长会议；我会理事肖正明参加了中国统促会组织的青年培训班；秘书长邓天宁参加了中央统战部举办的海外交流协会青年培训班；副秘书长李践红参加了国务院侨办举办的全非洲社团侨领中青年干部培训班。我们感谢中央政府的关怀，使我们得到了很多交流和学习的机会，从而更好地服务于祖国的和平统一大业。

四、加强社团联系，凝聚侨心，服务侨社

在中国驻莫大使馆的指导和帮助下，我会曾协助莫桑比克中华协会，启动了艰难的争取中华会馆回归的工作。[①] 我本人为此多次与时任总统希萨诺沟通，与多位部长交流，后经多次协商，终于排除多方压力与干扰，由莫桑比克政府文化部、教育部和财政部联合批准，交还了中华会馆。

我会积极动员会员为中华会馆捐款，最终募集建设费达 10 多万美元，其中肖正民副会长和香港的阿森捐赠了 5 万美元，台胞黄玉华女士捐赠了 5 万美元。去年春节，我会副秘书长卢冬娟捐赠了 10 台台式空调等物资，价值 1 万多美元。很多个人会员以及福建同乡会等社团也积极参与了此项活动。

我会加强与莫桑比克中华协会的联系，凝聚当地华人力量，在

---

① 莫桑比克中华会馆于 20 世纪 20—30 年代由旅莫华侨华人集资在马普托建成，1975 年莫桑比克独立后其被政府没收充公。在多方的共同努力下，2005 年 4 月莫政府履行法律手续，将会馆交还中华协会。

马普托市区先后举办了北京奥运会水立方项目筹建募捐、汶川地震与玉树地震捐款、太平洋海啸捐款等活动。

在我会的牵线搭桥下，2005 年，澳洲中国和平统一促进会会长邱维廉向莫桑比克政府捐赠 1 万头澳大利亚良种牛。2013 年，广东骏丰频谱公司赠送给莫桑比克总统及军队医院价值 26 万人民币的生物频谱产品。2012 年，中国海军 171 舰艇编队首次访问莫桑比克，我会组织马普托华侨华人参与了迎送活动。

五、加强区域团结和国际合作，扩大莫桑比克统促会的国际影响

莫桑比克统促会积极走出去，先后派员或组团参加在南非、澳大利亚、巴西、智利、俄罗斯等国家和地区召开的中国和平统一促进会全球大会，交流经验、总结心得，扩大了我会在国际上的影响力。另外，我本人有幸作为大会共同主席主持了 2003 年（香港）、2005 年（香港）以及 2007 年（旧金山）举办的中医药全球大会。

六、著书立说，弘扬中华文化，促进中莫文化交流

在莫桑比克工作的 24 年间，我本人先后编写了《莫桑比克十五年亲历记——反独促统专辑》《莫桑比克十八年——总统与医生》和《我的中国梦与非洲情》等书。我会副秘书长李践红先后出版了《中国商人在非洲》《最后的金矿》《穿越东南非洲》和《莫桑比克指南》等书，成为中国赴非新华人群体中原创图书最多的商旅作家，同时他本人还创建了"莫桑比克剑虹网"，为促进中莫文化交流做出了贡献。此外，我会和中国医疗队在莫桑比克蒙德拉内大学医学院开设了中医针灸课程，我个人也一直致力于在非洲创办中国孔子中

医学院。

自 2002 年成立至今，莫桑比克中国和平统一促进会已经走过了 12 个年头。中华协会会长黄类思和老华侨任南华担任我会的副会长，老华侨何月娥、江泽堂、霍雪苗、梁桂芳担任过我会的理事，他们都积极支持祖国的和平统一大业。现在江泽堂、何月娥、梁桂芳等前辈已经作古，我们缅怀和感谢他们为莫桑比克中国和平统一促进会做出的贡献。

12 年来，多位中国驻莫大使都担任过我会的名誉顾问，大使馆的多位政务参赞、商务参赞、武官、侨务领事，如赵强、雷同立、薛冬霄、何源政务参赞，马军、殷坤旭、唐倪等侨务领事也都对莫桑比克统促会的发展给予了很大的帮助。我们坚信，统促会在驻莫大使馆的支持、关怀和帮助下，一定会取得更大的成绩。

2015 年正值中国人民抗日战争和世界反法西斯战争胜利 70 周年，我国政府为此将于 9 月 3 日在北京举行阅兵式。这是中国人民和世界各国人民的盛事，我们华侨华人群体对此表示热烈的支持，并将积极参与相关活动。

由全非洲中国和平统一促进会主办的全球促统大会将于 2015 年 11 月 30 日在南非约翰内斯堡举行，我会将积极支持并组团与会。今后，我们将进一步凝聚侨心侨力，为实现中国梦，为实现中华民族的伟大复兴而继续努力奋斗。

致中国和平统一促进会执行副秘书长

尊敬的杭元祥执行副秘书长：

您好！

值此中莫建交 40 周年纪念日（2015 年 6 月 25 日）即将到来之际，我们莫桑比克中国和平统一促进会在中国驻莫大使馆的支持下，在中国统促会秘书处的指导帮助下，对习近平主席在南京大屠杀死难者国家公祭仪式上的讲话等内容进行了学习和讨论，并为纪念《反分裂国家法》颁布实施 10 周年、中国人民抗日战争胜利 70 周年等重要事件开展了一系列活动。全球华侨华人促进中国和平统一大会计划于 2015 年 11 月 15 日在南非约翰内斯堡召开，这是全球"反独促统"大会自 2000 年召开以来，首次在非洲举办。我们莫桑比克统促会将积极支持并组团参加大会，竭力为中国和平统一事业做出贡献。

我作为莫桑比克中国和平统一促进会会长，将莫国统促会理事会去年讨论通过的"十二年工作总结"进行了修改补充，以迎接我会成立 12 周年庆祝会。我将学习《统一论坛》杂志中各位侨领和各界人士爱国事迹的心得体会，编写成《伟大的爱国者——促统侨领楷模张曼新》一文，并将其发给了该杂志李忠诚总编辑。我还学习了中国统促会秘书处编写的《为了祖国完全统一》一书中 60 多位世界各国侨领的文章，并节选了部分文章让我会同人学习，以为促进祖国统一大业贡献应尽之力、担当应尽之责。

杭副秘书长，去年国庆 65 周年我到北京出席统促会理事大会，得到了您及秘书处同人和中央统战部友人的关怀和帮助。我致习主席的信也通过有关部门转呈，后来我在四川泸州还收到友人寄来的毛主席画册、《习仲勋传》和习主席的著作《之江新语》，还收到《江泽民文选》《朱镕基讲话实录》和《朱镕基答记者问》，以及李长春同志的《文化强国之路》。大使馆还赠送了《习近平谈治国理政》500 册给我会和莫中华协会。精神食粮十分重要，读书真是学无止境。我将为祖国统一大业贡献更大力量，以"鞠躬尽瘁，死而后已"的献身精神为祖国争取更大光荣。

我现在已年逾七十，身患高血压，哮喘严重。医生命我休息，一周后才撰文如此。今后我还想将自己的爱国促统事迹等结集成册，编著一本《江永生文集》。我仅仅是一位普通的中医针灸大夫，有机会得以从中医学徒到登上大学讲台，从中国医疗队援外医生到出任莫国总统的保健医生，和平统一事业为我开启了一扇报效祖国的大门，我也因为祖国尽了一点微薄之力而感到无上光荣，也更觉任重道远。

回顾历史，抚今追昔，我更加明白了古人"修身、齐家、治国、平天下"的意识和"天下兴亡，匹夫有责"的道义。全国政协、中央统战部、国侨办等各部委及中国统促会的领导和同志们，以及全世界华侨华人和各界专家学者们对祖国和平统一事业的贡献值得高歌称颂，在此致以崇高的敬礼！

请您代为问候统促会各位领导及秘书处同人们。书不尽言，不妥之处请予指正！

莫桑比克统促会会长

江永生敬启

2015 年 5 月 25 日于马普托

沉痛悼念并深切缅怀全球促统楷模、澳洲统促会创会会长邱维廉博士

邱维廉博士是我的老朋友和老战友。2015年5月26日，我在中国统促会网站上惊悉他不幸逝世，我当即在网上致哀，并发表短文致全球统促会会长们，表示哀悼痛惜之情。

一、全球统促会痛悼邱会长

我和邱会长是有10多年交情的老朋友，他比我小4岁。得知他去世的消息之后，我悲痛万分，彻夜未眠。往事历历在目，我代表我会全体同人忍痛写下了《在非洲泣泪祭悼我的老朋友、全球促统楷模邱维廉会长》的哀文，并向澳洲统促会会长黄向墨、荣誉会长周光明先生发去了唁电，还托在北京的中国统促会执行副秘书长杭元祥等代表全球统促会同人操办邱会长的遗体告别仪式并做了一些建议，他们辛苦了！

澳洲中国和平统一促进会于2015年6月21日上午在悉尼市政厅举行了邱维廉博士追思会，澳大利亚各界200多个社团沉痛哀悼追思邱会长。

为悼念邱会长，现对我知道的他的相关事迹进行追思，与各位同人共勉。

二、南非初识与悉尼大会的光芒

我和邱维廉会长是于 2002 年 1 月在南非约翰内斯堡举行的全非洲中国和平统一促进会成立仪式和非洲两岸促统论坛上认识的。当时我在大会上做了发言，并与时任海协会常务副会长唐树备等进行了讨论，提出了台湾问题不仅需要国内人民和国外华侨华人的努力，还应该争取得到华侨华人所在国主流社会、领导层和人民支持的建议。邱会长对我的建议十分赞赏，并邀请我参加下半年在澳大利亚悉尼召开的由他主持的全球华侨华人"反独促统"大会。

2002 年 7 月，我如期参加了悉尼大会。当邱会长得知我自费购买机票参加大会时，立即通知大会秘书处，我的住宿费用由他来承担，我谢绝了他的好意，但他坚持不要我付住宿费。他说这是表示他对我从非洲专程来参加会议的一点心意，请我一定要接受，这给我留下了深刻的印象。后来我在大会上见到了很多重要人士，而邱会长上下奔走，十分忙碌。当美国前总统克林顿在大会上演讲后，大会在室外安排代表们与他分别合影，但需要交 100 美元。我对此表示拒绝，不愿以此为荣，并未与克林顿合影。邱会长知道后对我说"你很有民族气节，我很钦佩"。我说自己陪莫桑比克总统希萨诺访问过美国、法国等 10 多个国家，很多重要领导人，如法国的希拉克、南非的曼德拉、罗马教皇保罗二世我都见过，我觉得曼德拉和希萨诺总统都十分优秀。邱会长对我讲："我以后有机会一定到非洲去看看，拜会一下希萨诺总统。"我对此表示十分欢迎。

澳大利亚有华侨华人近百万人，他们积极支持中国的和平统一大业。澳洲统促会于 2000 年 7 月在澳大利亚悉尼成立，澳大利亚各地先后成立了 8 个分会。本次悉尼全球"反独促统"大会的主题是"中国的和平统一与世界和平",美国前总统克林顿应邀出席大会并就台湾问题做了演讲,澳大利亚前总理弗雷泽也在大会上做了书面发言。在广大同人和与会海外统促会代表、各界人士的共同努力下,大会取得圆满成功,在海内外产生了较大影响,进一步壮大了"反独促统"运动的声势。我认为这是继 2000 年 8 月德国柏林大会后开得最好的一次全球"反独促统"大会。这不仅是邱会长的光荣和贡献,也是澳大利亚全体华侨华人的贡献,历史将记录下这光荣的一页。

三、希萨诺总统与邱会长成为朋友

1998 年 3 月和 2004 年 4 月,我两次陪同希萨诺总统访问中国,先后受到了江泽民主席和胡锦涛主席的接见。在 2004 年 4 月 4 日到达北京的当天下午,希萨诺总统在我的请求下,在钓鱼台国宾馆接见了邱会长。在此之后,他们在北京和上海多次见面。2005 年,邱会长和我一道去莫桑比克驻华大使馆与安东尼大使进行了会谈,签订了捐赠莫国 1 万头澳大利亚良种牛的协议,并答应承担运往莫桑比克的费用。

2007 年 5 月,邱会长应莫桑比克前总统、莫国统促会终身名誉主席希萨诺和我的邀请访问了莫桑比克,受到了中国驻莫大使馆、莫国统促会与华侨协会以及莫国政府等各方人士的热烈欢迎。为感谢邱会长对中莫友谊的贡献,访问期间,他得到了莫桑比克总理路易莎的接见,还参加了前总统希萨诺的家宴。

2007 年莫桑比克统促会终身名誉主席希萨诺（右）与邱维廉会长合影

2007 年莫桑比克总理路易莎（中）、邱维廉会长（左）和江永生合影

在我的引荐下，邱会长与希萨诺成了朋友。2009 年，在希萨诺 70 岁生日时，邱会长发来贺信并由我转呈。希萨诺收到贺信后对我讲："感谢邱会长，他很重情义，请代我向他问好。"

邱会长去世的当天，我即打电话想将消息告知希萨诺，因他已外出，他夫人接电话后表示哀悼并在随后转告了他。第二天我与希萨诺通电话时，他对我说："邱会长是一个好人，他是我的朋友，太可惜了。请向中国统促会和你的朋友们表示我的哀悼，我将专函向其家属致哀。"5月31日下午，我前往希萨诺家中，他向我详细询问了邱会长的情况，如夫人叫什么名字、家中有些什么人等。我向他汇报了澳洲统促会对邱会长生平的简介以及我会写的悼文和唁电，他做了详细的记录。当晚9时，希萨诺派人送来了他亲笔写的慰问信以及由秘书打印、他签发的悼文，我当夜将其转发给了中国统促会秘书处和中国驻莫桑比克大使馆。一位前外国元首和现任联合国非洲特使，在年已76岁且工作很繁忙的情况下，能如此向中国爱国者致哀致敬，邱会长如泉下有知，也当感到欣慰了。希萨诺的慰问信如下。

邱维廉先生去世的慰问信

当得知邱维廉先生于2015年5月26日在北京逝世的消息后，我深感痛心，一位挚友就此离我而去，莫桑比克人民失去了一位伟大的朋友。

在我心中，邱维廉先生是一位伟大的爱国主义者，他一生致力于中国的和平统一事业。他也是一位爱好和平的伟人，是不断促进世界人民和平团结的伟大使者。在邱维廉先生病重期间，我在北京访问时前去探望了他。邱维廉先生向我表达了他因疾病而不能再为中莫友谊做贡献的遗憾，而我也很荣幸能够在邱维廉先生两次访莫期间作为东道主接待了他。

邱维廉先生的离世，对中国人民来说同样是巨大的损失。

我谨代表我个人、我的妻子、我的家庭以及莫桑比克人民，向澳洲、大洋洲中国和平统一促进会，衷心向邱维廉先生的家属，并向中国人民和政府，表示诚挚的慰问，并对邱维廉先生一生所做的贡献表示崇高的敬意。

愿邱维廉先生的灵魂得到安息！

莫桑比克前总统、希萨诺基金会主席
莫桑比克中国和平统一促进会终身名誉主席
大洋洲中国和平统一促进会名誉主席
若阿金·阿尔贝托·希萨诺
2015 年 5 月 31 日于马普托

四、邱会长的奉献精神和历史功绩令人崇敬

邱维廉博士是一位学者、一位成功的商人和企业家，是全球促统事业的泰斗和楷模，是伟大的爱国者，也是我学习的榜样。邱维廉的父亲邱祥炽老先生年轻时由福建到马来西亚谋生，不仅成为成功的华商，还热心公益与社团活动。抗日战争时期，他更是积极参加救国运动，成为受到拥戴的爱国侨领，并被马来西亚政府授勋。邱维廉继承父志，从小就在马来西亚当地的华文学校接受中国文化的熏陶。从 15 岁起，邱维廉就前往澳大利亚和新西兰求学，并获得化学和工商管理两个硕士学位。此后他投身商界，并成为杰出的社会活动家和著名侨领。

邱维廉先生曾担任中国人民政治协商会议第十届、十一届、十二届全国委员会委员，中华全国归国华侨联合会第六届、七届、八届、九届常委，中国和平统一促进会常务理事，中华海外联谊会常务理事等职务。多年来，他积极投身中国的经济建设，推动中国的和平统一大业，为中澳两国的友好交流贡献了力量。1991 年，邱维廉先生投资 545 万美元建成了八达岭长城索道。此后，他在上海、广东兴办了种牛场，把澳大利亚优质种牛品种引进中国。2000 年 7 月，邱维廉先生在悉尼创立了澳洲中国和平统一促进会，矢志不渝地为中国的和平统一而奔走呐喊。他还曾倾力支持中国申办北京奥

运会。在申奥期间，邱先生出钱出力做了很多有力的宣传工作。他倡议由华侨捐款修建奥运标志性场馆"水立方"，带来了海外侨胞的第一批捐款，并组织澳大利亚设计师参与了"水立方"的设计工作。2008年，邱维廉先生代表澳大利亚华侨华人社团向四川汶川地震灾区捐赠1000万元人民币，并在全澳收购了2700顶救灾帐篷，紧急空运到四川灾区。此外，他领导的澳洲统促会还为中国贫困地区捐建了40多所学校。其中，邱维廉先生个人捐款600余万元人民币，建立了20所小学和2所中学。当有些落成的小学表示希望以他的名字来命名时，他均予以婉拒。自2003年起，他领导澳洲统促会组织的大型慈善公益活动"侨心光明万里情"每年都会组织专家和医护人员前往中国贫困边远地区，为白内障患者进行义诊复明手术，使众多弱视患者重见光明。2014年，他荣获中国国务院侨办颁发的"服务华社荣誉人士"荣誉证书。

邱维廉先生的一生，是爱国奋斗的一生、无私奉献的一生，他的爱国精神和高尚品格永远值得人们尊敬和怀念。

五、邱会长是我们学习的榜样，是我的良师益友

邱维廉会长曾两次访问莫桑比克，每次都先去拜访时任中国驻莫大使，向他们汇报工作和想法，征求他们的意见。他还会拜访老侨领与统促会的主要成员，共同探讨"反独促统"的心得，以及中莫、中澳之间的友谊，给我们树立了学习的榜样。

邱维廉会长是我的良师益友，我们相互敬重、友谊深厚。2005年，他陪同时任全国政协副主席、中国统促会副会长、中国致公党主席罗豪才访问泸州，拜访了泸州市委书记和泸州医学院（现为四川医科大学）的领导们。他向他们赞扬说，江永生教授是全球统促会的优秀会长，后来泸州市委统战部、九三学社领导、泸州医学院

领导把这话转告给我，使我备受鼓舞。

邱维廉会长待人热情重义，他的为人风范令人崇敬。记得有一次他陪澳大利亚前总统、悉尼市长参观长城，我也受邀参加活动。我每次到北京开会，他们夫妇总要宴请我叙旧，相互交流。有一次他在上海专门请我吃浙江的大闸蟹，我说这比莫桑比克的海蟹好，味道鲜美，这是祖国的特产。一句不经意的话，他却记在心上。后来有一次我去北京时，他专门送了 6 只大闸蟹请我品尝，使我感到十分亲切。

邱维廉会长还曾为我题词以资鼓励。2009 年，为庆祝新中国成立 60 周年，我将在海外的促统和医疗工作经历编著了《莫桑比克十八年——总统与医生》一书，邱会长为我题词："医人医国，扁鹊再世。"2010 年 10 月 9 日，他在北京为我题词："中非桥梁，民族之光。"2012 年 1 月 19 日，他在访莫期间为我题词："中莫友谊桥梁，发扬祖国医学，弘扬中华文化，促进祖国统一。"他还鼓励我在非洲创办孔子中医学院，为祖国争取更大光荣。

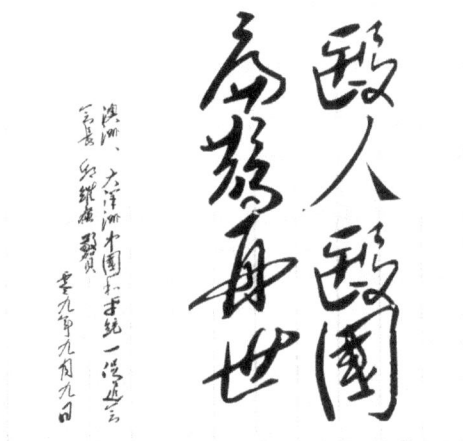

邱维廉题词

中非 桥樑
民族 之光
澳洲中国和平统一
促进会
邱维廉
2010.10月.
William Chiu
BEIJING
CPPCC, CHINA.

邱维廉题词

中莫友誼桥樑
发揚祖國医学
弘揚中华文化
促进祖國统一

与孔生医师共勉之.
大洋洲澳洲中国和平统一促进会
会长 邱维廉 敬
二〇一二年九月十九日
於莫桑比克
马普托.

邱维廉题词

六、未竟事业后继有人

邱会长在 15 年的促统工作中成为全球楷模，增强了海外华侨华人推动中国和平统一事业的影响力，对"反独促统"工作产生了深远影响。

他创建了澳洲统促会、大洋洲统促会，号召更多华侨华人参与祖国的和平统一大业，也使住在国政府及政界人士了解、理解乃至支持中国的和平统一事业。他的事迹令人感动，也鼓舞我们继承他的遗志，全力促进中国的和平统一大业。

2012 年莫桑比克总统格布扎（右二）、前总统希萨诺（右一）、
邱维廉会长（左二）和江永生合影

2012 年 1 月邱维廉会长访莫期间，希萨诺和我陪同他在总统府受到了格布扎总统的接见。之前邱会长还拜访了莫国地矿部长、农业部长、科技部长等政府官员，深入了解了当地的投资环境及政策法规。

格布扎总统十分感谢邱会长对莫国的贡献，并希望邱会长利用他的影响，在全球范围内动员企业家和慈善家到莫桑比克投资发展。后来希萨诺询问过我有关进展，我告知他，邱会长身体抱恙，但仍放不下会务，为促统事业四处奔波。去年他辞去会长职务后出任澳洲统促会终身荣誉会长，我还专函向他和新任会长黄向墨表示祝贺。2014 年 12 月 29 日我会庆祝成立 12 周年时，他和黄会长还发来贺电。在 2015 年 1 月 15 日莫国新任总统菲利佩·纽西就职典礼当天，希萨诺告诉我他将于 1 月 22 日访问中国，问我有什么事要办。我请他有机会去看望邱维廉会长，希萨诺后来也在百忙之中抽时间亲自去看望了他。我后来还多次打电话和邱会长及其夫人联系过，可惜才半年时间，邱会长就因操劳过度而逝世。

邱维廉会长想做的事情还有很多很多，我是深有感知的。随着科学的进步，人类的寿命也在不断延长。邱会长因病早逝，作为一名医生，我更深感悲痛，真是"出师未捷身先死，长使英雄泪满襟"。促统大业尚未成功，各位同志仍需努力。邱会长是促统事业的一面旗帜，他的去世是侨界的一大损失，全球 180 多个统促会的会长纷纷致哀，足见其风范高尚，令人敬仰不已！

邱维廉会长是全球华侨华人的典范，澳洲统促会集 100 多万华侨华人之精英，这与邱会长的领导和风范表率是分不开的。他的高尚情操和伟大风范永远值得我们尊敬和怀念，邱维廉会长永垂不朽！

本文献给全球中国和平统一促进会的爱国者们、各位同人、战友们共哀共勉。2015 年 5 月 26 日，澳洲统促会创会会长邱维廉先生不幸逝世，享年 68 岁。6 月 1 日，邱维廉先生的遗体告别仪式在京举行。中共中央政治局常委、全国政协主席俞正声同志送花圈。中央统战部、全国人大华侨委、国务院侨办等单位致送花圈。全国政协副主席李海峰、全国政协原副主席罗豪才、国务院侨办主任裘援平、中国侨联主席林军等出席了遗体告别仪式。莫桑比克统促会副秘书长李践红代表我会出席了告别仪式。6 月 21 日，由澳洲统促会举办的"邱维廉博士追思会"在悉尼市政厅隆重举行，我会理事张非凡的父亲、《福建日报》前主编张玉钟代表我会出席了活动。追思会纪念刊中还收录了莫国前总统希萨诺和我撰写的悼词等文章，我已告知希萨诺，他表示欢迎邱会长的继任者访问莫桑比克，以继承邱会长的遗志。

我们要化悲痛为力量，继承和发扬前辈们的光荣传统。在此献以国医大师郭子光的人生格言与各位共勉："人生的目的是对人类事业的开拓进取，无私奉献；人生的品格是诚实宽容，作风正派；人生的价值是在人们心中有为有位。"让我们在习近平主席的领导下，为实现祖国的统一大业而努力奋斗！

2015 年 6 月 5 日第一稿

2015 年 6 月 11 日第二稿

2015 年 7 月 21 日第三稿

致澳洲中国和平统一促进会的唁电

尊敬的黄向墨会长、荣誉会长周光明先生：

惊悉澳洲中国和平统一促进会终身荣誉会长、创会会长邱维廉博士因病医治无效，不幸于 2015 年 5 月 26 日上午 11 时在北京逝世，享年 68 岁。莫桑比克中国和平统一促进会及全体同人沉痛悼念伟大的爱国者、全球促统楷模邱维廉会长，并向邱夫人夏女士及亲属们表示深切的慰问。

2015 年 6 月 1 日上午 9 时在北京八宝山公墓将举行邱维廉博士的遗体告别仪式，我会将派代表参加仪式。2015 年 6 月 21 日上午 10 时在澳大利亚悉尼市政厅将举行邱维廉博士追思会，我会特向邱维廉博士追思会筹备委员会主任黄向墨，副主任周光明、林辉源及全体委员代表们致敬，并在非洲莫桑比克泣泪敬悼我会的老朋友、致力于中国和平统一与世界和平的邱维廉博士一路走好。邱维廉先生是继世界华侨华人领袖陈嘉庚先生之后的又一面旗帜！他的一生是爱国爱乡、奋斗奉献的一生，他为人谦厚、情操高尚，永远是我们学习的榜样。邱维廉先生永垂不朽!

　　敬礼!

莫桑比克中国和平统一促进会会长

江永生教授72岁病中哀悼

非洲莫桑比克马普托

2015 年 5 月 28 日

可敬的爱国者

——欧洲促统侨领楷模张曼新会长

今日收到了从中国邮寄到莫桑比克的 2015 年第 1 期《统一论坛》杂志,其中的《祖国在我心中》一文由侨领代表张曼新先生撰写,我读后深有感触,不禁热泪盈眶。

一

半个世纪以来,全球促统运动在祖国统一的召唤下,于 1999 年 8 月 22 日在匈牙利注册成立了第一个洲际促统组织——欧洲中国和平统一促进会,并于 2000 年 8 月 26—27 日在柏林召开了全球促统大会。大会通过了促统宣言,吹响了全球促统的号角。

1999 年 7 月 10—11 日,由台湾海峡两岸和平统一促进会主办的"中国和平统一研讨会"在香港举行,出席会议的有中国和平统一促进会会长万国权,海峡两岸关系协会常务副会长唐树备、副会长张金成,台湾和平统一促进会会长梁肃戎,台湾新同盟会会长许历农等近 200 位知名人士和专家学者。张曼新先生以欧洲华侨华人社团联合会第六届主席的身份应邀出席了本次会议。会议期间,台湾地区领导人李登辉突然抛出臭名昭著的"两国论",使与会人士感到无比震惊和愤怒。

台湾是中国不可分割的领土,李登辉妄图分裂祖国,是对我们民族核心利益的严重损害,是可忍孰不可忍,我们决不允许!天下兴亡,匹夫有责。李登辉的分裂行径激起了广大海外侨胞的极大愤慨,也促使侨商张曼新有了在欧洲成立一个中国和平统一促进会的想法。在随后的一个多月里,他奔走于欧洲 20 多个国家,召开了各种不同形式的研讨会,团结和联络了一大批致力于中国和平统一事业的朋友。1999 年 8 月 22 日,欧洲中国和平统一促进会在匈牙利登记注册,成为全球华侨华人第一个洲际的、跨国成立的"反独促统"组织。欧洲统促会的成立,开创了全球开展"反独促统"运动的新篇章。此后不久,世界各地的统促会组织像雨后春笋般成立起来。仅欧洲就有 23 个国家成立了统促会组织,它们都成为欧洲中国和平统一促进会的会员单位。如此一来,在全球华侨华人中团结了一支巨大的"反独促统"力量。

欧洲中国和平统一促进会成立后,为了扩大其影响力,真正为祖国统一大业做出贡献,张曼新又提出了在柏林召开"全球华侨华人推动中国和平统一大会"的设想。经过多番努力,2000 年 8 月 26日,"全球华侨华人推动中国和平统一大会"在德国柏林召开。来自64 个国家和地区的 649 名代表出席了会议,其中包括台湾代表 109人。全国政协副主席万国权出席会议并做了讲话,张曼新则发表了题为《联侨促统新中华,统一繁荣创盛世》的讲话。柏林会议以侨促统的观念像一个火种,点燃了海外华侨华人的爱国热情。柏林大会之后,世界各地华侨华人的"反独促统"运动风起云涌,先后在华盛顿、东京、悉尼、莫斯科、维也纳、曼谷、澳门等地召开了 16次全球或洲际"反独促统"大会,张曼新作为大会的倡导者和发起人被载入史册。

海外华侨华人的"反独促统"工作得到了党和政府的大力支持和肯定。张曼新等统促楷模也获得殊荣，参加了中国和平统一促进会理事大会和国庆观礼等活动，还作为海外侨胞列席代表参加政协会议，得到了中央领导的接见。

二

2001 年 4 月 23 日，中央统战部部长、中国统促会执行副会长刘延东在荷兰会见侨团代表时称："柏林是海外华侨华人'反独促统'运动的发源地。"柏林会议作为"反独促统"运动的一面旗帜，至今仍具有重要的历史意义。

2005 年 5 月 19 日，国侨办主任陈玉杰在北京第三届华侨华人社团联谊会上指出："柏林大会是民进党在台湾上台后，全球华侨华人向'台独'分裂势力发出的第一声呐喊。"

张曼新先生是我参加"反独促统"战线的一位重要导师。2002 年 1 月，在全非洲中国和平统一促进会成立大会上，我向他请教了很多问题，得到了他热情的解答，使我豁然开朗。当他知道我是莫桑比克总统的保健医生后，便积极鼓励我做好总统的工作，为祖国效力。2002 年 7 月莫桑比克中国和平统一促进会成立，我被推选为会长。此后，经过我的多番邀请，最终希萨诺总统成为第一位担任本国中国和平统一促进会名誉主席职务的外国国家元首。而这与张曼新先生对我的启迪是密不可分的，张曼新先生功不可没。

2004 年 9 月，张曼新与全英华人华侨中国统一促进会会长单声教授一道，组织了中国和平统一促进会海外理事会签名，建议国家制定"对台统一法"，通过立法来遏制"台独"分裂行径。2004 年 5 月 9 日，温家宝总理在访问英国时与当地华侨华人进行了座谈。单声教授在座谈中向温家宝总理建议，要化被动为主动，通过立法以和平方式遏制"台独"。仅仅两天后的 5 月 11 日，国台办发言人发表讲话，声明中国政府要考虑通过立法来遏制"台独"。2005 年 3 月 14 日，第十届全国人民代表大会第三次会议高票通过了《反分裂国家法》。当日，胡锦涛主席签署第三十四号主席令，公布了这部法律。《反分裂国家法》的颁布集中了许多海内外爱国人士的意见和建议。张曼新先生当日以欧洲中国和平统一促进会会长的名义代表欧洲 200 万华侨华人发表了公开声明，用"最热烈的拥护和最坚决的支持"来迎接《反分裂国家法》的颁布。

张曼新先生十多年来一直对我十分关心，支持和鼓励我干好促统工作。在我 2006 年 9 月出版的拙著《莫桑比克十五年亲历记——反独促统专辑》中，张曼新先生在"同志期许"篇章中撰文如下：

杰出的统促会会长江永生教授

2002 年 1 月，我去南非祝贺全非洲统促会成立。我在大会上做完发言后，江永生教授在会场里十分仔细地向我咨询，并十分赞赏我在柏林主持召开的首届全球促统大会。他问的问题很有深度和广度，给我留下了深刻的印象。当我知道他是莫桑比克总统的保健医生时，便鼓励他做好总统的工作，为祖国效力。

此后，在澳大利亚、巴西、俄罗斯和国内的促统大会上，我经常看见他不停地照相、录像。他告诉我，这是为了向莫国政要和人民宣传中国的和平统一大业。果然，莫桑比克希萨诺总统受他邀请成为莫国统促会的名誉主席，成为全世界第一位担任本国中国统促会名誉职务的国家元首。现在莫桑比克的新任总统、议长、总理皆成为莫国统促会的名誉主席或名誉顾问，江教授对此功不可没。2003 年 9 月我主持莫斯科促统大会时也收到了希萨诺总统的贺信，令我十分感激。

2004 年 4 月江永生陪同希萨诺总统访问中国，总统还特地在钓鱼台国宾馆和莫国大使招待会上接见了我。一位在任的外国国家元首能如此关心支持中国的和平统一大业，我相信这是江会长努力宣传的结果。

江永生会长文思敏捷，热情重义，乐于助人，他为祖国做了不可代替的卓越工作。我还了解到他是以个人财力开展促统工作，每次出国开会都要消耗他几个月的工资，其精神实在可嘉。江永生教授不愧为一位杰出的统促会会长，我们应当向他学习，为祖国争取更大的光荣。

欧洲中国和平统一促进会会长

张曼新

2006 年 5 月 20 日

江永生与张曼新先生（右）合影

三

张曼新先生在祖国最需要的时候牵头组建欧洲统促会，克服了很多阻力和经济压力，做了十分卓越的工作。他忍辱负重，甚至变卖房产以确保促统大会的召开。他奔走于世界各地，发动各国华侨华人掀起促统热潮，受到了港澳台同胞和海外侨胞的力挺，推动了祖国的和平统一大业。特别是 2013 年 6 月 10 日，他率领欧洲 21 个国家的 36 名华侨华人代表组成"欧洲华侨华人两岸中华文化之旅访问团"，在台湾进行了为期 7 天的访问，签署了《两岸侨界共同维护中华文化及价值观并加强合作交流倡议书》。倡议书呼吁全球华侨华人共同推动两岸关系和平发展，发扬中华文化，加强文化经贸合作交流。这是海外侨胞首次组团访问台湾，被国务院侨办副主任谭天星称为一次"破冰之旅""沟通之旅""友好之旅""团结之旅"。2015 年 9 月 30 日，在人民大会堂宴会厅，张曼新先生专门找到我，赠送给我一本厚厚的关于这次访台的画册，其中包括 400 多幅图片和文章，记录着欧洲及全世界华侨华人的期望和促统心血，阅后令人十分感动。他每次出版大作都要赠送给我，它们是我学习的精神力量。

2003 年 9 月 10 日，经过欧洲统促会会长张曼新和俄罗斯统促会会长温锦华的努力，"全球华侨华人推动中国和平统一大会"在莫斯科隆重召开。来自全球 50 多个国家和地区的 600 多名华侨华人代表齐聚莫斯科，再次掀起了世界范围内推动中国和平统一的热潮。我收到莫斯科大会的邀请信后，立即向时任莫桑比克总统的希萨诺汇报。我将张曼新给我的信件翻译成葡语念给希萨诺总统听，还介绍了张曼新和温锦华的情况，并请求总统致贺词支持大会的召开。希萨诺总统欣然写下贺信，后由我在大会上做了宣读，受到了参会代表们的热烈欢迎，这也是我和张曼新会长相互支持和深厚友谊的历史证明。

四

莫桑比克有华侨华人近万人，莫桑比克中国和平统一促进会于 2002 年 7 月 15 日成立，迄今已走过了 13 个年头。多年来，促统工作的责任和使命感使我在做好自己本职工作的同时，不断团结华侨华人，促进中国和平统一。其间，我工作十分繁忙，也因此常感到压力很大。与之相比，张曼新先生以欧洲为起点，从参与创立多个统促会到筹备各大洲会议，再到访问世界各国和港澳台地区参加促统活动，其工作繁重程度可想而知。他无疑是令人十分敬佩的伟大爱国者和侨领楷模。

我曾将中央电视台录制的关于张曼新先生的节目"我是一个普通的中国人"，以及他的促统著作《风雪多瑙河》等书籍介绍给莫国同人传阅，受到了普遍的赞赏，大家纷纷表示要向他学习。历史的车轮滚滚向前，时代的潮流浩浩荡荡，祖国必须统一，也必然统一。希望更多的年轻朋友和侨领们像张曼新先生一样，将完成祖国的统一大业作为自己的神圣使命，为实现中华民族的伟大复兴而共同奋斗！

2015 年 6 月 4 日

心系祖国

祝"两会"胜利召开，
和平统一任重道远

——建议华侨华人和海外统促会理事
出席全国政协会议

2008年3月3日至18日，全国"两会"将在北京召开。海外华侨华人心系祖国，衷心祝贺"两会"胜利举行，也将继续为祖国的和平统一大业做出新的、更大的贡献。

一

2008年3月3日，全国政协十一届一次会议在北京人民大会堂开幕。全国政协主席贾庆林代表政协第十届全国委员会常务委员会，向大会报告了过去五年的工作。贾主席同时也是中国和平统一促进会会长，他在报告中进一步强调，要着眼于促进海外华侨华人资源的可持续发展，一如既往地支持全球华侨华人"反独促统"活动，为促进祖国和平统一贡献力量。

3月4日，中共中央总书记、国家主席、中央军委主席胡锦涛看望参加政协十一届一次会议的民革、台盟、台联委员，参加联组会，倾听委员发言，并就发展两岸关系发表重要讲话。胡锦涛指出，台湾问题事关祖国完全统一，事关国家核心利益。我们要遵循"和平统一，一国两制"的方针和现阶段发展两岸关系、推进祖国和平统一进程的八项主张，坚持"一个中国"原则决不动摇，争取和平统一的努力决不放弃，贯彻寄希望于台湾人民的方针决不改变，反对"台独"分裂活动决不妥协。

3月5日，十一届全国人大一次会议在北京人民大会堂开幕，国务院总理温家宝代表国务院向大会做政府工作报告。温总理在政府工作报告中也特别重申了中国政府"一个中国"的原则，以及坚决反对"台独"分裂活动，决不允许任何人以任何名义任何方式把台湾从祖国分割出去的严正立场。

"两会"期间，莫桑比克华侨华人通过电视收看了中央电视台的相关报道，大家奔走相告，深受鼓舞，倍感振奋。

2007年3月，我受全国政协邀请，作为海外列席代表参加了全国政协十届五次会议。共有来自日本、莫桑比克、德国、美国、澳大利亚和巴西等14个国家的24名列席代表参加此次会议，并受到了全国政协副主席王忠禹、国务院侨务办公室主任陈玉杰、中国外交部长李肇星等领导的接见。列席代表们欢聚一堂，积极建言献策，令我受益良多、感触很深。自2001年以来，全国政协已经连续7年邀请了来自31个国家的148名海外侨胞列席政协会议。

因此，我建议全国政协会议专门设立华侨华人界别，让他们参政议政，加强交流与合作，促进中国的和平统一大业早日实现。

二

1988年，在邓小平同志的倡议下，由各民主党派有关人士、团体及无党派代表人士共同发起，成立了中国和平统一促进会。其宗旨是：高举爱国主义旗帜，团结一切拥护中国和平统一的海内外同胞，推动台湾海峡两岸的民间交流与往来，反对制造"台湾独立""两个中国""一中一台"等分裂中国的活动，促进早日实现中国和平统一。多年来，中国统促会的辛勤耕耘结出累累硕果，全球五大洲的爱国中华儿女在中国统促会的大旗下形成了强大的"反独促统"力量。目前海外已有 148 个统促会，分布在世界 80 多个国家和地区。

中国和平统一促进会第七届理事会于 2004 年选举产生，会长为全国政协主席贾庆林，副会长何鲁丽、丁石孙、成思危、韩启德、罗豪才、张克辉、黄孟复等 13 人还担任全国政协副主席、全国人大常委会副委员长等职务。执行副会长是全国政协副主席、中央统战部部长刘延东。常务理事多是民主党派的主席，有的还是政协常委。本届理事会共有 372 名理事，其中海外理事 70 名（非洲 3 名）。这些海外理事是多年来为祖国统一大业贡献力量的优秀华侨华人代表，其中既有当地侨界德高望重的老侨领，也有新一代华侨华人的楷模，而各国统促会的会长又都兼有理事之职。

中国统促会是促进祖国和平统一大业的中坚力量，在全世界华侨华人中享有崇高的声望。而海外统促会在充分发挥海外华侨华人优势，凝聚力量反对"台独"、促进祖国统一方面具有不可替代的重要作用。我认为，中国统促会的海外理事们参加政协会议，不仅是一种荣誉的象征，也应该成为参政议政、推进祖国和平统一大业的一项重要政治事务。5000 万海外侨胞是中华民族的重要组成部分，因此，我建议中国统促会海外理事以政协特邀委员的身份出席政协会议，以扩大祖国统一事业的影响力，促进祖国统一大业早日实现。

三

我于 1991 年随中国医疗队来莫桑比克工作，至今已有 18 年时间，现担任莫桑比克前总统希萨诺和现任总统格布扎的保健医生。多年的促统岁月使我深刻感受到了莫国华侨华人和中国驻莫大使馆的支持，也激励我为祖国统一大业做了一些有益的工作。2002 年 1 月，我出任全非洲中国和平统一促进会副会长。2002 年 7 月，我出任莫桑比克中国和平统一促进会会长。

最近，我为参加于 2008 年 4 月举行的中国和平统一促进会第七届海外统促会会长会议，正在撰写《做好主流社会工作，促进祖国统一大业》一文，将 18 年的促统工作做了一次总结，感慨尤多。我和莫国前总统希萨诺友谊深厚，他称我为兄弟，我们相互视为值得尊敬和信赖的朋友。2002 年 8 月，希萨诺以总统身份接受我的邀请，出任我会名誉主席。他发表过很多信件和讲话来支持中国的和平统一大业，在他的影响下，莫桑比克继任总统格布扎出任我会名誉主席，莫国议长、总理和一些部长也出任我会名誉顾问和名誉理事。

台湾问题涉及中国的核心利益，坚决反击"台独"势力分裂国家的活动，做好当地主流社会的工作，让他们更多地了解中国政府解决台湾问题的方针政策，支持"一个中国"的原则，并积极争取国际社会的理解和支持，是海外统促会的重要使命。我们海外华侨华人将发挥自身优势，继续为推动中国的和平统一大业做出积极贡献。

2008 年 3 月 9 日于马普托

信仰的力量燃起了我的爱国情怀

值此中国共产党成立 90 周年之际，海外华侨华人和全国人民一道，热烈祝贺中国共产党的 90 华诞。没有共产党就没有新中国，没有祖国的强大，就没有海外赤子的扬眉吐气。20 年来，是党的力量燃起我的爱国情怀，支持我在海外艰苦奋斗，取得了一定的成绩。现撰文如下，以抒情怀，与同人共勉。

一、莫桑比克 20 年

我是一名医生，在非洲莫桑比克工作已 20 年。20 年来，我用针灸治疗了 20 多万例患者，受到了莫国领导人和人民的好评。

1991 年 8 月，我被四川泸州医学院选派到中国援莫医疗队第 8 队工作。在莫桑比克首都马普托中心医院工作三年期满后，应莫国政府特别邀请，经中国驻莫大使馆上报国内批准，我受聘于莫国军队总医院。从 1994 年 8 月起，我开始担任莫桑比克时任总统希萨诺的保健医生。我由于工作认真负责且治疗效果显著，赢得了总统的信任。总统府秘书长致函中国大使馆表扬我时指出："江永生教授神奇的医术让总统保持良好的身体健康和工作节奏，使其顺利完成夜以继日的繁重工作。"在多年的接触中，我与希萨诺总统等莫国政要及人民建立了深厚的感情和友谊。

我身在国外，但根在中国。和许多华侨华人一样，我对祖国充满了深厚的感情，期盼祖国早日实现统一。陈水扁在台湾地区上台后，推行"台独"路线，激起了海外5000万华侨华人的愤慨，海外"反独促统"运动一时风起云涌。

2002年1月，我同南非老侨领黄庶远、严诺和新华侨叶北洋、王建旭等发起成立了全非洲中国和平统一促进会。同年7月，我与莫桑比克老华侨黄类思、任南华和新华侨袁文志、邓天宁等创建了莫桑比克中国和平统一促进会，并被大家一致推选出任会长。我决意以自己的辛劳和热血，凝聚当地的华侨华人力量，共同反对"台独"，积极开展住在国主流社会的工作，使他们尽可能多地了解中国政府解决台湾问题的政策方针，唤起国际主流社会和各国人民对中国统一大业的理解和支持。台湾问题事关祖国的核心利益，实现祖国的完全统一，是全体中华儿女的共同心愿。这不仅需要中华儿女的共同奋斗，更需要国际社会的认同与支持。为了推动两岸关系的和平发展，我克服重重困难，不仅努力做好医疗工作，而且在政治领域发挥自身特点和优势，做了大量有益的工作，为国效力，也受到了莫国政要、官员及人民的理解、支持和赞扬。

二、莫国政要出任我会名誉主席和名誉顾问

在中国驻莫大使馆的支持和帮助下，在莫国华侨华人的共同努力下，莫桑比克总统希萨诺在任期间于2002年8月应邀出任莫桑比克中国和平统一促进会名誉主席。在他的影响下，莫国现任总统阿曼多·格布扎和总理路易莎·迪奥戈分别于2005年8月和2005年6

月欣然出任莫国统促会名誉主席和名誉顾问，议长穆伦布韦也于
2006 年 2 月出任我会名誉顾问。至此，莫桑比克共和国政界主要领
导人均已成为莫国统促会的重要成员。他们在各种场合表示坚决支
持"一个中国"的原则，支持中国的和平统一大业，并就加强两国
友好关系做了许多工作。这不仅显示了莫桑比克政府和人民坚决支
持中国和平统一大业的坚定立场，也表明了莫国统促会的"反独促
统"工作是卓有成效的。

江永生与莫桑比克总理路易莎（左）、议长穆伦布韦（中）合影

2010 年 9 月，中共中央统战部副部长、中国和平统一促进会秘
书长尤兰田在中国统促会第九次海外统促会会长会议上号召各统促
会在新形势下，把握和平发展主题不迟疑，坚持和平统一方向不偏
移，高举"反独促统"旗帜不动摇，开展促统活动不懈怠，反对一
切损害中国领土主权完整的分裂行径不松劲，推动海外"反独促统"
活动深入健康扎实开展，为两岸关系在新的历史起点上开创新局面
做出新的贡献。因此，为了推动两岸关系的和平发展，为了给祖国
和平统一的实现营造有利的氛围，继续做好住在国主流社会的工作，

是我们努力奋斗的历史使命。

近年来，在中国驻莫大使馆的大力支持下，我积极邀请莫国新任议长和总理出任莫国统促会名誉顾问。

2010 年 2 月，韦罗尼卡·马卡莫出任莫桑比克共和国议会议长。4 月 6 日，我以莫桑比克中国和平统一促进会会长的名义向她致函表示祝贺，并邀请她出任我会名誉顾问，以继承前任议长爱德华多·若阿金·穆伦布韦的事业。此外，我将有关促统资料，如胡锦涛主席在纪念《告台湾同胞书》发表 30 周年座谈会上的讲话、中国和平统一促进会主办的《统一论坛》杂志以及我在国庆 60 周年之际编写的著作《莫桑比克十八年——总统与医生》等赠予议长阅读。议长对中国的统一大业表示大力支持，并说与中国人民友好是莫国的既定国策，当努力学习有关资料后在适当的时候予以回复。

值得高兴的是，经过共同努力，2010 年 11 月 8 日，马卡莫议长回函莫桑比克中国和平统一促进会，表示愿意接受邀请出任我会名誉顾问，支持中国的和平统一大业。

三、编著《莫桑比克十八年——总统与医生》

2009 年 10 月 1 日是新中国成立 60 周年华诞，我决定将在海外的医疗和促统工作和今后的工作方向编辑成册，向国庆献礼。经过半年多的收集、整理，我将《莫桑比克十八年——总统与医生》和《创办莫桑比克孔子中医学院和医院》两部书稿交于香港新闻出版社付梓出版。

其中，《莫桑比克十八年——总统与医生》一书由莫桑比克前总统、莫国统促会终身名誉主席希萨诺，中国前驻莫桑比克大使陈笃庆、洪虹，中国和平统一促进会执行副秘书长李路，中国中医科学院原副院长、世界针灸学会联合会终身名誉主席、我的导师王雪苔分别为之作序。中国国民党前主席连战题词"克己复礼",新党主席郁慕明题词"弘扬中国医学,服务非洲人民",对我的工作表示了赞扬和支持。

克己復禮

連戰 敬題

江永生先生出版

莫桑比克十八年—總統與醫生

连战题词

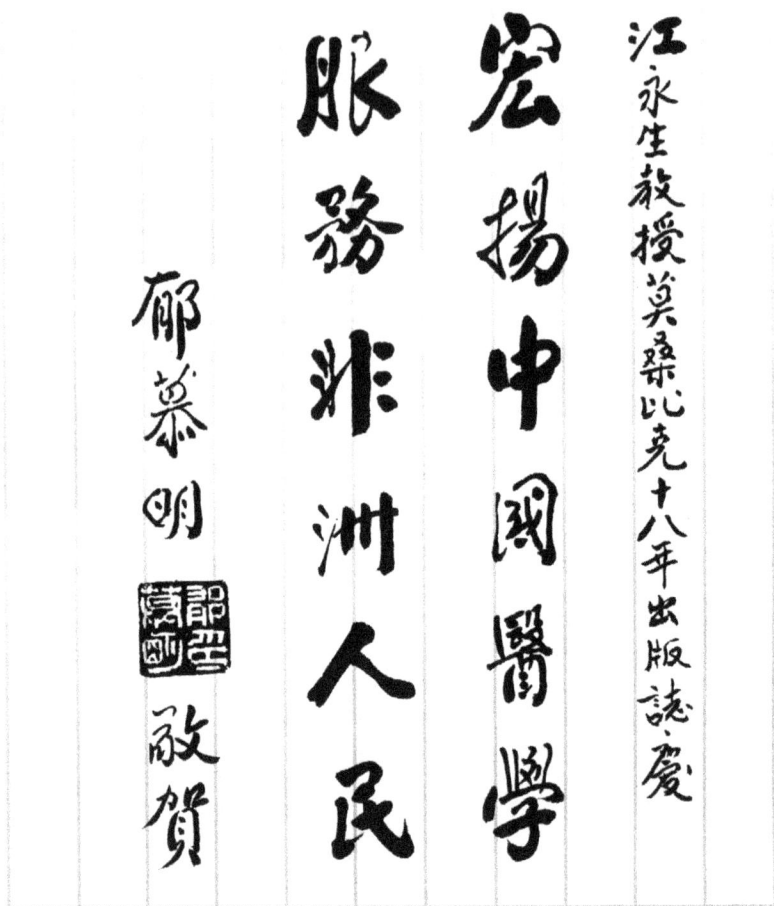

宏扬中国医学
服务非洲人民

江永生教授莫桑比克十八年出版志庆

郁慕明 敬贺

郁慕明题词

新中国成立60周年之际，我应邀参加在北京举行的中国和平统一促进会第八届理事大会和国庆庆祝活动。其间，我将本书赠予胡锦涛主席、温家宝总理和国务院侨办、中国侨联、外交部等单位的有关领导，以及290多位统促会理事和100多位参加国庆庆祝活动的华侨华人代表，还赠予了莫桑比克现任总统格布扎、前总统希萨诺等莫国政要，并受到了鼓励和赞扬。

在本书中，九三学社社员、四川省乐山市五通桥区政协常委陈剑英挚友写了《扬我中华兮尧禹之风》一文，介绍了我们之间的忘年之交和我行医、促统的经历。我的点滴成功是党和人民长期培养的结果，也和九三学社同人们对我的帮助是分不开的。我当为中医事业的发展、为非洲和世界人民奉献力量，为四川家乡父老、为祖国争取更大的光荣。

四、牢记祖国爱，中医传天下

2010 年 5 月 7—8 日，由中国国务院侨办和中国海外交流协会共同主办的"第五届世界华侨华人社团联谊大会"在北京举行，来自世界五大洲近 120 个国家和地区有影响力和代表性的华侨华人社团负责人及国内相关部门负责人约 600 人与会。莫桑比克前总统希萨诺致信胡锦涛主席，对本次联谊会和上海世博会的召开表示热烈祝贺。国侨办主任李海峰代表组委会请我在大会上宣读了贺信，受到了与会代表的热烈欢迎和鼓励。

2010 年国庆，海外侨胞列席全国政协全体会议十周年纪念座谈会邀请了出席过全国政协大会的 247 名海外代表中的 100 名代表参加。我有幸参加了本次座谈会，又一次受到了贾庆林等中央领导人的接见。之前我向希萨诺辞行去参加在杭州举行的中国和平统一促进会第九次海外会长会议时，请他为《莫桑比克十八年——总统与医生》和《创办莫桑比克孔子中医学院和医院》两书撰写评语。他在 2010 年 9 月 17 日对《莫桑比克十八年——总统与医生》一书做了如下的评价："我很高兴在此题词，祝贺我的朋友江永生教授出书，并对他作为医生的工作以及作为致力于中国和平统一的爱国主义者传播中国文化、加强中莫人民友谊的行为表示钦佩。同时，对他在外交、医学和协会活动中所做的详细的文字和照片记录表示赞赏，这些照片具有非常高的历史价值。"

莫桑比克现任总理、前教育文化部部长阿里是我的朋友，我们曾多次交谈过在莫桑比克开办孔子中医学院和医院的事宜，我还把有关文件和资料交予他阅示。他出任莫国总理以后，我还致信表示祝贺并邀请他担任我会名誉顾问，他也欣然接受。我将继续努力工作，争取在莫桑比克成功创办孔子中医学院和医院，为传播中国文化和促进中国和平统一贡献毕生精力。

成都中医药大学教授、《养生杂志》主编马烈光在该刊 2005 年第 5 期上撰写了《非洲行医二十年，神针织就和平路》一文，记述了我为非洲人民提供中医药服务、促进中非友好的事迹。2009 年 5 月，中国侨联副主席林明江访问莫桑比克，并在《海内与海外》杂志 2011 年第 1 期上发表了《沧桑侨史与祖国情怀——访问莫桑比克侧记》一文，对包括我在内的莫国华侨的辛勤工作表示了赞赏和肯定。2011 年 4 月，中国侨联主席林军出席了在南非召开的"2011 中国侨联非洲委员联谊会"，我应邀参加大会并在会上做了"莫桑比克侨情及愿望"的专题发言，受到了大家的热烈欢迎。林军主席对莫国华侨华人积极促进祖国和平统一、弘扬中华文化的事迹表示了极大的关注和支持。2011 年 5 月，中国卫生部副部长、国家中医药管理局局长王国强在北京也为我题词："仁心仁术，大医精诚，弘扬中医，造福人类。"

中国侨联主席林军与江永生亲切握手

作为一名医生和九三学社社员，未来我将传承"九三精神"，"不忘合作初心，继续携手前进"，为促进中医药事业发展，为助力祖国和平统一大业而继续奋斗。

2011 年 5 月 30 日于中国成都

良师益友与力量源泉

——在央视中文国际频道
海外观众座谈会上的发言[*]

尊敬的中央电视台副台长魏地春先生,

中文国际频道总监杨刚毅先生,

中文国际频道的领导、节目主持人、栏目制片人与工作人员们,

海外忠实观众朋友和在座的特等奖获奖观众们:

上午好!

半年多来,经过央视中文国际频道(中央四套)和海外忠实观众的共同努力,海外观众座谈会在北京隆重举行。我谨代表海外忠实观众和在座的特等奖获奖观众们,向会议的成功举行表示热烈的祝贺。感谢中央电视台领导和全体职工对海外华侨华人的关爱之情,感谢你们20多年来以诚挚热情和无私奉献的精神为祖国和中华儿女所做出的贡献。中央四套在众多的电视节目中出类拔萃,播送的各种节目画面清晰、内容翔实,让我们能及时了解到国内外动态,增加和更新了知识,是我们的良师益友,也是我们重要的力量源泉。

---

[*] 中央电视台中文国际频道于1992年10月1日开播,成为海外华侨华人获得国内资讯的主要渠道之一。"2013年中文国际频道海外忠实观众评选活动"共有来自120个国家和地区的44217名海外观众参与,经层层选拔,最终有包括笔者在内的20名观众荣获特等奖,并走进央视出席了座谈会。

感谢你们，祝贺你们，我代表海外 5000 万华侨华人中的忠实观众向你们敬礼，你们辛苦了！

我想以自己的亲身经历来谈一谈我的体会和感想。我是一名中医针灸医师，来自四川泸州医学院。从中国援外医疗队队员到现在担任莫桑比克总统的保健医生，我在非洲工作已 22 年。非洲的生活条件比较艰苦，战争、疾病和犯罪活动随时都可能危及生命，加上白天工作繁忙，晚上才有时间看电视，因此中央四套成了我必不可少的精神食粮。

我还担任莫桑比克中国和平统一促进会会长和全非洲中国和平统一促进会副会长等职务，肩负着在非洲宣传和推进中国和平统一大业的神圣使命和责任。为了促进中莫两国友好关系，做好当地主流社会和人民的工作，10 多年来，我将中央四套的中文节目内容录制成了 1800 多份的录像带，它们构成了我的家庭影音博物馆。我不仅自己反复欣赏，而且送给莫国的总统、部长等政要以及华侨华人朋友们观看，使他们更加了解中国，支持中国的和平统一大业。

莫桑比克前总统希萨诺也是中央四套的观众之一。1998 年 3 月和 2004 年 4 月，我随同他两次访问过中国。多年来，我将"两会"的内容和关于中国的新闻及时发给希萨诺观看，他对朱镕基总理和温家宝总理在接见中外记者时的讲话十分欣赏。2003 年 7 月，非盟第二届首脑会议在莫桑比克首都马普托举行，希萨诺总统在会议上提出了举行中非峰会的设想。2003 年 12 月，希萨诺总统与出席在埃塞俄比亚首都亚的斯亚贝巴举行的中非合作论坛第二届部长级会议的温家宝总理会晤。其间，希萨诺向温总理介绍了我的情况，以及中央四套对他了解中国国情的重要作用。2004 年 4 月访华时，希萨诺总统在国宴上对胡锦涛主席说，他正是通过观看中央四套的中英文节目了解到中国的发展很快，中国是莫国学习的榜样。

2011 年 8 月，第 26 届世界大学生夏季运动会在中国深圳举行，莫桑比克时任总统格布扎应邀出席了开幕式和相关活动。与此同时，我在莫桑比克国内录下了中央四套关于大运会的相关节目并送给格布扎总统的亲属们观赏，他们都深感中国的强大。同年9月，第10届非洲运动会在莫桑比克马普托举行，相信深圳大运会的盛况也为格布扎总统返莫后举办非运会提供了思路。值得一提的是，非洲54个国家中有48个国家参加了本次非运会，而举行主要活动的莫桑比克国家体育场正是由中国援建并在2011年1月交付投入使用的。这座莫桑比克独立30多年来建成的最大、最现代化的综合性体育场是中莫两国人民友谊的象征，也受到了与会各国运动员的赞扬和好评。

2013年3月，习近平主席访问非洲坦桑尼亚、刚果和南非三国并出席在南非德班举行的金砖国家领导人第五次会晤。其间，习主席出席了46场活动，同非洲朋友一起共谋和平、同促发展。一次次演讲、一场场会谈的画面从电视中传出，让莫桑比克政要和民众感到了中非友谊的源远流长、历久弥坚，尤其让华侨华人们欢欣鼓舞、倍感自豪。

2013年8—9月，我还受邀参加了中国统促会第十二次海外统促会会长会议、中国海外交流协会第五次会员大会和第十二届世界华商大会等活动，与全球华侨华人一同加强交流、共谋发展，为祖国的和平统一和民族的伟大复兴贡献力量。

20多年来，中央四套伴随我度过了非洲的艰苦岁月。《中国新闻》《海峡两岸》《中华医药》《城市1对1》等优秀节目使我增长了见识和才干，给了我信心和力量，促使我努力工作，为非洲人民造福，为中非友谊助力，为祖国统一不断奋斗。我还有很多话要说，书不尽言，言不尽意。为表达我对中央四套的感激之情，特赋诗一首：

中央四套情

远赴非洲二十载，

中央四套良师怀。

力量源泉促和统，

中医针灸创未来。

希望与各位同人、朋友们共勉，继续凝聚海外华侨华人，努力为实现中国梦贡献更大力量。再一次向中央四套的各位领导、各位朋友致以崇高的敬礼！谢谢你们！

2013 年 10 月 14 日于北京

2013 年央视中文国际频道海外观众座谈会参会人员合影，
前排右起第二位为江永生

文集付梓述怀*

行医五十年，援外廿五载。

建交四十年，中莫友谊传。

促统半世纪，莫国十三载。

华夏儿女情，爱国促统一。

历史纪念，真实记录。

著述心血，献给祖国。

所思所想，言犹未尽，

永生文集，后人评说。

江永生

72 岁于四川医科大学寓所

2015 年 8 月 28 日晨 5 时

---

* 这是江永生为《江永生文集：论文选编》（莫桑比克中国和平统一促进会 2015 年印）出版所撰写。

七十三岁述怀

倏忽人世七十三，曾经鸿雁留雪痕。

风雨变幻桩桩忆，岁月沧桑件件闻。

援莫医疗二十五，促统成功何时成？

民族担当五十载，奋蹄余年谢党恩。

2016 年 2 月 8 日于莫桑比克

乡梓情深

我的中国梦与四川非洲情*

　　很高兴能应邀出席首届海外川籍社团会长联席会议。四川是我的故乡，乐山、泸州是我成长的地方。我热爱祖国、热爱四川，我也热爱莫桑比克。我47岁时作为援外医生来到莫桑比克，如今已71岁了。我把25年的光阴、最宝贵的年华献给了莫桑比克，莫桑比克可以说是我的第二故乡。其间，我与莫国总统、议长、总理等政要结下了深厚的友谊，他们分别出任我担任会长的莫桑比克中国和平统一促进会的名誉主席、名誉顾问。我为促进中国的和平统一大业和中莫友好关系做出了贡献，也受到了各级领导、家乡父老和全球华侨华人的鼓励和赞扬。

　　2007年3月，我作为14名海外列席代表之一和唯一的非洲侨胞代表，光荣地参加了全国政协十届五次会议，既深感荣幸，亦知任重道远。2009年新中国成立60周年之际，我荣幸地被评为四川省改革开放30年来20名优秀侨领之一，还出席了国庆60周年大会，登上了天安门观礼台，由衷地感受到了祖国的强大。2013年8月，受中国和平统一促进会第十二次海外统促会会长会议同人们的委托，

---

　　* 本文是江永生2014年7月出席首届海外川籍社团会长联席会议的发言材料。

我致信四川省委，建议应早日成立四川中国和平统一促进会，因为此前浙江、湖南、黑龙江、河北等省份已成立了省级统促会。这引起了四川省委的高度重视，省委统战部常务副部长聂文强接见了我，对我表示感谢和支持，并邀请我出任四川统促会顾问。此外，乐山市邀请我担任乐山市外侨办顾问，泸州市侨联在今年4月还推荐我为中国侨联举办的"最美侨胞"评选的候选人。我对这些荣誉感到无上光荣，更感到责任重大。

四川省派出的第一支援外医疗队就是于1976年4月派出的援莫桑比克医疗队。38年来，四川省已成为中国援莫桑比克医疗队的对口省份，累计派出19支医疗队（共计300多名队员），为莫桑比克人民无私奉献（有3人献出了宝贵的生命），为中非友好做出了贡献。为了更好地为非洲人民服务，传播中国文化，我向全国政协会议报送了提案，希望在莫桑比克创建孔子中医学院。2012年莫桑比克国立蒙德拉内大学与中国浙江师范大学合作建立了孔子学院，我被聘请为该院的高级顾问。目前，我正致力于促成莫桑比克圣托马斯大学与四川泸州医学院合作，共同建立非洲第一所孔子中医学院。这一构想已得到国家中医药管理局和四川省中医药管理局的支持，也希望能够得到与会的各位领导和会长的关注和支持。

谢谢大家！

2014年7月7日于马普托

答《四川日报》李旭记者

《四川日报》时政部李旭记者:

您好!

2008年12月3日来函已悉,很高兴接受你的书面采访,现就你提的几个问题简答如下:

1. 在非洲举办中医论坛是2004年9月25—27日在北京召开中国和平统一促进会理事会第七届大会时我建议希萨诺总统致信胡锦涛主席,祝贺大会召开并建议在非洲召开国家元首保健医生中医论坛,创办中医学校和医院。希萨诺对此建议表示赞赏,称"这对中国传统医学用于公共医疗服务将具有创造性和历史性的意义,对人类健康将做出重大贡献"。

不过,这些仅仅是我个人的愿望和建议,还需要两国领导人、卫生主管部门和有识之士的支持。民间可以协办此事,但主要面临经费、人员、语言以及非洲比较贫困、行政效率较低等困难,因此目前仍在积极争取中。

2. 18年来,我在非洲治疗患者达17万人次,其中既有总统、联合国维和部队司令、驻外使节,也有普通工人、军人和贫民。我还培养了 8 名护士学生，他们都可以从事针灸辅助工作。患者们十分认可和信赖针灸，很多患者及学生都想学习针灸和中医。不过，尽管中国医疗队来莫桑比克已有 32 年了，但近年来日本、韩国医疗队也在援助莫桑比克。今年相继来了 4 名日韩针灸医生，中国医疗队的针灸医生被取消了。这使我们有了更大的危机感，可见援外医疗工作是不进则退，不可等闲视之的。

3. 在非洲的 18 年里，我印象最深的是 2007 年 2 月 8 日胡锦涛主席访问莫桑比克并接见华侨华人代表时，与我握了三次手，并专门与我太太握了手，对我们表示了深切的关怀。这三次温暖的握手，使我在莫国所经历的战乱、疾病、辛劳和苦楚一扫而光，让我激动万分，久久难以忘怀。虽然我随同莫桑比克前总统希萨诺访问过美国、法国、葡萄牙等 10 多个国家，在非洲见过 40 多位国家元首，但在非洲见到我们自己伟人祖国的国家元首，这是最有亲切感和最令人难忘的。

4. 成功秘诀是什么？说不上成功，我只是做了一点儿应尽的工作。我是一名普通的医生，有幸参加中国医疗队来到非洲工作。其间，我努力工作，诚恳待人，以良好的医术和医德赢得了莫国政要和民众的赞赏和信赖。同时，我热爱祖国，并在中国驻莫大使馆和当地华侨华人的支持下，积极开展"反独促统"活动，做好莫国主流社会工作，也为促进祖国和平统一大业贡献了一些力量。

5. 除了中医药之外，我的兴趣爱好还包括摄影，录像，看书，撰写日记、短文等。我希望记录下在非洲工作、生活的经历，让中非友好世代相传，将中非友谊发扬光大。我十分欣赏清代爱国名将左宗棠 23 岁时所写的一副立志楹联："身无半亩，心忧天下；读破万卷，神交古人。"鸦片战争后，左宗棠写下"书生岂有封侯想，为播天威佐太平"的诗句，他这种"义与天下共安危"的精神与宋代诗人范仲淹"先天下之忧而忧，后天下之乐而乐"的情怀都值得我们崇敬和效法。如今，从构建"和谐社会"到倡导建立"和谐世界"，胡锦涛主席亲民爱民的情怀和促进人类和平与发展的崇高理念也鼓励着我不断奋斗，为祖国和世界人民继续做出贡献。

6. 用一句话来概括我的人生或我的性格，那就是：我热爱祖国，爱我的家乡四川乐山五通桥，爱育我成长的成都中医药大学、泸州医学院。扬鞭奋蹄、完善自我是我人生的不懈追求，"一身正气，两袖清风，三餐温饱，勿忘祖国"是我的座右铭。当我肩负国家使命、带着亲人嘱托走进非洲，就立志以救死扶伤、助人为乐为宗旨，践行中国医疗队"不畏艰苦、甘于奉献、救死扶伤、大爱无疆"的精神，弘扬针灸医术，为祖国、为家乡父老争取更大光荣。

7. 女儿于 1995 年随妻子来到莫桑比克。她初中、高中在莫国学习，高中毕业后又去美国杨百翰大学学习英语两年，后又在中国广州暨南大学学习中医学专业。2008 年她大学毕业，现在泸州医学院附属中医医院针灸科工作。我希望她两年后能来莫国工作，接我的班，传播中医药文化，使中莫友谊一代一代传下去。这是我的愿望，女儿也有新的思维和想法，但到非洲一定要有吃苦耐劳、不畏艰难、无私奉献的精神。我相信她的工作会比我做得更好。

　　此致
编安！

江永生敬启

2008 年 12 月 3 日于马普托

附：

李旭原信

江教授：

　　您好！

　　我是《四川日报》时政新闻部的记者李旭，希望对您进行一个书面采访。

　　我先简单介绍一下这次采访的背景。

　　在改革开放30周年到来之际，《四川日报》《华西都市报》、四川在线同步推出大型专题宣传活动"改革开放30年·海外四川人"。该活动通过回顾改革开放30年来海外四川人勤奋创业、事业有成的风采，及他们心系桑梓，积极促进所在国与四川在经济、科技、文化、社会公益事业等方面的合作与交流，以实际行动支持四川经济、社会发展的历程，从侧面充分展示我省对外开放的巨大成就，扩大侨务工作的社会影响。

　　您是四川省侨办大力推荐的全球20名优秀海外四川人之一，希望您能同意接受本报的采访。

　　由于您的采访安排昨天才到我手上，稿件一周内须见报，所以能留给我动笔写作的时间已经不多了。在阅读了大量有关您的报道的基础上，我简单提炼了几个问题，请您收到邮件后尽快为我解答好吗？谢谢！

　　1. 您今年在接受采访时说："希望明年能在非洲举办中医论坛，能够在非洲把中医学校、中医医院办起来。"能否谈得具体一些？比如已经进展到哪一步了，最大的困难在哪里，准备怎样克服，希望做到怎样的规模？

　　2. 请您评价一下您的非洲学生和非洲患者。

　　3. 在非洲18年，令您印象最深刻的事情是什么？为什么？

　　4. 您的成功秘诀是什么？（如果您不喜欢"成功"这个字眼，那么您取得今天这些成绩的秘诀在哪里？）

5. 您除了中医药之外的兴趣爱好有哪些?

6. 请说一句最能概括您的人生或者您的性格的话!

7. 您的女儿现在泸州医学院工作,今后她有打算去非洲接您的班,继续推动中医药事业发展和促进中国和平统一大业吗?如果有这些打算,大概在什么时候开始进行?

回家看世博

　　受国务院侨办邀请，中国驻莫桑比克大使馆通知我回国参加两年举办一届的世界华侨华人社团联谊大会，并出席 5 月 10 日在上海举办的"华侨华人回家看世博"活动启动仪式。收到邀请，我十分激动。海外 5000 万华侨华人爱国情深，十分关注和支持上海举办世博会，并一直为祖国呐喊、助威。世博会能在中国举办，表明我们伟大的祖国日益强大兴盛，华侨华人在国外的地位也日益提高，大家都能昂首挺胸，昔日的"东亚病夫"已经一去不复返！5 月 10 日上午 9 时，海外侨胞、侨商、留学生、归侨侨眷以及社会各界人士共 2010 人会聚在上海世博会中国国家馆的南门。上海市委副书记、上海市市长韩正代表上海市和世博会组委会热烈欢迎了我们，满足了海外侨胞参与世博、回家看世博的强烈愿望。韩正市长在活动启动仪式上表示，上海世博会是世界各国人民交流的盛会，也是海外华侨华人回家团聚的盛会。国务院侨办主任李海峰在致辞中表示，广大侨胞对祖（籍）国有着深厚的感情，为中国成功申办和顺利筹办世博会做出了重大的贡献。他们热情邀请海外侨胞回家看世博、回国谋发展，殷切希望广大侨胞积极发挥"民间大使"的作用，将历史悠久的中华文化、大气谦和的中国形象和内涵深远的世博精神传递给住在国民众，为中外友好交流、世界和谐发展做出积极贡献。

活动现场洋溢着一派喜庆祥和的气氛，我们华侨华人代表兴奋地挥动着"华侨华人回家看世博"的彩旗，高呼"祖国万岁""我们爱世博""世博是中国的骄傲"等口号，参观了中国国家馆及世博园。中国国家馆以极富中国建筑文化元素的"斗冠"造型以及表面覆以"叠篆文字"的主题构思，将无数中国人对于世博会的憧憬和梦想寄托在了独特的建筑语言之中，表达了中国文化的精神与气质："东方之冠，鼎盛中华，天下粮仓，富庶百姓。"它让我们这些华侨华人在情感上找到了共鸣，而这是与祖国在一起时才能感受到的兴奋和欢喜。

在导游的指引下，我们用了整整一个上午的时间才看完了中国国家馆的内部建筑和展示，真是让人目不暇接、流连忘返。在"岁月回眸"展区，陈列了 1978 年、1988 年、1998 年、2008 年四个不同时期普通居民的家庭生活场景，展示了祖国不断开拓前进的步伐和人民生活蒸蒸日上的美丽画卷，使人感慨良多。在"东方足迹"展区，国宝级名画《清明上河图》的 3D 巨幅长卷动画美轮美奂，将中国的发达科技与传统文化艺术完美融合，吸引了所有人的目光。上海世博会开创了世博会 159 年历史上的诸多"第一"，缔造了诸多"之最"。例如，上海世博会是首次在发展中国家举行的世博会；上海世博会累计参观人数超过 6000 万，为历届之最；参加上海世博会的国家和国际组织有 240 多个，为历届之最；上海世博会的园区占地面积高达 5.28 平方千米，为历届之最……

上海世博会集全人类的智慧，展示了世界各地的建筑艺术、科技成果、生活理念和人文风貌。由于时间有限，我们在下午坐车巡游了各个场馆并择要参观了非洲、亚洲、欧洲国家馆。下午 5 点半，我们才恋恋不舍地离开了世博园区。参观结束后，我们这些海外归来的华侨华人都有一个共同的看法：上海世博会太好了！它展示了祖国的强大、民族的兴旺、社会的和谐。这一无与伦比的世博会，将激励中华儿女团结奋斗，为祖国更加美好的明天贡献力量。

2010 年 7 月 6 日

彝族情结和我尊敬的冯元蔚书记

在"5·12"汶川特大地震三周年之际，我受邀参加由国务院侨办、中国侨联、四川省委、省政府共同举办的"海外侨胞聚焦灾后重建美好新四川"活动。我在非洲工作已有20年，我时常思念我的朋友、四川省委原副书记、四川省政协原主席、全国政协原常委、著名彝族学者冯元蔚老先生。经省侨办多次帮助联系，2011年6月2日下午，我到冯元蔚先生家中拜访，冯先生和其夫人赵老师热情地接待了我。我看见82岁高龄的冯先生精神矍铄，心中十分高兴。我们紧紧握手，互致问候。我首先汇报了我在非洲莫桑比克的生活和工作情况，并与冯老一起畅谈了20年前泸州医学院支援凉山工作的往事。

冯书记与江永生亲切握手

1991年8月，我受中国卫生部和四川省卫生厅派遣，由四川泸州医学院到非洲莫桑比克马普托中心医院工作。三年后，我受聘于莫桑比克军队总医院，并担任了时任总统希萨诺和现任总统格布扎的保健医生。20年来，我用针灸治疗了20余万人次的非洲患者，受到了莫国政要和民众的赞赏和感谢。

1988—1989年，我受泸州医学院委派，赴凉山彝族自治州昭觉县人民医院进行支边工作。在短短一年多的工作中，我与彝族同胞朝夕共处，结下了深厚的友谊。我和我院附属中医医院针灸科税明海医生合作，在当地开办了3个月的针灸学习班，培养了45名彝族针灸学员。当时昭觉县委还致信泸州医学院，表扬了我们泸医支边医疗队的辛勤工作和特殊贡献。

此后，我和彝族同胞一起主编了《彝汉针灸学》（彝汉对照）一书，共计50万字，由四川民族出版社于1996年6月正式出版。冯元蔚先生是彝文专家，他以学者的身份欣然为本书作序。中国中医研究院原副院长、世界针灸学会联合会终身名誉主席王雪苔教授为本书主审，他评价该书是彝汉民族合编的第一本针灸专著，达到了国内和国际先进水平。我担任该书主编，副主编一位是周建伟教授（现为四川中医科学院副院长，时任泸州医学院针灸教研室副教授），另一位是彝族医生久里拉（现为昭觉县人民医院中医科主任医师、副教授），彝文翻译是民族语文翻译局的海乃拉莫。此外，还有众多的彝汉学员参与了这一工作。冯先生时任四川省委副书记，还特别批款支持本书的出版发行。本书在西南地区乃至全国引起了热烈的反响，全国众多知名学者纷纷来信祝贺，并赞扬冯书记对彝汉医学事业的支持和贡献。

在冯书记家中，我看见胡锦涛同志和他握手的相片挂在中堂，那是1992年胡锦涛同志到成都考察时在他家中看望他时的合影。中堂还悬挂有国务院原副总理、中国科学院原院长方毅同志的题字"宝地"，充分体现了我国领导人对彝族同胞的关怀之情。这不禁让人想起中国工农红军万里长征途经大凉山彝族地区时，团结彝族上层人士，支持彝族人民开展反压迫斗争，并在彝族人民的帮助下顺利通过大凉山地区的佳话。

82岁高龄的冯书记对往事记忆犹新，还谈起20年前我在他办公室汇报工作和在他家吃饭时的情形。冯书记非常关心我在非洲创办孔子中医学院的事情，向我询问进展情况。我向他汇报，我在2007年3月作为海外列席代表参加全国政协十届五次会议时做了提案，当时即已引起中央相关领导的重视。今年4月李长春常委访问莫桑比克时，中莫两国签订了政府间经济文化合作协定，其中首个项目就是浙江师范大学与莫桑比克蒙德拉内大学共建孔子学院，这为创办孔子中医学院创造了条件。全国政协已回函，要求结合本议题撰写文章上报，届时将提交政协十一届常委会第十四次会议，供出席会议的政协常委们参阅审议。目前，我已撰写《在非洲加快创办孔子中医学院和医院的建议》一文，并已上报至全国政协。冯书记对此事充满了关切和期待，我对冯书记对中国文化和中医事业发展壮大的一贯支持表示深深的敬意。

随后，我赠送了冯书记两本我的拙著《莫桑比克十八年——总统与医生》及《创办莫桑比克孔子中医学院和医院》，它们是在国庆60周年之际由香港新闻出版社出版的。我还将成都中医药大学教授、《养生杂志》主编马烈光在该刊2005年第5期上撰写的《非洲行医二十年，神针织就和平路》和中国侨联副主席

江永生向冯书记汇报在非洲的工作

林明江撰写的《沧桑侨史与祖国情怀——访问莫桑比克侧记》这两篇有我相关事迹的文章赠送给冯书记，并向他展示了卫生部副部长、国家中医药管理局局长王国强今年5月22日在北京给我的题词"仁心仁术，大医精诚，弘扬中医，造福人类"。

冯书记还请我代向泸州医学院的领导师生们表示问候。我告知他，泸医建校60周年庆祝活动将于9月20日至27日举行，希望他能出席。他表示将出席活动，与泸医师生共庆60华诞。

这是一次愉快又难忘的会面，让我的心情十分激动。我年近70岁，去年在莫桑比克工作时，因高血压突发心梗，抢救5日才脱险。莫国政要、中国驻莫大使和华侨们纷纷前来看望我，国内有关部门也发来电函慰问。冯书记对我说："千万保重身体。"他坚持送我至门外。我说："冯书记，您也千万保重身体，祝您身体健康，阖家欢乐，幸福长寿！"

2011年6月2日

感恩四川泸医，报效祖国人民

值此泸州医学院建校 60 周年之际，我感到十分高兴，特撰文向各位领导和同人作以汇报。

我是一名普通的针灸医生，出生于四川乐山五通桥。从中医学徒到登上大学讲台，是泸州医学院培养了我。1991 年，四川省卫生厅和泸州医学院附属中医医院领导选派我到中国援莫桑比克第 8 批医疗队工作。援外工作凝聚了组织对我的信任、期望和重托，我对此十分感激。我在莫桑比克一干就是 20 年，我把自己宝贵的年华献给了莫桑比克，这里也成了我的第二故乡。其间，我用中医针灸治疗了 20 余万人次的患者，受到了莫国政要和民众的认可和赞赏。

泸州医学院是中西医结合医院的典范，泸医的校训"高尚医德，精湛技术，健壮体魄，服务人民"促使我不断前进、努力奉献。2009 年 1 月 25 日，我突发心梗，也是泸州医学院附属中医医院给了我很好的治疗，使我恢复了健康。我感恩四川泸医，立志报效祖国和人民。没有泸州医学院从最基层把我培养成能承担援外任务的医生，就没有我今天的成绩。我曾获得中国援外医疗队"优秀队员"的光荣称号，我所在的赴莫桑比克第 8 批医疗队也获得了"先进医疗队"的光荣称号。

没有共产党就没有新中国，没有祖国的强大，就没有海外赤子的扬眉吐气。20 年来，是党的力量燃起了我的爱国情怀，支持着我在海外艰苦奋斗。我十分感谢各级领导对我的关怀和培养，感谢莫桑比克华侨华人、中国驻莫大使馆对我的帮助和支持。近期我在第八届世界中医药大会期间被提名选举为世界中医药学会联合会（世界中联）副主席，也感到任重道远。世界中联将于 2012 年 3 月在南非开普敦召开世界中医药大会。为传播中国医药文化，我将和同人们一起尽责尽力，为祖国争取更大的光荣。

2011 年 9 月 20 日于马普托

记泸医六十华诞庆典大会

泸州医学院建校 60 周年庆典大会，经过半年多的筹备，于 2011 年 9 月 25 日在忠山体育场隆重举行。来自全国各地的各界嘉宾和海内外近千名校友代表汇聚忠山，与万余名师生共庆泸医六十华诞。四川省副省长陈文华，四川省政协副主席陈杰，国家教育部高等教育司副司长石鹏建，卫生部人才交流服务中心副主任张俊华，四川省教育厅厅长涂文涛，四川省卫生厅厅长沈骥，泸州市委书记、市长刘国强等出席了庆典大会。

庆典大会现场

泸州医学院党委副书记、院长马跃荣在致辞中回顾了学校 60 年来的发展历程和办学成就，并表示将努力把泸州医学院建设成为省属一流、国内知名、立足四川、面向西部、辐射全国、特色鲜明、声誉良好的高水平医学院校。四川省副省长陈文华在讲话中指出，泸州医学院作为四川省属医学院校，在省内和西南地区都具有较高的知名度和美誉度，培养了一批又一批优秀的医药卫生人才，为四川医疗卫生事业和高等医学教育的发展做出了重要的贡献。泸州市委书记、市长刘国强指出，泸州医学院自建校 60 年来，特别是在近年来，始终坚持以发展为第一要务，大力推进内涵建设，大力推进创新发展，教学、科研、医疗服务和管理水平不断提高，取得了令人瞩目的成绩。泸州为拥有泸州医学院这样一所具有悠久历史和光荣传统的高水平大学而感到自豪、感到骄傲。

庆典上还举行了现场捐款仪式。我校 1979 级校友、四川郎酒集团董事长汪俊林代表郎酒集团向学校一次性捐赠 100 万元人民币。泸州老窖集团继在我校设立"泸州老窖奖学金"后，又以此次校庆为契机，在我校设立"金教鞭奖"，将在今后十年内向学校捐款 600 万元人民币，用于奖励优秀教师。我个人也向学校捐赠了我一个月的工资 1500 美元，希望为学校发展贡献一份绵薄之力。

此次校庆活动期间，我校举办了校友论坛、学术讲座、校史展览、书画摄影作品展等活动。其中，我校 1977 级校友、中国科学院生物物理研究所副所长、脑与认知科学研究中心主任赫荣乔研究员，我校 1979 级校友、日本北里大学医学部博士研究生院专职讲师蒋世旭等做了学术报告，受到了全校师生的赞扬。此外，重庆医科大学王学峰教授做了题为"成才之路——临床科研的灵感、方法与技巧"的讲座，泸医中医医院还邀请首批国医大师、四川省唯一一位国医大师郭子光教授做了题为"源流并重论伤寒，寒温合法话临床"的专题讲座。众多泸医学子济济一堂，我作为一名泸医人，深感自豪和骄傲。

我还看了我校的学术刊物《医学与法学》和《泸州医学院学报》（校庆专辑），以及泸州医学院原党委书记尹杰霖和学校老师董代富、范生根编著的《忠山文化》一书。该书图文并茂，把忠山的名称由来、地质形成、地理气候、园林风貌、名胜古迹、名人所至及名人赞颂诗词等都一一呈献出来，使人深受鼓舞。

60 年来，一代代泸医人为把我校建设成为"学习、和谐、奋进、品牌"的高水平医学院校而不懈奋斗，取得了骄人的成就。在泸医的培养下，笔者发扬"团结奋斗，艰苦创业"的泸医精神，在非洲莫桑比克从事医疗工作已有 20 年，并担任两任莫国总统的保健医生。我将不断在非洲传播中医文化，促进中非友好，为泸医、为祖国争取更大的光荣。

2011 年 10 月 1 日于泸州医学院

·

我骄傲，我是泸医人

——出席泸医统战部中秋诗歌会有感

我骄傲，我是泸医人，

我赞美，我是泸医人！

啊，泸医，惜别你已二十二年。

今天，在这中秋国庆节日里，

廖斌院长，刘毅副书记，

在各党派代表诗歌朗诵会前，

用诗一般的语言，

展望泸医明年将实现

四川医科大学的梦愿！

这梦想似大海的波涛，

这梦想似长空的雷鸣。

泸医经过六十二年的栉风沐雨，

已发展成医教科为一体，

现代化的医科大学圣殿。

这是一亿四川人民的骄傲，

这是两万泸医师生员工的梦愿，
这是新时代的光荣成绩，
这是世界酒城泸州奏响的琴弦！

我骄傲，我是泸医人，
我激动，我是泸医人！
泸医从幼年至少年、中年——
从中专到大专到学院，
正迈向综合医科大学的行列。
令人神往、激动啊，
这也是我心中多年的梦愿！

我骄傲，我是泸医人，
我高歌，我是泸医人！
让泸医从泸州起步，
走出四川、走出中国，迈向世界。
让泸医为祖国、为人民
争取更大的光荣和贡献，
实现我们共同的憧憬和心愿。
让泸医继往开来，
再铸辉煌，造福世界！

2013 年 9 月 12 日于泸州医学院（第二稿）

报效祖国，服务人民[*]

　　西南医科大学创建于 1951 年，其前身泸州医学院在 2015 年更名为四川医科大学，后又更名为西南医科大学。65 年来，我校秉承"厚德精业，仁爱济世"的校训，发扬"自强不息，守正出新"的精神，为医疗卫生事业培养了一批又一批德才兼备、服务人民的专业人才。

　　1963 年，全国人大常务委员会委员长朱德元帅来我校视察时挥毫题词"继承祖国医学遗产，学好现代医学科学，为广大人民服务"，鼓励全校师生员工为祖国的医药卫生事业多做贡献。这一题词像灯塔一样为学校的发展指引了方向，激励了一代又一代西南医大人奋发图强。值此 2016 年新生入学之际，我校党委书记廖斌教授讲"开学第一课"时告诉过你们：希望你们立志成为"三有学生"，即"有社会责任感、有实践能力、有创新能力"的当代大学生。校长何延政教授与近 4000 名新生分享了自己的人生感悟，并说：能够进入西南医科大学，说明你们已经是同龄人中的佼佼者。不过，他也担心，在当今社会急功近利的浮躁氛围下，大家能否在大学中完成人

　　* 本文为江永生在西南医科大学中西医结合学院 2016 年新生入学典礼上的演讲稿。

生最重要的成长与蜕变。

我是本院的教师，曾担任学院针灸教研室主任、附属中医医院针灸科主任。1991 年 8 月，我被中国卫生部选派到中国援莫桑比克医疗队，至今已在莫桑比克工作 25 年。其间，我以中医针灸治疗了近 20 万莫桑比克民众，并曾担任包括莫国前总统希萨诺和格布扎在内的多位莫国政要的保健医生。在我校成立 60 周年之际，我写下了《感恩泸医，报效祖国》一文在校报刊登，并向学校捐赠了我在非洲工作的一个月工资 1500 美元。中国驻莫桑比克大使黄松甫、莫桑比克前总统希萨诺当时也向我校发来贺信。我在莫桑比克的医疗工作促进了中莫友谊，为祖国争得了荣誉，我也受邀参加过国庆 60 周年观礼活动和纪念中国人民抗日战争暨世界反法西斯战争胜利 70 周年等纪念活动。我能取得一些成绩，首先感谢党和政府的关怀和鼓励，还要感谢我校的培养和帮助。在此希望莘莘学子秉承校训，在学习生活中锻炼自己、充实自己、塑造自己，立志报效祖国、服务人民！祝同学们学习进步，健康成长！谢谢大家！

2016 年 9 月 8 日于泸州

献给陈剑英先生 81 岁的生日贺词

尊敬的陈剑英先生大鉴：

2017 年 1 月 17 日，是您 81 岁的生日，我在遥远的非洲莫桑比克马普托市向您致以生日快乐的热烈祝贺：祝您福如东海，寿比南山，阖家幸福，万事如意！

我到莫桑比克进行援外医疗工作已 26 年，从 47 岁到现在的 73 岁，其间时刻得到您和谭家世交兄弟姐妹们的鼓励和支持。您是建筑设计高级工程师，曾任九三学社乐山市五通桥委员会主委，因工作取得较大成绩，曾受到时任中央统战部部长王兆国的通报表彰。我作为泸州市九三学社社员，也从您身上受益匪浅。

您自幼研习书法，作品多次参加省市级展览并获奖。您于 1991 年 8 月我出国时赠送的墨宝对联"恪勤在朝夕，怀抱观古今"挂在我家的堂屋，一直激励我努力工作。您赠予莫国前总统希萨诺的对联"铁肩担道义，妙手著文章"，我今日在他家中拜访做客时还听他念及此语，他还请我代他向您致以生日快乐的祝福！

陈剑英赠送给希萨诺总统的对联

我与剑英兄相识于 1964 年春天，至今已 52 年矣。这半个世纪中，我们一起结交了无数的朋友和兄弟。您是最爱惜我的兄长，往事历历在目，使我十分想念您。我与您结为挚友，还因为您是我父亲亦师亦友的忘年交。拙著《莫桑比克十八年——总统与医生》由阁下题写书名在全球发行，其中由您撰写的《扬我中华兮尧禹之风》一文受到朋友们的广泛赞扬。1995 年您赠予永生弟之折扇书曰："离家远去兮非洲，疗人疾兮劬劳匆匆。五洲人民兮皆兄弟，扬我中华兮尧禹之风"，给了我莫大的鼓励。岁月悠悠，我在莫国取得的一点儿成绩和贡献，与您的精神鼓励和支持是分不开的。十分感谢您！十分崇拜和敬佩您！

昨日与您通了越洋电话，祝您生日快乐，本想赠送您一个红色的蛋糕作为祝福，您却一再告诫只收祝福，不收贺礼。想了很多，言犹未尽，专以贺词祝福！

此致
敬礼！

您永远的朋友和兄弟
江永生谨启
2017 年 1 月 16 日于马普托

附　录

忆名医江欣然

龙治平[*]

先师江欣然，出生于三代医学世家，幼承庭训，随父学医，勤求古训，治学严谨，博学多才。在传统的师承教育下，他对中医学耳闻目染，尽得师传，系当代著名中医临床学家。

先师人格高尚，品行端正，医术高明。跟师十年，老师的医德医风令我敬佩，其不仅被社会和医界同人所公认，患者也为之感到欣慰。在长期的临床工作中，他不收病人"一针一线"，对来者皆婉言谢绝。在接待慢性病、疑难病、急性病等患者时，他敢于负责，敢于担当。诚如《大医精诚》所谓："凡大医治病，必当安神定志，无欲无求，先发大慈恻隐之心，誓愿普救含灵之苦。若有疾厄来求救者，不得问其贵贱贫富……"此乃学先贤之德，铸医者之魂，救民于水火。

据报道，近期在浙江成立了若干"道德医院"，上岗医生被尊称为"道德之师"。医院运行后，社会反映良好。此文明之举向不文明之风发起挑战，广大患者对此无不拍手称快。希望相关部门能给予关心支持，祈求道德医院能发扬光大。

综观中医学的研究和创新，理论与临床无不涉及"经方"。而仲

---

[*] 龙治平，著名中医肝病专家，四川省乐山市中医医院原院长。

景的《伤寒杂病论》中所载方剂统称经方，故当今仲景之方堪称经方之鼻祖。本人在研究中医学的数十年间发现，大凡有名医的存在（现象），就有经方的存在。二者相互支持，彼此促进，可谓：经方育名医，名医促经方。临床中，经方以治大病、疑难病而震撼医界，此绝非偶然。先师尊仲景，治疑难，起沉疴，疗效显著。

总结名老中医的宝贵经验、特色以及独到之处，对中医药的传承、发展有着十分重要的意义。兹将先师临证用药之轻重举隅如下，方药之轻重，这里指药味少而用量轻。用之每获良效者，师谓：船在江中行，四两拨千斤。先师处方严谨，通常一方在八味以下，故有"江八味"之美誉。

先师指出，病轻药重者，小题大做，杀鸡焉能用牛刀。与此相反，药轻病重者，犹如隔靴搔痒，疗效可虑，故竭力倡导中药重剂治疗。长期以来，老师以重剂治重病，功专效宏，其胆识令人钦佩。也有疑难之慢性病，则投经方轻取。总之，剂量的大小，药物的轻重，与患者的年龄、体质、痼疾、守方及其加减因素相关，但必须在辨证论治和方证相应的前提下进行，其目的为提高疗效，挽救生命，由此也体现经方治大病的魅力。

2016 年 5 月于乐山

附：

江欣然（1900—1974），四川乐山人，出身中医世家，四川著名老中医。少时由父亲指点攻读医术，弱冠之年，便熟读《灵枢》《素问》《难经》，并博览仲景、景岳、濒湖、修园、宗海等各家名著。业医 50 年，精于伤寒医理，长治温病，辨证施治，精炼处方，每方药物七八味，药量轻但功专效宏，人称"江八味"，名驰川南一带。

江欣然（1900—1974）

《血证类释》作为《巴蜀名医遗珍系列丛书》之一，是江老先生晚年根据自己一生的血证治疗经验，结合历代善治血证之名家对血证的认识、心得，精心整理而成。书中依血症的出血部位及方式，列为咳、吐、咯、呕、唾等出血，目耳鼻齿等衄（nù）血，便溺脱崩等下血，提纲挈领，条分缕析，理论引证与临床治验兼顾，对于中医学者认识及治疗血证有很好的参考价值。

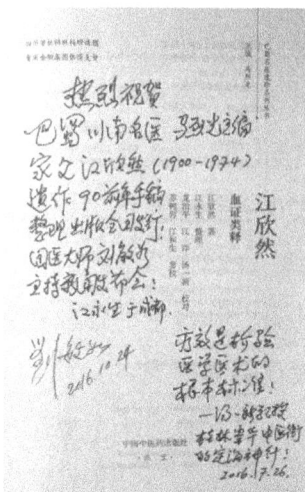

江欣然先生遗著《血证类释》

小小银针传友谊，传统疗法谱新篇

——中国针灸在莫桑比克*

袁文志^{**}

"我，里约·格尔韦斯，59 岁，联合国驻莫桑比克维和部队司令，曾接受江永生大夫的针灸治疗，并取得了极好的效果。这种治疗方法不仅自然，不使用药物，而且简便有效。我多年的关节、肌肉疾病，经过治疗后马上减轻。江大夫的才能及职业精神是治疗成功的基础，他的素养与友善使他很快成了患者的朋友。感谢江大夫有效的治疗，并建议所有的人生病时都接受针灸治疗。"这是 1993 年 11 月 25 日巴西籍联合国维和部队司令官里约中将签发的声明。该声明散发给了驻莫桑比克联合国维和部队的来自 23 个国家的 9000 名官兵和 270 余名观察员，以感谢中国针灸治好了他十多年的腰腿疼痛及失眠，一时在莫桑比克传为佳话。

中国针灸以其神奇的疗效在莫桑比克马普托中心医院独树一帜，受到了莫国政要和民众的认可与赞扬，中国驻莫大使馆、中国援莫医疗队也先后收到了数十封感谢信。

---

　* 本文写于 1994 年。
　** 袁文志，曾任中国援莫桑比克医疗队第九队队长（1993—1994）。

在治疗过程中，头针治疗偏瘫，体针加拔火罐治疗腰腿疼痛，体针治疗高血压、性功能不全症，耳针治疗哮喘、鼻病、肥胖，眼针治疗面瘫，电针治疗胃下垂、神经性头痛、失眠以及一些运动神经性疾病等，皆取得了很好的疗效。邻近莫桑比克的南非、津巴布韦、坦桑尼亚等国的患者，莫国北部贝拉、楠普拉等省市的居民，马普托中心医院的医生、护士，以及在该院工作的美国、俄罗斯、古巴、瑞士、德国等几个国家的专家及其家属也纷纷前来接受"神奇的中国针灸医术"的治疗。两年半以来，针灸门诊门庭若市，门诊量已逾28000人次，在莫桑比克掀起了一股"针灸热"。马普托中心医院院长若奥曾对中国针灸医生说："针灸在马普托中心医院受到欢迎，没有人不相信针灸的疗效了。希望你们能举办针灸学习班，推广中国针灸，使更多的人能接受针灸治疗。"

根据中国驻莫大使的意见，由使馆和经参处安排时间请中国针灸医生专门为莫高级官员进行治疗。中国援外医疗队针灸医生江永生首先为莫解放阵线党中央书记、国防部长、内政部长、文化部长等40多位高级官员及其家属进行了初诊治疗。莫国解放阵线党15名中央政治局委员中有12人接受过江永生医生的针灸治疗，皆取得了较好的疗效，并对中医表示了赞扬。如莫国解放阵线党中央书记西托莱偏瘫6年，经江永生采用泸州医学院附属中医医院的科研成果"头针"等特殊方法治疗6次后，即可行走并做跳跃动作；3个疗程共45次治疗后，他行走自如，手基本恢复书写功能，可以到各省检查工作，后来还出访了智利、美国、德国。西托莱在1992年3月出访英国归来后，专门到中国驻莫大使馆向肖思晋大使表示感谢，并用葡语题词"中国针灸，造福世界"。1992年中国驻莫大使馆举行国庆招待会，会上西托莱夫妇二人见到江医生时十分激动，与其热情地握手交谈，还对经商参赞范全木说："针灸医生江永生使我恢复了健康，我刚从英国归来就来参加招待会了，谢谢你们的帮助！"

莫国解放阵线党总书记助理、政治局委员迪约林达在写给中国医疗队的信中说："我很荣幸地说我接受过江永生大夫的针灸治疗。我膝关节疼痛，经过治疗后行走容易多了，腹痛、高血压、麻木等病症也有明显好转。这是一种很有效的治疗方法。在我接受治疗的过程中，还有很多有神经衰弱、风湿性头痛、脑血栓和其他疾病的患者也来治疗……接受这种治疗者皆有明显好转。现在，有很多患者都需要江大夫诊治，而他又是来我国的唯一一名针灸医生。因此，他的诊疗室通常是满满的，乃至他在住所也不得不治疗患者。我证明，他热情、认真、不知疲倦地治疗患者。鉴于患者众多，请求今后中国政府一方面在医疗队多派两名或者三名针灸医生，另一方面可以培训莫桑比克当地的针灸医生。"

针灸在莫国民众中反响强烈。农民弗朗西斯科偏瘫 3 个月，由家人抬来做治疗。经过 6 次头针治疗，这位 82 岁的老人竟能站起来行走了，这在马普托被传为佳话。此后，远近的偏瘫患者多慕名前来求治，院方为此开设了偏瘫头针专科门诊，受到了患者的普遍欢迎。弗朗西斯科在 1992 年 3 月 17 日致信给江医生时说："我原来不指望我的右侧肢体能够恢复，但我现在已经能走一段路并用手吃饭了。我现在的状况是江大夫诊治的结果，我们患者对你的工作很满意。希望江大夫能取得更大的成绩，能把你的知识和经验传授给我们其他莫桑比克医生，为我国医疗事业的发展增添光辉的篇章。"

莫桑比克华侨协会主席郑汉荣老先生已 82 岁了，他曾因脑出血昏迷，导致左侧肢体偏瘫。经医疗队抢救后，他被送到莫桑比克中心医院神经内科。经家属要求，并征得主管患者的俄罗斯医生安德烈大夫同意，江医生去病房为郑先生进行了针灸治疗。经过合作抢救，半个月后，郑先生脱离了危险，神智也清醒了。一个月后，郑先生竟能坐起来了。郑先生出院时，安德烈深有感触地说："我当初认为这个患者完全没有希望了。经过针灸治疗后，患者的脑电图、脑血流图均有了明显改善，真是奇迹，中国针灸真了不起!"

1992 年 10 月 13—17 日，在莫桑比克首都马普托召开了两年一次的全国医学大会。江永生大夫根据在马普托中心医院治疗偏瘫的病历资料，撰写了《中国头针治疗脑血管病后遗症 52 例临床观察》一文。经江大夫统计，针灸治疗偏瘫的有效率达到 96%，52 例病例中有 22 例丢掉了拐杖。该文译成葡文后被选入医学大会的论文集，江大夫在会上还做了发言，受到了莫国卫生部官员及莫国医学界的欢迎与好评。

江永生医生在驻莫使馆党委和经参处的领导下，在医疗队全体人员的帮助和支持下，肩负祖国人民的信任和重托，发扬祖国传统针灸绝技，使小小银针名扬非洲，治愈的患者不计其数。

莫桑比克蒙德拉内大学生物学教授达尔尼娜·玛莉亚在信中写道："我患食品过敏症 13 年了，近 10 年感觉有加重趋势，对所有贝类、鱼、植物油过敏，一直服用抗组胺药物，结果感到精神紧张。在 10 次针灸治疗后，我的身体恢复了正常，一个月后开始第二个疗程的巩固治疗，我感觉好多了。针灸除治病外，还可以帮助调理人体机能。"

朝鲜驻莫大使馆李松松在信中说："我患腰背疼痛 3 个多月，服用现代药品无明显效果。在接受了 4 次针灸治疗后，我的疼痛就消失了，现在我感觉很好。我的朋友江大夫是很好的针灸医生，感谢他热情的接待。朝鲜人民和中国人民是亲密的兄弟，我们的友谊将万古长青。"

莫农业工程师冈地杜在给中国驻莫大使馆经参处的信中写道："针灸治好了我的头痛与鼻病，还治好了我两年前开始的神经性胃痛……我建议中国政府派更多的针灸医生来莫桑比克工作，也希望江医生在莫桑比克待更长时间。我们认可和赞赏他勤劳、热情、和蔼的工作态度。"冈地杜是莫桑比克总统希萨诺的内侄，其父亲是莫国解放阵线党中央组织书记。他于 1965 年曾在我国南京学习过，是总统的得力助手之一。他的这封建议信曾得到总统的赞同。

针灸减肥在莫桑比克也深受欢迎。一般一个疗程针灸 7 次，两个疗程下来，受治疗者的体重可减轻 5—7 公斤。马普托饭店的经理埃尔里格体重达 110 公斤，肥胖的身躯给他带来了许多苦恼。经过 3 个疗程的耳针治疗后，他的体重减轻了 25 公斤。埃尔里格先生说："自从针灸减肥后，我的体重就不再增加了，感觉很好。奇怪的是，我并没有专门减少饮食。我认为中国针灸是一种神奇的治疗方法，非常令人钦佩。"

中国援莫桑比克医疗队已有 18 年的历史，皆由四川省卫生厅组派，而以专科集中在莫国首都马普托中心医院是近五年的事情。该院有 2000 张床位，11 个国家的 110 多名医生在此工作。中国医疗队有烧伤整形科、五官颌面外科、骨科、手外科、心胸外科和针灸科共 7 名医生在马普托中心医院各科工作，各专科各具特色。中国医生全心全意为莫国人民服务，以高尚的医德、优秀的医疗技术赢得了莫国人民的欢迎和信任，同时也涌现出了许多感人的事迹。而针灸这种有效的中医传统疗法在马普托独树一帜，备受欢迎。泸州医学院附属中医医院江永生副教授于 1991 年 8 月来此工作至今，他掀起的"针灸热"方兴未艾，深受莫国人民的欢迎与赞誉。

1992 年 10 月中旬，中国卫生部副部长顾英奇一行四人在莫国前卫生部长瓦茨教授的陪同下参观针灸科时，莫国患者纷纷赞扬江大夫工作认真负责，治疗效果很好，并希望中国针灸技术能在莫国得以推广。瓦茨教授对顾副部长说："在莫桑比克，相信针灸的人越来越多。江大夫的治疗效果的确不错，我也在向他推荐患者，这是中国的光荣。"

江永生大夫在莫桑比克的工作受到了人们的欢迎，也为我国外交事业做出了贡献。他的工作得到了同志们的信任与鼓励，也得到了顾副部长等领导的肯定与表扬。根据卫生部 1993 年 4 月即将召开的援外 30 周年先进集体及个人表彰大会的有关文件精神，由医疗队评选，中国驻莫使馆党委推荐上报卫生部，将江永生同志列为部级表彰的先进医疗队员。

中国针灸为莫国人民的医疗保健做出了积极的贡献，对增进中国和其他国家人民的相互了解和友谊起到了积极的作用。中国赴莫桑比克联合国军事观察员、联合国维和部队司令部作战部安作山上校来医疗队时说："里约司令签署的声明我们都看见了，他见了我也非常高兴地伸着大拇指说：'中国针灸好，中国人了不起！'中国针灸为我们脸上也增添了光彩。"真可谓"小小银针传友谊，传统疗法谱新篇"，作为一名中国医疗队队长，我也感到由衷的高兴和骄傲。

中国援莫医疗队、中国赴莫桑比克维和部队和中国驻莫大使馆人员合影。
二排左一为安作山队长，左二为江永生，左六为经参处范全木参赞，右二
为袁文志队长，右六为肖思晋大使

医生与总统*

李福祥

"愿中国针灸医术在莫桑比克发扬光大，为密切中国和莫桑比克两国人民的友谊服务。"这是莫桑比克总统希萨诺于 1997 年 10 月 7 日上午在总统府为纪念中国针灸医生江永生在该国医疗单位服务 6 周年所写的题词。江医生是四川泸州医学院附属中医针灸科副教授，受中国卫生部派遣于 1991 年来到莫桑比克首都马普托工作。江医生与希萨诺总统早就认识，但两人深厚友谊的建立还得从江医生为总统夫人马塞丽娜·希萨诺治病说起。

马塞丽娜右肩长期疼痛，右臂活动明显受影响，夜间常常失眠，虽经多方治疗却不见效。1997 年 9 月中旬，她来到了莫国军队总医院，请江大夫做治疗。江大夫为马塞丽娜仔细检查后认为，她的肩膀疼痛等症状是颈椎骨质增生引起的，经 X 光检查，这一诊断得到了证实。江大夫为马塞丽娜拔火罐、按摩后，她立刻感觉全身轻松。第二次治疗时，江大夫用体针和耳穴压丸法为马塞丽娜做了治疗。第三次治疗后，马塞丽娜的病情显著减轻，右手臂已能抬起，睡眠状况也得到了改善。马塞丽娜对江医生说："今后请你到总统府我的住宅处

---

*　本文是新华社驻马普托记者李福祥于 1998 年撰写的报道。

做治疗，也请你为我的丈夫治疗，他月底将从外省回到马普托。"

1997 年 9 月 25 日上午，一辆专车把江大夫接到了总统府。大约 10 点半，刚从外面主持完活动回来的希萨诺总统来到了会客厅。时年 57 岁的希萨诺显得温文尔雅，没有一点儿的总统架子。他热情地同江大夫握手，并说："我们早就认识。"希萨诺更衣后对江大夫说："我夫人的病经你治疗后大有好转，我很感谢。现在请你给我们夫妇看病。请先给马塞丽娜看，我在旁边看一下。"

在治疗室，马塞丽娜趴在床上，江大夫为其扎针、拔火罐和按摩。当看到银针在马塞丽娜颈部扎下时，希萨诺脸上露出了惊讶之色，口中自言自语地说："针扎得这么深呀！"当看到江大夫按摩时，希萨诺忍不住说："我来试试。"于是，江大夫一边示范，一边讲解，教希萨诺按摩。这时候，趴在床上的马塞丽娜也表示要学按摩。江大夫说："你们夫妇学会后，可互相按摩，每周互相按摩两三次，大有好处。"一个小时后，江大夫为希萨诺治疗。他在为希萨诺号脉、看舌苔、查眼底后说："总统先生，您有头痛、失眠、腰痛和疲劳等症状。"希萨诺听后十分惊奇，说："你说得完全对，这些症状我都有。"接着，江大夫为希萨诺按摩、刮痧和拔火罐。

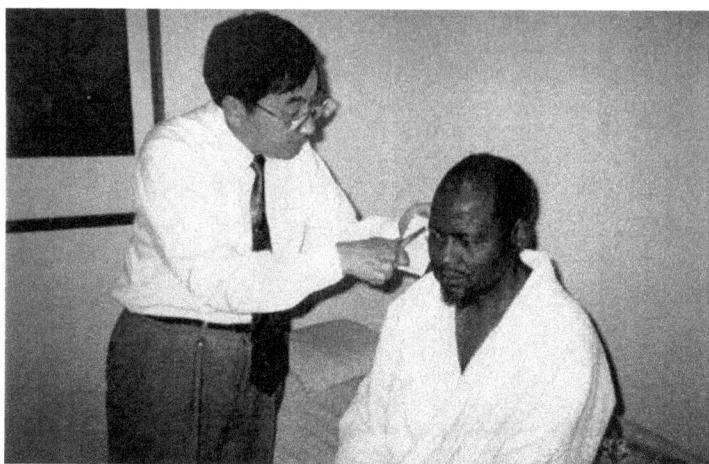

江永生为希萨诺总统进行耳针治疗

从第二次治疗起，江大夫为希萨诺增加了针灸疗法。10月2日，到第四次治疗时，希萨诺说，他腰痛、头痛等症状显著减轻，睡眠已由4小时增加到6小时。而马塞丽娜的病已基本好了，她带着秘书去外地工作了。

江大夫在1992年用针灸疗法使一名莫桑比克瘫痪患者能正常走路后，曾在马普托引起轰动。后来，他又使52个偏瘫患者中的22个人丢掉了拐杖，从而在马普托掀起了一股"针灸热"。

1998年6月25日是莫桑比克独立23周年纪念日，在江永生夫妇受邀随希萨诺夫妇等拜谒莫国前总统萨莫拉的陵墓回家后，希萨诺又派秘书请他俩参加庆祝宴会。在宴会上，希萨诺身着便装，走到每桌就餐的人们面前问候谈话，显得十分亲切，有的与会者还拉着希萨诺的手跳起舞来。希萨诺看见江永生后，便把他叫到身边一起走，并介绍一些革命前辈、其他党派人士和群众朋友与他认识。大家互相握手问候、祝福，显得十分友好。下午3时，总统来到了特制的蛋糕桌前，蛋糕由一面莫国国旗、一面莫国地图及"国庆1976—1998"的字样所组成。这时，会场上响起了莫国国歌和欢快的乐曲声，人民纷纷围在了桌前。接着，希萨诺在亲自切了蛋糕送给党政军要员及前总统萨莫拉的家属后，又把江医生叫上前去，切了一块蛋糕送给他，以表示节日的慰问和祝福。在场的很多官员和群众对此都报以热烈的掌声。

1998年3月，希萨诺总统应江泽民主席之邀访问中国。行前，江医生建议希萨诺在访问时可以在中国检查身体，这一建议通过中国驻莫大使报送国内后得到了支持。随后，希萨诺邀请江医生作为他的保健医生参加代表团随他出访中国，总统办公厅还为此颁发了公告。

除了为希萨诺总统及其家人看病，江医生主要还是在莫桑比克马普托军队总医院特诊室及普通门诊工作。在这所医院工作的外国专家一般每天只看 15 名患者，而江医生每天能看 40 名患者。江医生的工作十分忙碌，他的患者来自各个阶层，有时他因为患者较多需要加号而推迟下班，有时他还要出诊去治疗患者。他以自己的无私奉献，赢得了莫国人民的友谊和尊重。

江医生随希萨诺总统访问中国时，恰逢他主编的一本《彝汉针灸学》在国内刚刚出版。该书是他和一批彝汉族同胞花了 10 年心血，用彝汉文对照的形式写成的针灸学专著，引起了国内外有关专家的关注，其中还有他为莫桑比克解放阵线党中央书记西托莱治疗瘫痪，为莫国儿童治疗哮喘的照片。

江医生在钓鱼台国宾馆将此书赠送给了希萨诺总统，希萨诺总统说："很好，非常感谢你。以后我将请中国方面帮助把这本书译成葡文，并在适当的时候在莫桑比克开办中国针灸学习班。"江医生说："非常感谢您。希望这本书能为中莫友谊做出贡献。"

中医江永生享誉莫桑比克

魏奕雄[*]

2007 年 2 月，中国国家主席胡锦涛在访问莫桑比克期间，在接见莫国华侨华人代表时，先后三次与莫国总统的保健医生江永生教授握手。江永生到底做出了什么业绩，竟能得到如此殊荣？

一、让许多瘫痪者甩掉了拐杖

江永生 1943 年出生于四川省乐山市五通桥区的一个中医世家，从小跟随父亲学习岐黄之术。1964 年，他进入五通桥中医医院工作。1979 年，他被四川泸州医学院选拔录用，历任医学院和附属中医医院讲师、副教授、教授。1991 年，时任泸州医学院附属中医医院针灸科主任的江永生被国家卫生部选派到中国援助莫桑比克医疗队工作，万里迢迢来到这个缺医少药的国度，在海风椰雨中开始了他那艰苦而又辉煌的人生新篇章。

莫桑比克位于非洲东南部，面积 80 万平方千米，人口 2000 万，

＊ 魏奕雄，四川省乐山市社科联原主席。

曾经是葡萄牙的殖民地，后于 1975 年独立。它是联合国确定的世界最不发达的国家之一，当时全国 90% 的人是文盲，平均 32400 多人中才有一位医生。由于不同部族之间经常有战乱，加上几年一次大流行的登革热和瘟疫、霍乱、疟疾等其他疾病，莫国人民在天灾人祸之下生活贫苦，病人众多。

早在 1976 年，四川省就派出了中国首支援莫医疗队到莫桑比克服务。江永生到达时，正值莫国内战激烈时期。他冒着生命危险，和同人们踏上了这片陌生的热带土地。这里的气候只分雨季和旱季，每年 4—9 月的旱季，最高气温可达摄氏 40 度，吹来的风都是热的，人一天到晚浑身是汗。然而，这里停水停电却很频繁，煮饭、洗衣、洗脸都成了难题，有时候四处可闻枪声，夜间更是不能出门。

江永生一到首都马普托，就听说以前来的中国医生，尽管绝大多数都感染过登革热或疟疾，甚至有一个医疗队的中国炊事员就死于登革热，可是没有一个人退却过，这在当地留下了良好的口碑。

当江永生怀着对前任同行们崇敬的心情，第一次步入马普托中心医院时，眼前的情景令他吃惊：所有的病房人满为患，患者们争先恐后地求诊。然而，他们又往往对自己的病症陈述不清，再加上语言障碍，纵然用手势表达，有翻译帮助，也常常难以对其确切诊断，这给准确施治带来了很大的困难。

挑战与机遇并存。江永生的胸膛中涌动着一股力量，渴望把自己所学的医术全部奉献给非洲人民，拯救那些亟待治疗的病人。在没有先进医疗器械、缺乏检验设备和语言不通的环境里，中医的"望闻问切"和针刺、拔罐、艾灸等传统治疗方法反而更加简便易行，更为精妙。比西方现代医学更讲究人的主观能动性的中医理论，以及东方文化中蕴含的强大感悟力，竟然在此可以更加得心应手地得到创造性的发挥。

鉴于黑人身体素质强壮、女性肥胖者居多，又都是初次接受针灸的情况，江永生凭借着丰富的临床经验和过硬的医术，迅速因时、因地、因人制宜，创造了一种独特的取穴方法。加上微针刺激，施行"气血两调，阴平阳秘"的治疗原则，体针、头针、耳针、耳穴压丸、拔罐、刮痧、穴位按摩等方法并用，他对一些常见病、多发病，如中风、面瘫、痛风等的治疗，很快就取得了显著的效果，许多病人迅速减轻了病痛，有的很快就康复了。

1991 年底，一位偏瘫患者在江永生神奇的针灸术治疗下，一周时间就能站立起来，一个月后竟能行走了！消息传开后，马普托中心医院的医护人员交口称赞，又有 50 多位偏瘫患者慕名而来。不论是何种肤色，哪个国籍，也不管是达官贵人，还是平民百姓，江永生都尽心尽力认真诊治，最终使 22 位患者甩掉了拐杖，可以正常工作和生活。

此后，莫桑比克军政要员、外国驻莫使节等都前来求诊。江永生声名大振，感谢信也一封又一封地寄到了中国驻莫大使馆，寄到了他手中。江永生和其他中国医生的一言一行、点点滴滴，让莫国人民对中国医生的医德、医风和医术倍加景仰。他们以执着的敬业奉献精神，彰显了中国人的仁爱之心，树立了中华医学的丰碑，提高了中国的声誉。

有一次，江永生从距马普托 150 千米的一个地方出诊归来，没想到途中乘坐的汽车遭到了反政府武装人员的拦截。他曾经听说，我国的一个援莫农业技术人员被反政府武装的流弹击中，不禁心中紧张起来。可是当对方问明他是中国医生后，便立即敬礼，迅速放行。此时此刻，江永生感受到了中国人的尊严和光荣，领略到了祖国的强弱兴衰与个人的命运紧紧相连。

1993 年 4 月，在中国援外医疗队派遣 30 周年表彰大会上，江永生被国家卫生部授予"援外医疗队优秀队员"的光荣称号，他所在的赴莫桑比克第 8 批医疗队也被评为先进医疗队。

二、担任希萨诺总统的保健医生

1994 年 8 月，江永生三年援外工作期满后，又被聘为莫国军队总医院的医生，并担任了总统希萨诺的保健医生。他每周星期一至星期五在军队总医院上班，星期六和星期天到总统府服务。

总统全家人都请江永生看病。他不仅治好了总统夫人的颈椎病和总统头痛、腰疼的毛病，使总统母亲和岳母的腰腿疼痛症得到好转，还用针灸辅以其他疗法使结婚四年未孕的总统儿媳生下了女儿，令总统府上下欢呼。

希萨诺总统经常对政府官员们说，中国的医学和文化是世界第一流的。从江大夫身上，他看到了中国人的勤奋朴实和对技术精益求精的精神，中国人值得信任和交往。希萨诺曾郑重地对江永生说："你是我的保健医生，同时我也把你当成我的朋友和兄弟。如果你有重要的事情需要帮助，可以和我直接联系。"总统夫人也说："你来我家就当回到自己家里一样，也欢迎你的夫人和女儿常来玩。与中国人交朋友，我们放心。"

1998 年 3 月，希萨诺总统应江泽民主席的邀请访问中国。出行前，江永生建议总统在北京做一次全面的身体检查，希萨诺总统欣然接受。中国驻莫大使馆向国内汇报后，这一建议得到了支持。为此，总统特地邀请江永生以保健医生的身份随行访华，并专为此事照会中国驻莫大使馆，赞扬江永生的医德和医术。这既是江永生的荣誉，也是中国医生和中国传统医学的荣誉。

1999 年，在新一届总统大选的前后 45 天里，希萨诺为争取连任而到各省市发表竞选演说，江永生则跟随他一同前往，恪尽保健医生的职责。他为希萨诺做保健治疗和心理治疗，使其能够以更加饱满的状态投入到竞选活动中。最终，希萨诺顺利地连任了总统。在

2000 年 1 月 15 日的就职典礼上，前来祝贺的中国外交部长唐家璇紧紧握着江永生的手说："你为中国争得了光荣，希望你再接再厉！"江永生心中充满了自豪。就职典礼过后，希萨诺热烈地拥抱了江永生，并对他说："我能再次当选，你的保健治疗功不可没！"

遇到节假日没有公务活动时，希萨诺总统还经常邀请江永生一同垂钓、游泳、度假。每年元旦前，总统都要亲自给江永生书写贺年卡，并赠送礼物。2000 年元旦前夕，江永生请中国驻莫大使和中国医疗队全体 15 名队员到他家里做客，也邀请了总统一同参加。下午 6 点，总统兴冲冲地到达江家，亲自送来贺年卡，非常随和地跟众多中国朋友一道娱乐。江永生也将回国探亲带来的金箔画《峨眉山·乐山大佛》和对联赠予总统。

"峨眉山、乐山在什么地方？"总统兴趣盎然地询问。

"就在我的家乡——中国西南部四川省乐山市。"

"我访问过成都，对四川有印象，那里的菜很辣呢！"

总统也非常喜欢对联"铁肩担道义，妙手著文章"，那是江永生特地请乐山书法家陈剑英先生书写的。

"中国的革命先烈李大钊先生曾经书写过这副对联送给友人，意思是说，用铁一样坚强的肩膀，去承担国家、社会、人类道德和正义的责任；用自己神妙的笔，去书写建设美好国家的文章。"江永生向总统做了这样的解释。总统领会到了其中的深刻含义，高兴地说："这正合我的宏愿，请你把它翻译成葡萄牙文。"江永生即刻笔译在纸上，并请在场的中国大使陈笃庆校正后递给了总统。总统细看了一遍，又亲笔改了几处习惯用语。2000 年元旦，总统府里聚集了 200 多位贵宾，希萨诺让人将这副精裱的对联高挂墙上，请江永生念给大家听，又叫秘书用葡语念了一遍，在场的官员和各国使节都报以热烈的掌声。这副对联至今还挂在希萨诺家中。

2002 年江永生 59 岁生日时，希萨诺总统特意在贺卡上题写了

"生日快乐，健康长寿，全家幸福"的祝词，又命人送来了一个漂亮的茶柜作为礼物。2004年元旦，总统夫妇邀请中国驻莫大使夫妇和江永生夫妇到总统的家乡做客，参观总统的私人农场和腰果园。这是希萨诺担任总统18年来第一次邀请中国客人到他的家乡做客，其他国家的大使还从未得到过这样的礼遇。

三、邀请希萨诺总统担任莫桑比克中国和平统一促进会名誉主席

在为总统诊疗或休息的时候，江永生与总统畅谈国事和家事成了惯例。他向总统介绍中国改革开放以来的巨大变化，解释"一国两制，和平统一"的构想，总统也为他的爱国热情所打动。有一次，江永生与总统谈到台湾问题，总统说："台湾方面曾经有人企图用重金求得使用马普托机场，我们不同意。中国是我们多年的老朋友，我们不能为了金钱而出卖朋友。中华人民共和国的旗帜总有一天会在台湾飘扬。"

2002年1月，全非洲中国和平统一促进会在南非成立，江永生参加了成立大会并当选为副会长。回到莫桑比克后，他奔走呼号，与莫国华侨华人一道发起成立了莫桑比克中国和平统一促进会，并被公推为会长。

2002年8月3日，台湾地区领导人陈水扁公然发表"一边一国"的谬论，江永生立即召开莫桑比克中国和平统一促进会理事会紧急会议，发表了强烈谴责陈水扁分裂祖国罪恶行径的四点声明。新华社和《人民日报》对此做了报道，让江永生等倍感鼓舞。

8月5日上午，江永生在为总统例行诊疗之后，在休息时间向总统提起陈水扁的谬论，并讲述了统促会的四点声明。他问总统："总统阁下，您对此事有什么看法？"

"我看这个陈水扁神经有问题。"希萨诺总统毫不含糊地说，"他想分裂祖国，这是办不到的。任何一个国家的主权和领土完整都不容破坏和分裂。"

"我曾经向您介绍过江泽民主席就台湾问题提出的八项主张，中国大使也向您介绍过。"

"是的，我知道一些。请你把有关材料的葡文版或英文版再给我看一看。"

"好的。我们已经邀请中国大使陈笃庆担任莫桑比克统促会的名誉顾问，我很希望您能担任我们的名誉主席，不知总统阁下意下如何?"

总统笑了笑，说："让我考虑考虑，我明天要去外省视察，三天后回来。你把邓小平和江泽民相关讲话的资料找来给我，我看了再说。"

江永生即刻向中国驻莫大使馆做了汇报，请人将江泽民主席的八项主张和相关材料译成了英文和葡文。8月11日10点，总统府打电话叫江永生赶紧过去。希萨诺接过江永生送来的材料，先粗略翻了翻，说："这很好，今天我有时间，可以仔细看完。"待江永生为总统夫妇治疗完毕后，总统又问起统促会的目的、任务、意义等。江永生一一作答，又将一本"中国和平统一促进会简介"的中文小册子拿给总统看。总统饶有兴趣地翻阅，并笑着说："你热爱自己的祖国，支持和平统一，很好，我支持你。"

总统夫人马塞丽娜接过话题说："江大夫很热情、很认真，他把他到南非、澳大利亚、巴西参加促统大会的照片和录像都拿来给我看过，很好的。"

总统说："他常常向我做宣传，连我85岁的老母亲，都知道中国的和平统一问题，知道什么是'一国两制'了。"在场的人听到这话，都会心地笑了起来。

临走时，江永生又将8月6日写的邀请希萨诺担任莫国统促会名誉主席的信双手呈上。

8月13日上午，江永生为即将出访刚果的希萨诺做保健按摩。临行前，希萨诺对江永生说："祝贺你当选为莫国统促会的会长，我非常愉快地接受你的邀请，出任莫桑比克中国和平统一促进会名誉主席。我坚信，中华人民共和国的国旗一定会早日在台湾飘扬！"言毕，他还用手比画着旗帜飘扬的动作。

江永生激动地紧紧握住总统的手说："您是全球第一位担任中国和平统一促进会名誉主席的国家元首，意义重大，我们统促会全体成员也感到荣幸和自豪。"总统也十分高兴地拥抱了江永生，并说："你去北京时请向江泽民主席表示问候，并通过他向中国人民表示问候，向全世界统促会的朋友们问好！"

而后，希萨诺将答复信郑重地交给了江永生。新华社和中央电视台对此做了报道，江永生也因此受到中央领导同志的肯定和赞扬。

出任名誉主席之后的希萨诺，对中国的统一大业更为关心。他嘱咐所有党政军高级官员，出访中国时，都一定要向中国方面重申坚持"一个中国"的立场。他甚至向当时与台湾有"外交"关系的圣多美和普林西比与斯威士兰的国家元首宣传他坚持"一个中国"的原则立场。

2002年11月，希萨诺参加了联合国在南非约翰内斯堡召开的全球可持续发展首脑会议。他返回马普托后兴奋地对江永生说："你们的朱镕基总理和驻南非的大使都知道我是你们统促会的名誉主席，我们还在宴会上喝中国的茅台酒互相祝福。很多国家的元首向我表示祝贺，我也为自己成为全球第一位担任中国和平统一促进会名誉主席的国家元首感到骄傲和自豪！"

2002年12月下旬，总统府举行例行的圣诞节和元旦国宴，邀请各国大使、武官和莫国重要官员参加，人数控制极严。可是，总统却接受了江永生的建议，邀请了莫国统促会的全体12名理事参加国宴。这是中莫建交 20 多年以来，莫方首次邀请华侨华人团体的负责人到总统府参加正式活动。希萨诺对江永生说："我当了名誉主席，也就是统促会的成员了，应当经常接触了解你们的活动，还要加以帮助，才名副其实。"

2003 年 9 月 9 日，"全球华侨华人推动中国和平统一大会"在莫斯科召开，希萨诺不但批准江永生赴会，还接受江的建议，向大会发去了他亲自起草的贺电，成为向这次会议致贺的两位外国元首之一。贺电说："我谨代表莫桑比克人民，并以我个人的名义，以及非洲联盟轮值主席的身份，向大会的举办者和参加者致以热诚的祝贺，向那些支持中国和平统一并因此团结起来的人们致以良好的祝愿。祝中国的统一大业早日实现！"会议组织者将一套唐装、一支钢笔作为礼物，托江永生带给了希萨诺总统。

接着，9 月底，"2003 年世界华侨华人社团联谊大会"在北京召开，江永生在会上详细介绍了希萨诺总统支持中国统一大业的言行，与会者报以热烈的掌声。会前，根据江永生的建议，希萨诺还向胡锦涛主席发去了对这次会议的贺电。

作为一位外国元首，希萨诺如此坚定不移地支持中国的统一大业，既是中国政府长期与莫国政府友好交往的结果，其中也有江永生医生为中莫友谊所做的贡献。

2003 年 12 月 15 日，希萨诺总统以非洲联盟轮值主席的身份，在埃塞俄比亚首都亚的斯亚贝巴主持"非洲论坛"。他在会见与会的中国总理温家宝时说："你们援助我国修建的会议中心、议会办公楼等非常漂亮，特别是刚竣工不久的会议中心，雄伟壮观，宽敞明亮，从设计到竣工交付使用不到十个月，在莫桑比克创造了奇迹，受到各国首脑的好评，为我和莫桑比克人民增添了光彩。你们派来的大夫江永生，在我国服务了 12 年，他要我转达他对您的问候。今天是江大夫的 60 岁生日，本来我要去参加他的生日庆祝活动，可是今天到这里来开会，只好叫我的女儿送去了一封贺信和鲜花表示祝贺。江大夫对我和我家人的健康帮助很大，我向中国政府表示衷心的感谢!"温总理听了十分高兴。

希萨诺给江永生 60 岁生日的贺信，就像一篇热情洋溢的优美散文。

亲爱的朋友——江永生教授：

在您 60 岁寿辰之际，请接受我诚挚的祝贺。所有的人都高兴地祝贺您 60 岁的生日，在他们看来，60 年是一段相当长的岁月。

但是，永生——我的朋友，您有更高兴的理由。有生以来，您把您先辈的医学技术继承下来，并发扬光大。您将学校获得的科学知识，尤其是医学和针灸方面的知识付诸实践。

贵国选派您来莫桑比克工作，已历时 12 年。您精湛的医疗技术、热情友好的态度、人道主义的精神，特别是您的职业道德，使您赢得了更多的朋友。

此外，在您 60 年的生涯中，您善于发扬爱国主义和热爱和平的精神，这使您当之无愧地被莫桑比克华侨社团和人们推选为莫桑比克中国和平统一促进会会长。

祝愿您健康长寿，在您的事业中以及为中国的统一大业做出更大的贡献，并望取得成功!

祝您全家健康快乐!

再一次祝您幸福!

若阿金·阿尔贝托·希萨诺

2003 年 12 月 14 日于马普托

莫桑比克统促会在江永生的领导下，开展了许多情系中华、"反独促统"的活动。在 2004 年 1 月 28 日的反"台独"签名活动中，希萨诺总统亲笔用葡文在一条大横幅上书写了"莫桑比克中国和平统一促进会反'台独'签名"的标题，并第一个郑重地签上了自己名字的全称。随后，在场的许多华侨华人和莫国朋友纷纷签名，声势颇壮。

2004年4月，江永生再次随同希萨诺总统访问中国。他俩一同将反"台独"的签名横幅赠予全国政协副主席、中国和平统一促进会会长罗豪才永久收藏，江永生另将这条签名横幅的照片呈送胡锦涛主席，受到了胡主席的赞扬。

四、谱写中莫友谊新篇章

2004年6月中旬，乘江永生回到家乡参加一个全国性医学学术会议的机会，我赶往他下榻的峨眉山饭店，采访了这位传奇人物。

江永生个头不高，健壮、干练，浑身上下洋溢着勃勃生气。这位温文和蔼的医生谈锋甚健，常常用幽默诙谐的言辞叙述他在非洲的酸甜苦辣。那一件件生动非凡的事迹激动着我的心扉，令我钦敬而神往。2005年2月，担任了18年总统的希萨诺卸任，新任总统格布扎继续聘请江永生担任保健医生，并于当年8月接受江永生的邀请，担任莫桑比克中国和平统一促进会名誉主席。此外，新任总理和议长、前任总理和议长均为该会名誉顾问，前总统希萨诺则改称终身名誉主席。有这么多国家领导人担任一个华侨社团的名誉职务，这在全世界是独一无二的。

江永生还有很多社会职务，如中医药全球大会共同主席、世界中医药学会联合会副主席、首届中非中医药国际合作与发展论坛执行副主席等。他还是中国和平统一促进会理事、全非洲中国和平统一促进会副会长。

在行医之余，江永生还撰写出版了《莫桑比克十五年亲历记——反独促统专辑》《莫桑比克十八年——总统与医生》《创办莫桑比克孔子中医学院和医院》《我的中国梦与非洲情》等著作。他还被莫桑比克国立蒙德拉内大学孔子学院聘为高级顾问。

当初江永生被派往莫桑比克，原定的服务时间是三年。可是莫国政府一次又一次地挽留他，连续四次续签了各延长五年服务期的合同。现在他已经在莫国度过了 25 个春秋。25 年来，他先后诊治了 20 多万人次的患者，又在蒙德拉内大学医学院开设了针灸课程，让针灸这朵中国传统医学奇葩在莫国大放异彩。

那是怎样艰难困苦而又痛快淋漓的 25 年啊！在经历了各种战乱、疾病和辛劳之后，江永生与莫国人民相知相亲，不是亲人，胜似亲人。多少人的命运因他的施治而改变，多少个不幸的家庭被他的妙手所挽救。在印度洋西岸生长着椰树、剑麻和仙人掌的异国他乡，江永生以顽强的毅力面对挑战和考验，坚韧不拔、尽职尽责地服务于莫国人民的支柱，是他的敬业奉献精神，是他为国争光的价值取向，是他支援欠发达国家的国际主义情怀。江永生用他的神针，书写着自己高尚的人生观和价值观。

他手中捻动的小小银针，不仅解除了许多莫国人民的病患，也架起了中莫文化交流的桥梁。他还培养了一批莫国针灸医护人员，可以从事一般的针灸治疗工作。莫国的报纸和电视台多次热情洋溢地报道了他卓有成效的工作业绩。

他手中的小小银针，已成为中莫民间外交的载体。他与莫桑比克前总统希萨诺等莫国政要的深情厚谊，增进了中莫两国政府和人民之间的传统友谊。

他是救死扶伤的中国"御医"，他是中莫友好交流的使者，他是爱国促统的民间外交家。

回顾自己走过的历程，江永生感慨万千。他深有感触地说："虽然备尝艰辛，生活非常清苦，但是自己的工作在国外和国内都受到了人们的肯定，这比什么都令我快乐和欣慰。"

浩浩海风掠过马普托的海岸线，远处的波涛不知疲倦地欢唱着友谊之歌。江永生走在街道上，棕榈树下，多少黑人姐妹向他挥手致意；芭蕉林旁，多少黑人弟兄与他紧紧拥抱。他那深情的目光，灿烂的笑容，时时温暖着莫桑比克的男女老少。

此时此刻，江永生或许正迈着轻快的步子，愉快地跨进了莫桑比克军队总医院的大门。他还要在这里继续为中莫友好做出更大的贡献！

2007 年 4 月于乐山

师生情谊深

张之文[*]

2005年国庆前夕，第二届中医药现代化国际科技大会在成都隆重召开，来自40多个国家和地区的3000多名代表参加了这次大会。我的座位在会场前排，会议休息间隙，一个熟悉的身影从我面前走过，我随口喊道："江永生！"他转过头来，惊喜地说道："张老师，是您呀！您还叫得出我的名字！"我们相互问候，紧紧握着对方的手。我说："您在莫桑比克为总统当保健医生，现在很难见到您了。"他点头称是，并向我讲述了在莫国十几年来的工作及生活情况。

江永生很早就给我留下了很深的印象。1975年下半年，我参加成都中医学院中医师资进修班的带习工作，到乐山指导学员实习，江永生就是该班的一名学员。很巧的是，他家住在乐山五通桥区，而我所在的带习地，是与五通桥仅有岷江一江之隔的西坝。周末，他邀请我到他家中做客，走进他家，我看到一派古朴典雅的景象：墙上挂着字画，黑得发亮的大漆四方桌上摆着端砚，散发着墨香。原来江永生出生于五通桥的一个中医世家，其父是当地很有名望的老中医，还指导过我校学生的毕业实习。

　＊　张之文，成都中医药大学教授，四川省名中医，享受国务院政府特殊津贴专家。

江永生自幼随父学习岐黄之术，走上了悬壶济世的道路。他在就读师资班之前就已有很好的中医功底，因此在师资班学习结束后不久，就被泸州医学院看中选作教师，担任了针灸教研室主任，并很快晋升为副教授、教授。

江永生爱憎分明，疾恶如仇。记得实习还没结束时，敬爱的周总理竟于1976年1月8日病逝，大家对此悲痛万分，自发组织各种形式的追悼活动。江永生在一次追悼会上致悼词时泪流满面，泣不成声，既表达了对周总理的悼念，又表达了对"四人帮"的控诉。

这次在成都的见面，我们回忆了许多，他更谈了在国外的情况。他现在担任莫桑比克中国和平统一促进会会长、全非洲中国和平统一促进会副会长，一直致力于祖国和平统一大业的实现。他拿出书稿《莫桑比克十八年——总统与医生》给我看，该书充分反映了江永生以仁心仁术为莫国广大病员无私奉献的高尚品格。他广交朋友，特别是与莫国前总统希萨诺建立了深厚的友谊。他利用一切机会为祖国的和平统一在国内外奔走呼号，我为他的爱国热情所感动。他嘱我为该书的出版写几句话，我为有这样杰出的学生感到高兴，因此写了这些，以记叙师生之情谊。

2005年10月20日于成都中医药大学

深深的祝福

苏树蓉[*]

我与江永生相识是在 40 年前。那是 1965 年，就读于成都中医学院医学系的我被分配到乐山市五通桥区中医医院进行教学实习，当时带我临床实习的院长江欣然老师正是江永生的父亲，而正随父见习的江永生也自然成了我的同门师兄。

在近一年跟随江老师的临床实习中，我领悟到了老师对中医学的信念与感情。老师精湛的岐黄医术将中医学最具特色的治疗理论，如"因人、因时、因地制宜""同病异治""异病同治""急则治其标，缓则治其本"等发挥得淋漓尽致，成为一方名医。江老师的治学思想和态度，尤其是他的大医风范深深地影响了我；他严谨的临床启蒙教育帮助我日后在学术上取得了一些成绩，并让我最终成了深受广大学生和患者喜爱的教师和医生。在和江永生共同学习的这一年当中，我感到他对医学的悟性极高且勤于钻研，而他父亲对他的要求则更为严厉。这些都为江永生和他妹妹江和生能成为深受广大患者喜爱的医生，乃至将国医精粹发扬光大、走向世界打下了坚实的基础。

---

[*] 苏树蓉，成都中医药大学教授。

　　因为江欣然老师，因为中医药事业，更因为江永生的真诚、善良、仁厚、谦逊，让我和江家人保持了 40 年的友谊。我由衷地为江永生所取得的成就感到高兴和骄傲，更被他对祖国、对人民、对中医药事业的赤子之心所感动。祝福他在今后的工作中能够再创辉煌！

2005 年 10 月

扬我中华兮尧禹之风

陈剑英[*]

我与江永生相识，是在 1964 年的春天。

三年困难时期，我身染重病，在蓉城久治不愈。岳丈要我回五通桥，请他的世交好友、当地名中医江欣然先生诊治。1964 年春天我回到五通桥，住进了由欣然公任院长的五通桥中医医院，并由他亲自为我诊治。其间，永生正随父习医，充当欣然公的助手，我们由此便相识了。

据岳丈介绍，他家与江家乃同乡世交。江家为儒医世家，欣然公少年时，即随父学习岐黄之术，熟读中医典故。青年时代，他赴成都求学，毕业于成都高等职业专科学校化学科。回到五通桥后，他曾在本地教书。一次，欣然公去岳丈家串门，见到岳丈的祖父病势垂危，药石罔效，名医撒手，阖家正忙于准备后事。大概是"初生牛犊不怕虎"，欣然公当时居然提出让他来看看，接着手书一方，并说："此方赶快服下，如服药有效，速来叫我。"此方服后，果然有了效果，于是岳丈家请他来继续诊治。随后，老人竟慢慢好了

＊ 陈剑英，建筑设计高级工程师，九三学社社员。曾任四川省乐山市五通桥区政协常委、乐山诗书画研究会理事。

起来，终至痊愈。此事也许增强了欣然公实现夙愿的信心，在朋友们的鼓动及支持下，他辞去了教职，正式继承祖业、悬壶济世了。

欣然公行医后，对医术精益求精，诊病之余，他足不出户，在书房潜心读书，穷究医理。1974 年他去世后，家人在整理遗物时，发现他从 1936 年起陆续用蝇头小楷在黄土纸上撰写医案专著，有七八十万字之多。他行医时对就诊患者不分贫富贵贱、地位高低，皆认真负责、平等对待。他从不收受病家馈赠，对贫困患者，常免收诊费。真可谓医术精湛、医德高尚也。

在我入院的第一天，欣然公赶到病房，问了我的情况后，随即为我诊病。他告诉我："首先不要怕病，还要忘病。人这个机体，不到油干灯草尽，它自身会有恢复正常功能的潜能。用药只是给它适时的帮助，你自己要豁达、乐观、有信心。"这第一次见面诊治的一席话，见出欣然公治病的方法论是辩证唯物主义的、科学的，于是我战胜疾病的信心大增。

经过大约 3 个月的治疗，我的病基本痊愈。出院后经过数月调理，病完全好了，我也恢复了正常的工作。经过长时间的接触，我深深地敬佩欣然公的精湛医术、高尚医德、勤劳敬业的精神和严谨治学的态度。而欣然公大约是觉得我"孺子可教"吧，我与他之间，从医生和患者的关系逐渐发展为辈分不同、年龄差距很大的忘年交。在以后的日子里，我们或鸿雁传书，或聚首长谈，他成了我做人做事的一个楷模。他去世后，我曾在挽联上写下"巍巍高山"四个大字，寓两重意思：一是他的医术医德如同巍巍高山，令人仰止；二是欣然公与我亦师亦友的忘年之交，似可比拟"高山流水"的故事也。

这期间，我与永生相识相知，成了挚友。他聪颖好学、敬业乐群、开朗豁达，并继承了其父正直、善良、仁厚的品格。年轻人有时难免恣意和冲动，永生却不敢擅越雷池。即使在动乱年代，他仍然坚持工作，每晚还要听取父亲传授医理、医案。为此，他进步甚快，短短几年便能独立诊病，在本地也已小有名气。之后他又就读于成都中医学院师资班，得到了系统的充实和提高。调任至泸州医学院后不久，他又到中国中医研究院针灸研究所提高班、研究生班进修。结业后，他回到泸州医学院担任教学和医疗工作，因其医术和品格值得信赖，乃于1991年8月被派往中国援莫桑比克医疗队工作。他以卓越的医疗技术和敬业博爱的精神，全心全意地为莫国人民服务，赢得了莫国人民的信任和爱戴。他所在的医疗队获得卫生部评选的"先进医疗队"，他个人也获得"优秀队员"的光荣称号。援莫期满后，他被莫国政府挽留下来，受聘于该国军队总医院。我由衷地为他高兴，在给他去信时，作歌赞曰："离家远去兮非洲，疗人疾兮劬劳匆匆。五洲人民兮皆兄弟，扬我中华兮尧禹之风。"之后，他又受聘担任莫桑比克总统希萨诺本人及其家人的保健医生。希萨诺总统是中国人民的老朋友，很喜欢中国文化，故永生曾嘱我写扇、作书赠送于他，总统也对其颇为喜欢。

永生热爱祖国，在繁忙的工作之余，他积极从事促进祖国和平统一的工作，受到华侨华人的拥戴，被推选为莫桑比克中国和平统一促进会会长、全非洲中国和平统一促进会副会长。在他的努力下，希萨诺总统接受邀请，担任了莫桑比克中国和平统一促进会的名誉主席，一直支持中国的和平统一大业。

永生虽然声誉日隆，但仍保持了平易近人、谦虚仁厚的品格作风。他每次回国，都会满怀热情地去拜访老同事、老朋友，和他们畅叙友情，分享在海外的生活和工作情况，这是很多人都难以做到的。

岁月悠悠，永生援莫，15年过去了。此后他还要在非洲为莫国人民继续服务，为新任总统服务。祝愿他为莫桑比克人民的医疗和健康事业，为中国的和平统一大业做出更大贡献！

2005年10月15日于四川五通桥

民间大使，促统先锋

——记九三学社社员、泸州医学院教授江永生

黄兆奎[*]

四川汶川"5·12"大地震发生后，山河同泣，举国同悲。在地震面前，海内外中华儿女众志成城、万众一心，体现了血浓于水、守望相助的血脉亲情。为了尽快恢复灾区中遭受重创的中医医疗机构，更好地为受灾群众服务，远在非洲的川籍针灸专家、泸州市九三学社社员江永生教授发来了一份倡议书，希望发起全球中医药工作者、海内外和港澳台各界人士和机构，为地震灾区捐建一所中医医院。江永生教授发起这项善事活动，反映了海外赤子的一片爱国之情和浓浓的乡情。

我知道江永生教授的事迹是好几年前的事了。当时的《泸州晚报》有一个专栏叫"泸州人在海外"，我偶然浏览了一次，却被在莫桑比克当总统保健医生的江永生教授的事迹吸引住了。我认真地通读了那篇文章，脑海里也留下了一个深刻的印象。后来我加入九三学社后，才知道江永生教授正好是九三学社泸州医学院支社的社员，心里就多了一份亲近感，敬佩之情油然而生。

＊ 黄兆奎，泸州市九三学社社员。

2008 年 4 月中旬，江永生教授借参加中国和平统一促进会成立 20 周年大会之机，回到了家乡泸州。同时，我应邀参加了九三学社泸州市委的欢迎会，亲眼见到了仰慕已久的江永生教授，并与他进行了单独的交谈，更深层次地了解了他的感人事迹。

一、悬壶济世，远赴万里到非洲

1991 年，江永生作为我国援外医疗队的队员远赴非洲莫桑比克。他克服种种困难，用精湛的中医传统医疗技术救死扶伤，忘我工作。在莫期间，江永生诊治过的患者有 10 余万人次，他因此受到了莫桑比克民众的赞扬，并获得了我国卫生部授予的"援外医疗队优秀队员"称号。同时，他还利用总统保健医生的特殊身份，为祖国的和平统一大业做了很多有益的工作，他也因此被誉为"民间外交家""中医外交家"。

江永生教授在非洲工作已有 15 年。从中国医疗队队员到担任莫桑比克前总统希萨诺和现任总统格布扎的保健医生，他将中国医生无私奉献的精神在非洲发扬光大。

二、医术精湛，赢得美誉传友谊

马普托中心医院是莫桑比克最大的医院，赴莫伊始在此工作时，江永生所在的针灸室并不为广大病患者所熟悉。不久，瘫痪 3 个月的农民弗朗西斯科前来诊治，经过 6 次头针治疗，这位 82 岁的瘫痪老人竟然"抬着进诊断室，走着出去"。

后来，江永生用 3 个月治好了莫国解放阵线党中央书记西托莱 6 年的偏瘫，使其能正常走路和工作。"他给我题词'中国针灸，造福世界'"，江永生告诉记者。

在莫桑比克从医多年，江永生深受当地人民的欢迎，经他治疗的患者包括前总统、前国防部长在内的政界名人，许多已成为他的老朋友、老熟人。他先是帮助希萨诺总统夫妇做治疗，后医治了总统母亲和岳母的腰腿疼痛，还用针灸辅以其他疗法，使结婚四年未孕的总统儿媳生了女儿。为此，希萨诺经常称赞中国医学和文化是世界一流，他说："从江永生医生身上，我看到了中国人的勤奋朴实和对技术精益求精的宝贵精神。"在江永生到莫服务6周年之际，希萨诺亲笔为他题词："愿中国针灸医术在莫桑比克发扬光大，为密切中国和莫桑比克两国人民的友谊服务。"

江永生告诉我："我今年已经63岁了，希望明年能在非洲举办中医论坛，能够在非洲把中医学校、中医医院办起来。"在江永生心中，这是他为之坚持、为之奔走的梦想。

三、身在异乡，深情厚意报祖国

江永生长期身在异乡，但他心系祖国，盼望祖国富强、统一。2000年陈水扁在台湾地区上台后，推行"台独"路线，激起了海内外华侨华人的愤慨，海外"反独促统"运动风起云涌。在为希萨诺总统治疗时，江永生也经常讲述中国改革开放以来所取得的巨大成就，阐释中国政府"和平统一，一国两制"的方针，以至于总统说，他的老母亲都知道什么叫"一国两制"了！2002年，莫桑比克华侨华人成立了莫桑比克中国和平统一促进会，江永生被公推为会长。当江永生致信希萨诺总统，邀请他担任该会名誉主席时，希萨诺欣然接受，成为全世界第一位出任本国中国和平统一促进会名誉主席的国家元首。

莫桑比克中国和平统一促进会成立后，江永生积极投入促统工作，经常组织开展各项活动。他从自己有限的薪金中挤出部分从事莫国统促会的工作，不管是电话、传真费用，还是到世界各地出席相关会议，都是他自己掏腰包。开始时江永生的夫人还不太理解，后来看到莫国统促会的活动影响巨大，而且受到了莫国总统的支持，也就开始全力以赴地支持他的事业了。江永生多次陪同莫国总统访问世界各国，每到一处，他都积极宣传中国的和平统一大业。

2004 年 10 月，江永生陪同希萨诺总统参加莫国执政党解放阵线党代表大会。希萨诺总统在会上强调，支持"一个中国"原则是莫国政府的既定国策，任何时候都不能动摇，绝不能和台湾方面发生任何官方往来。此前，台湾当局通过所谓的"邦交国"斯威士兰等进行游说，企图与莫国建立"代办级"关系及使用马普托机场，结果遭到了希萨诺总统的拒绝。

江永生凭着与莫国上层社会的良好关系，为中莫两国的政治、文化、人员交流起到了一定的桥梁作用，也因此被莫桑比克华侨华人誉为是促进两国关系的"民间外交家"。1998 年 3 月和 2004 年 4 月，他两次以总统保健医生的身份陪同希萨诺总统访问中国，受到了江泽民主席和胡锦涛主席的亲切接见。2007 年 2 月胡锦涛主席访问莫桑比克时，江永生再次得到了接见。2004 年 9 月，江永生还当选为中国和平统一促进会第七届理事会理事。2007 年 3 月，他作为全非洲唯一的海外列席代表，出席了全国政协十届五次会议。

采访过程中，我望着个子不高的江永生教授，聆听他滔滔不绝地讲述在莫桑比克的见闻和他多年来从事促统事业的事迹，感觉他在我眼里的形象变得不断高大，也使我对祖国的和平统一事业提高了认识、增强了信心。悬壶济世的江永生不仅是一名医者，也是一位"民间大使"，更是一位促进祖国和平统一的斗士。多年来，作为九三学社一员的江教授，以"天下兴亡，匹夫有责"的使命感，不计个人得失，自费往返于世界各地，为祖国统一大业贡献了一位九三学社社员的绵薄之力，成为九三学社社员和华夏儿女的楷模。

我衷心祝愿江永生教授及他所从事的中医事业蓬勃发展，也祝愿我们祖国的和平统一伟业早日实现。

2006 年 6 月 16 日

神针威，华夏情

——祝贺江永生教授《莫桑比克十五年亲历记》出版

龙治平

我认识江永生时，他正在读高中，给我的印象是一个聪明的帅小伙。当时我已大学毕业，分配在四川乐山五通桥中医医院工作，师从永生之父江欣然先生。江先生系蜀中名医，曾任中国科学院重庆中医中药研究所第一研究室代主任，后任五通桥中医医院副院长。江先生勤求古训，博学多才，精通中医经典，对仲景、景岳、修园等各家名著领悟尤深，且临床经验颇丰，精于《伤寒杂病论》和温病学。由于他处方精当，每方七八味，药量轻但功专效宏，故人称其为"江八味"。他还有300余万字著述留传于世。

永生随父学医，我俩便成了师兄弟。永生学习十分刻苦，进步很快，擅长内科、针灸。其父高尚的医德、高明的医术，永生尽得其传，在当地很快就声名远播。

1980年，永生调任至泸州医学院附属中医医院针灸科工作。他发表论文颇多，在国内医界影响日臻扩大。1991年，永生被选派至中国援莫桑比克医疗队工作。初到莫国首都马普托时，永生和他的同事并没有接待太多患者，因为当地人不相信扎几针就能治病。没多久，一名瘫痪患者通过针灸治疗后竟能正常行走了，"中国针灸"和江永生的名字这才开始在马普托流传。

因医术高明，江永生在援外工作期满后，于 1994 年 9 月又受聘于莫国军队总医院，并被聘为希萨诺总统的保健医生。

在莫桑比克工作近 15 年的时间里，永生一刻也没有忘记生他养他的祖国，没有忘记中国的统一大业。他为反对"台独"、促进中国和平统一尽了一名华夏子孙应尽的责任。

他虽然工作繁忙，每天要看 40 多名患者，但仍然挤出时间为中国的和平统一四处奔波。他不仅出任了莫桑比克中国和平统一促进会会长、全非洲中国和平统一促进会副会长、中国和平统一促进会第七届理事会理事，开展了卓有成效的工作，还运用其非凡的外交才能，邀请莫桑比克两任总统先后出任莫国中国和平统一促进会名誉主席，在当地和华人世界中引起了很大的反响。

永生作为一名医生、教授，对祖国的贡献已远远超越了他的职业范围。作为他的同行、师兄和朋友，我对永生的爱国热情和外交才能感到由衷的佩服。我祝愿他在今后能为中莫友谊、为祖国和平统一大业、为中国针灸医学的发展，做出更大的贡献。

2006 年夏于四川乐山

促进祖国和平统一的卫士江永生[*]

剑虹

　　生活在海外的华侨华人无时无刻不在关注着祖国的发展和腾飞，中国的和平统一与繁荣昌盛，与每一个中华儿女的命运息息相关。正是在这样的背景下，从 1999 年起，在短短的几年内，五大洲 80 多个国家和地区的华侨华人自发成立了 170 多个中国和平统一促进会及相关组织，"反独促统"的力量在全球已汇成一股不可阻挡的滚滚洪流，展现了海外中华儿女期盼海峡两岸团圆、祖国和平统一的强烈愿望。

　　2002 年 1 月 18 日，江永生积极参与组织成立跨国界的全非洲中国和平统一促进会，并当选为全非洲中国和平统一促进会副会长。全非洲统促会的宗旨是：加强华人社会的团结与合作，求同存异，在和平统一的旗帜下结成"反独促统"的强大阵营，并与各居住国的传媒及主流社会加强联系和交流，敦请各国政府切实奉行"一个中国"的原则，不支持"台独"和分裂势力。

　　2002 年 7 月 15 日，江永生与中国援助莫桑比克多年的外科医师

＊　原载《统一论坛》2007 年第 1 期。

袁文志、中华协会会长黄类思、老华侨任南华一起在马普托市创建了莫桑比克中国和平统一促进会，目的是争取国际社会的理解与支持，努力融入莫国主流社会，向国家政要和民众宣传中国的和平统一政策，捍卫中国的国家和民族尊严。莫桑比克统促会由莫桑比克各界华侨华人组成，江永生被全体成员推选为会长。统促会成立至今，在江会长的领导下，积极支持中国政府关于台湾问题的各项声明，多次召开反"台独"会议并开展形式多样的宣传活动，效果良好，成绩斐然，受到了中国领导人的重视和赞扬。

莫桑比克统促会是在推动中国和平统一的爱国旗帜下自发组织的一个民间团体，成立四年多来，江会长多次自费奔赴世界各地参加国际性的中国和平统一会议或论坛。他这种不计个人得失的无私奉献精神，赢得了莫桑比克广大华侨华人发自心底的敬重。2002年，江会长出席了在悉尼和圣保罗召开的全球华侨华人"反独促统"大会，并代表莫桑比克统促会在大会上发言。回到莫桑比克后，他利用给希萨诺总统看病、一起外出度假及其他闲暇时间，将每次开会的影像放给总统观看，还对中文资料进行翻译，详细讲给总统听。他系统地介绍了香港、澳门和台湾的历史与现状，江泽民主席提出的对台工作"八项主张"，胡锦涛主席提出的对台工作"四点意见"，以及中国关于"和平统一，一国两制"的方针政策。在世界各国华侨华人组织的众多中国和平统一促进会中，莫桑比克统促会在做住在国上层社会工作方面所取得的成绩出类拔萃，可称典范。江会长的工作首先从莫桑比克总统做起，可谓是一步到位。

2002年7月，台湾地区领导人陈水扁"出访"非洲东南部国家马拉维和斯威士兰，企图用金钱收买这些国家以维持其脆弱的"外交关系"。8月3日，陈水扁公然发表"一边一国"的"台独"谬论。莫桑比克作为马拉维和斯威士兰的邻国，其国家元首的政治态度尤显重要。谈及此事，希萨诺告诉江永生："斯威士兰与台湾有所谓的'外交关系'，台湾为此花了不少钱。斯威士兰的国王很年轻，才33岁，比我儿子大一岁。"江永生问："您的看法呢?"总统答道："中国是莫桑比克最可靠的朋友，我相信台湾的回归是历史的必然。"江永生又说："你们同在东南非洲，关系较为密切。您是长辈，应多鼓励斯威士兰国王高瞻远瞩，与中国友好。只要承认'一个中国'原则，中国就愿意与对方交朋友。"总统回应说："非洲大多数国家都支持中国，最近非盟在南非召开了首届首脑会议，中国政府的特使也应邀列席了会议。我认可'一个中国'的事实，并一直向非洲各国元首表达我的这一立场。"

2002年8月5日，在给总统例行诊疗后，江永生聊起了陈水扁8月3日抛出的"一边一国"谬论。江永生郑重地对希萨诺说道："经我们理事会研究，决定邀请中国驻莫大使担任统促会名誉顾问，希望您能担任名誉主席。"希萨诺微笑着说道："你们的大使很不错，此事容我考虑考虑。我三天后从外省回来，请你把有关的葡文或英文材料再给我看一看。"11日上午，江永生接到总统的电话，立即赶往总统府邸，将中国驻莫大使馆准备的两份各15页，用英、葡文翻译的江泽民主席提出的对台工作"八项主张"，以及最近关于台湾问题的资料递交给希萨诺总统。总统点头说："这样很好，今天是周日，我有时间可以仔细看完。"13日上午，希萨诺接受完江永生的治疗后，即乘飞机参加刚果新任总统的就职典礼。临行前，他将一封信交给江永生，信中说："祝贺你当选为莫桑比克统促会会长，我非常愉快地接受你的邀请，出任该会名誉主席。"江永生与他握手，感谢道："您是全球第一位出任本国中国和平统一促进会名誉主席的国家元首，意义重大，我们全体会员为此感到荣幸与自豪。"

2003年圣诞节之际，希萨诺总统和夫人邀请莫桑比克统促会的12名理事参加了在总统府举行的国宴。这是多年来华侨华人首次集体参加总统府的活动，在到场的莫国政要、各国驻莫使节及社会名流中产生了很大的影响，不仅使很多非洲各国的精英人士对中国的和平统一大业有了更深的认识，同时也有助于得到他们的关心和支持。2004年春节前，莫桑比克统促会组织了反"台独"签名活动，希萨诺总统应江永生之邀，在总统府用葡文在一条横幅上写下了"莫桑比克中国和平统一促进会反'台独'签名"的标题，并第一个签名"若阿金·希萨诺 莫桑比克共和国总统"；后来，总统夫人听了江永生的介绍，也在横幅上签名"马塞丽娜·希萨诺 莫桑比克第一夫人"，以表达对中国和平统一大业的支持。

2004年2月10日，在中国驻莫桑比克大使馆举办的春节招待会上，使馆工作人员、与会的华侨华人和应邀出席招待会的莫桑比克朋友们纷纷在横幅上签名，支持中国的和平统一大业。2004年5月至6月，江永生作为总统的保健医生，随同希萨诺一起先后访问欧美及非洲多个国家。当希萨诺将江永生介绍给法国总统、葡萄牙总理等外国政要时，总要介绍江永生还是莫桑比克中国统促会的会长，而且他本人也是该会的名誉主席。希萨诺总统以这种方式自然地宣传中国的和平统一方针，使江永生备受感动。在法国，希拉克总统拍着江永生的肩头亲切地说道："世界上只有一个中国，台湾是中国的领土。我同希萨诺一样，坚决支持'一个中国'的政策。"江永生高兴地感谢道："您是中国人民的好朋友，我很尊敬您。"

2004年4月，应胡锦涛主席的邀请，希萨诺总统对中国进行了工作访问，江永生则作为保健医生陪同前往。4月5日，胡锦涛主席在北京人民大会堂与希萨诺总统举行了会谈。他说："希萨诺总统是中国人民的老朋友，中莫两国人民的友谊应世代传承。建交29年来，两国关系一直稳步发展，各领域的交流与合作成效显著，高层交往密切，在国际事务中互相理解和支持。"胡主席赞赏希萨诺总统和莫国政府坚持"一个中国"的政策，以及在台湾、人权等问题上对中方的一贯支持，并赞扬他作为全球第一位出任本国中国和平统一促进会名誉主席的外国元首的选择完全正确。希萨诺说："我很愉快地出任莫国统促会名誉主席，支持中国的和平统一是莫桑比克的既定国策。"希萨诺还高度评价中国驻莫大使馆和莫国统促会的工作，称海外华侨华人的爱国热情令他很钦佩。在北京访问期间，希萨诺总统还向胡锦涛主席和温家宝总理介绍了江永生会长的工作情况，江永生也向胡主席递交了希萨诺与夫人、中国驻莫大使以及莫国华侨华人参加反"台独"签名活动的照片，受到了胡主席的高度评价和赞扬。

2004年12月初，莫桑比克解阵党总统候选人阿曼多·格布扎当选为莫桑比克新任总统，并于2005年2月宣誓就职。在前总统希萨诺的提议下，江永生于当月又被聘为格布扎总统的保健医生。江永生在递交给总统府的一封信中写道："格布扎总统阁下，衷心祝贺您当选为莫桑比克新任总统！您是中国人民的老朋友，感谢您对'一个中国'政策的支持。为此，我荣幸地代表莫桑比克统促会理事会，邀请您担任我会名誉主席。"莫桑比克总统府办公室于8月底在致江永生的信件中表示，莫桑比克总统格布扎支持中国的和平统一大业，现应江会长的邀请，愉快地出任莫国统促会名誉主席。在此之前，莫桑比克总理路易莎·迪奥戈已于2005年6月应邀出任莫国统促会名誉顾问。此后，莫国议长爱德华多·穆伦布韦也于2006年2月应邀出任莫国统促会名誉顾问。就这样，莫桑比克新老总统同为名誉主席，总理、议长同为名誉顾问，这在世界各国的统促会中是独一无二的。江永生会长对中国统一大业所做的杰出贡献，值得我们敬仰和学习。

莫桑比克的中国"御医"[*]

剑虹^{**}

在莫桑比克马普托军队总医院，有一位医术精湛的中国医生，他发挥传统中医独特的针灸疗法，结合现代医学理论，治愈了众多的患者，受到了莫国党政官员和广大民众的高度赞扬。此后，他又因为手中的这枚银针与时任总统结交，荣幸地成了总统的"御医"。在莫桑比克侨界，有一位声名远扬的人物，他凭借自己与总统所建立的良好私人关系，为中国与莫桑比克两国人民的交往和友谊做了许多有益的工作，被华侨华人推崇为两国的民间外交家。在马普托的华人社团，有一位渴望祖国统一的和平卫士，他发起并成立了莫桑比克中国和平统一促进会。经过他的不懈努力，莫桑比克新老总统、总理、议长先后成为该会的名誉主席或名誉顾问。该会由此成为全球华侨华人在多个国家和地区所成立的100多个中国和平统一促进会中首家由所在国国家领导人集体参与的民间组织，在世界范围内产生了强烈的影响，意义深远，也为推动祖国的早日统一做出

　　* 原载《华人世界》2007年第3期。

　　** 剑虹，本名李践红，时任莫桑比克中国和平统一促进会副秘书长，现任莫国统促会副会长兼秘书长。

了杰出的贡献。他是谁？他就是中国四川泸州医学院附属中医医院教授、莫桑比克前总统希萨诺和现任总统格布扎的保健医生、莫桑比克中国和平统一促进会会长江永生。

一、儒医世家江教授

江永生 1943 年 12 月出生于四川省乐山市五通桥区的一个儒医世家，自幼随父学习岐黄之术。1964 年，他参加工作，进入了五通桥中医医院，多年的工作经历为他积累了丰富的临床经验。1979 年，勤奋好学的他在四川省的考试中从万余名应试者中脱颖而出，被选调到泸州医学院任教，后历任讲师、副教授、教授。1981 年，江永生有幸被泸州医学院选送到中国中医研究院研究生班学习针灸，师从中国著名针灸专家薛崇成、宋正廉、王淑琴等教授。术业有专攻，进修的经历为江永生日后在针灸医学方面的发展和造诣奠定了坚实的基础。1991 年 8 月，时任泸州医学院针灸教研室主任、附属中医医院针灸科主任的江永生被卫生部选进中国援外医疗队，成为中国援莫桑比克医疗队的一名针灸医生，同时也开启了其辉煌多彩的人生画卷。

赴莫伊始，江永生所在的马普托中心医院针灸室还不为广大患者所熟悉。不久，偏瘫 3 个月的农民弗朗西斯科由家人抬来做治疗。弗朗西斯科右侧上下肢瘫痪，对肢体功能的恢复并不抱过多希望。经过 6 次头针治疗，这位 82 岁的瘫痪老人竟然能站起行走了。此事在马普托传为佳话，影响很大，许多偏瘫患者闻讯前来求治，院方为此专门开设了偏瘫头针专科门诊。江永生采用头针、耳针、拔罐等综合疗法治疗脑卒中所导致的偏瘫，效果显著。1992 年，他依此疗法对 52 例脑卒中后遗症患者进行治疗，有效率达 96%，其中有 22 例患者丢掉了拐杖，由此在马普托掀起了一股"针灸热"，人们纷纷在针灸门诊排队候医。江永生也因出色的表现，在 1993 年 4 月召开的援外医疗队派遣 30 周年表彰大会上，被中国卫生部评为援外医疗队优秀队员。

在江永生治疗的患者中，上至莫国政要，下至平民百姓，各阶层人士均有。此外，驻马普托一些外籍专家及其家属，邻国南非、津巴布韦、坦桑尼亚的患者也慕名而来。那时，莫桑比克解放阵线党 15 名中央政治局委员中就有 13 人曾找过江医生看病，有 12 人接受过他的针灸治疗，皆取得了较好的疗效。时任莫桑比克解放阵线党中央书记的西托莱偏瘫 6 年，经江医生 3 个疗程共 45 次的治疗后行走自如，手恢复了开车、写字等基本功能。为此，他在 1992 年 3 月特地赶到中国驻莫大使馆表示谢意，并用葡语题词"中国针灸，造福世界"。1994 年 8 月，江医生在 3 年援外合同期满后，又被莫国国防部聘为马普托军队总医院的针灸医生，同时还被聘为时任总统希萨诺的私人保健医生。就这样，江永生被挽留了下来，在莫桑比克一干就是 15 年。

作为马普托军队总医院特诊室及普通门诊的一名针灸医生，江永生的工作十分忙碌。同在这所医院工作的其他外国专家一般每天候诊 15 名患者，而他每天需诊治 40 名患者。他以无私奉献、治病救人的高尚医德为祖国争得了荣誉，为各国医生树立了榜样，为中莫友谊做出了贡献。

1997 年 9 月中旬，莫桑比克总统的夫人马塞丽娜·希萨诺来到军队总医院。她的右肩疼痛多年，右臂活动不太方便，常伴有失眠，虽经多方治疗却无效果。在听到中国针灸的奇特疗效后，她专程前来请江医生为她看病。经过一番仔细的检查，江医生认为她的症状是颈椎骨质增生所导致，而不是以前其他医生所诊断的肩周炎，这一诊断在拍摄 X 光片后也得到了证实。经过 3 次针灸治疗，马塞丽娜的病情明显减轻，患处不再疼痛，睡眠时间也有所增多。她热情地对江医生说："我要请你到总统府继续为我治疗，也请你为我的丈夫治疗。"

1997 年 9 月 25 日上午，一辆专车把江医生从医院接进了总统府。大约 10 点半，刚从外面主持完国事活动回来的希萨诺总统步入会客厅，同江医生亲切地握了手。他说："我们早就认识。我夫人的病经你治疗后大有好转，我很感谢。现在请你给我们夫妇看病。"江医生给希萨诺号脉、看舌苔、查眼底后，根据中医理论推断说："总统先生，您有头痛、失眠、腰痛和疲劳等症状。"希萨诺听后十分惊奇，回答道："你说得完全对，这些症状我都有。"江医生采用中医传统疗法，为总统按摩、刮痧和拔火罐。在第二次治疗时，江医生增加了针灸疗法。到 10 月初的第四次治疗时，希萨诺已感觉他的腰痛、头痛等症状明显减轻，睡眠也增至 6 小时。此后，江医生频繁地出入总统府，成了希萨诺总统的中国"御医"。1998 年 3 月，希萨诺总统应江泽民主席的邀请访问中国，还邀请江永生作为他的保健医生参加代表团一起访问中国。他在 3 月 17 日还发表了一项总统声明，声明中说："在接受江永生医生给我的针灸治疗以后，我的身体健康状况得到了明显的改善……过去用现代医学难以根治的病症，经他治疗后得到了好转和痊愈。我很钦佩他高超的医疗技术，特别是他的职业精神。江永生对所有患者，包括对我和我家人的人道主义的关心，造就了我个人与他的深厚友谊和相互信任。尤其值得一提的是，他不管人的社会地位如何，都以这种热情认真的态度去服务，这种一视同仁的工作态度值得赞扬。"

二、民间外交家江永生

江永生在莫桑比克从医多年，深受当地人民的欢迎。经他精心治疗的患者中，有包括莫国前总统、前国防部长在内的多位政界名人，并且许多人已成了他的老朋友、老熟人。他凭借与莫国上层社会的良好关系，为中莫两国的政治、文化、人员交流起到了一定的桥梁作用，被莫桑比克华侨华人认为是促进两国关系的民间外交家。

1999年10月19日，由新华社社长郭超人一行4人组成的新闻代表团访莫，希望加强两国之间的新闻联系。依照正常渠道，需要由莫通社上报外交部，再转总统府办公厅来联系总统的接见事宜。但当时正值莫桑比克五年一届的大选时期，总统的日程已被排满，没有时间安排接见。此时新华社驻马普托记者找到江永生，恳请他能够提供帮助。作为总统的保健医生，江永生可以随时与总统通话，以便安排治疗时间。他斟酌再三，认为也只能动用私人关系了。21日晚8点，家住总统府附近的江永生听见警车鸣笛开道的声音，便知道总统已在坦桑尼亚参加完尼雷尔的葬礼，从机场归来。半小时后，他拨通了希萨诺的电话，简明扼要地提出了接见新华社代表团一事。总统回道："好，请他们来吧，9点半我们谈谈。"在总统府的会客厅，郭社长受到了希萨诺总统的亲切接见，宾主就文化交流、中国和平统一等问题进行了探讨，会谈共持续了25分钟。会见之后，郭社长告诉江永生："总统的接见使我更加了解莫桑比克。希萨诺是一位有远见的政治家，对中国十分友好，我真没想到他有这么高的水平。"此外，希萨诺总统在1998年6月接见中国卫生部部长陈敏章、1999年4月接见重庆市委书记张德邻等访莫中国官员时，因时间紧迫，也是由江永生直接与总统联系后安排接见的。

2005年4月17日，莫桑比克政府归还中华会馆交接仪式在马普托市原中华会馆内举行。这是莫国全体华侨华人的一件盛事，也是祖国的强大和华人在海外受到尊重的结果，而争取会馆早日回归则是一个艰难的过程。20世纪20—30年代，华侨华人于马普托市集资兴建了规模宏大的中华会馆，1975年莫国独立后，会馆被没收充公。近些年来，侨界为归还会馆四处努力，中国驻莫大使也因此事多次与莫国相关官员交换意见。江永生在中华会馆的回归过程中也起到了举足轻重的作用，功不可没。早在 1994 年，江永生就利用给莫国文化部长卡多巴看病的机会，多次传递新老华人的呼声，后在中国大使馆的支持下，他代表华侨华人与莫国官员直接对话，进行协商。卡多巴不能拍板，江永生遂于 1998 年首次和希萨诺总统进行了商谈。总统最初的答复是中华会馆不能归还，因为这是历史原因所导致，是革命造成的后果；假如归还，此类事件涉及面太广，将给政府以后的工作带来被动。江永生找到老华侨任南华等人，收集资料，了解详情，群策群力，又以中华会馆建有关公祠，是华侨华人举行仪式活动的宗教建筑为由，再次向希萨诺进言。总统最终松口，称："这个理由尚可以考虑。"江永生趁热打铁，立即与中华协会会长黄类思一起准备资料，后催促文化部长办理各项程序事宜。在江永生等人的积极运作和中国驻莫大使馆的支持下，华侨华人们排除了多方面的压力与干扰，终于力促莫国政府于 2005 年归还了中华会馆。

三、和平卫士江会长

2002 年 1 月 18 日，江永生与南非华侨共同创立了全非洲中国和平统一促进会，并当选为副会长。该组织的宗旨是加强非洲华人社会的团结与合作，在和平统一的旗帜下结成"反独促统"的强大阵营，并与各居住国的主流社会加强联系和交流，敦请各国政府切实奉行"一个中国"原则，不支持"台独"和分裂势力。2002 年 7 月 15 日，江永生与莫国中华协会会长黄类思、老华侨任南华以及援莫多年的外科医生袁文志一起在马普托市创建了莫桑比克中国和平统一促进会，江永生被推选为会长。莫桑比克统促会成立至今，在中国驻莫大使馆的支持和江会长的领导下，积极支持中国政府关于台湾问题的各项声明，多次召开反"台独"会议并开展多样的宣传活动，效果良好，成绩斐然，也受到了党和政府的重视和赞扬。

在全球180多个统促会中，莫桑比克统促会的成绩出类拔萃，可以称为此类团体中的一个典范。其中很重要的一点原因是，江会长的宣传工作首先是从莫国总统做起的，真可谓一步到位。2002年8月5日，在给希萨诺总统例行诊疗后，江会长聊起了陈水扁8月3日抛出的"一边一国"谬论，莫国统促会开会发表的四点声明以及1995年江泽民主席提出的对台工作"八项主张"。稍后，江会长郑重地对希萨诺说："经我们理事会研究，决定邀请中国驻莫大使担任我会名誉顾问，希望能邀请您担任我会名誉主席。"希萨诺微笑着说："你们的大使很不错，此事容我考虑考虑。我三天后从外省回来，请你把有关的葡文或英文材料给我看一看。"11日上午，江会长在等来总统的电话后立即赶往总统府，将中国驻莫大使馆准备的两份各15页，用英、葡文翻译的江泽民主席的"八项主张"，以及最近关于台湾问题的资料交给了希萨诺总统。总统点头说："这样很好，今天是周日，我有时间可以仔细看完。"13日上午，希萨诺接受完江会长的治疗后，即乘飞机参加刚果新任总统的就职典礼。临行前，他将同意出任名誉主席的信件交到江会长手中，并说："我非常愉快地接受你的邀请，出任莫桑比克中国和平统一促进会名誉主席。我坚信，中华人民共和国的国旗总有一天会在台湾飘扬！"言毕，他还用手比画着旗帜飘扬的动作。江会长与他握手，并感谢地说："您是全球第一位担任中国和平统一促进会名誉主席的国家元首，意义重大，我们统促会全体成员也感到荣幸和自豪。"

2003年圣诞节之际，希萨诺总统和夫人特邀莫国统促会的12名理事参加在总统府举行的国宴活动。这是多年来莫国华侨华人首次集体参加总统府的活动，不仅在到场的莫国政要、各国驻莫使节和社会名流中产生很大的影响，也使更多非洲各国的精英人士对中国的和平统一大业有了更深的认识，同时也有助于得到他们的理解和支持。2004 年春节之际，莫国统促会开展反"台独"、反"公投"签名活动，希萨诺总统应江会长之邀，在总统府用葡文在一条大横幅上写下了"莫桑比克中国和平统一促进会反'台独'签名"的标题，并第一个签名"若阿金·希萨诺　莫桑比克共和国总统"。后来，总统夫人听了江会长的介绍，也在横幅上签名"马塞丽娜·希萨诺　莫桑比克第一夫人"，以表达对中国和平统一大业的支持。

2004 年 4 月 4 日，应胡锦涛主席的邀请，莫桑比克总统希萨诺来华进行工作访问，江永生作为保健医生再次陪同访问。4 月 5 日，胡锦涛主席在北京人民大会堂与希萨诺总统举行了会谈。他说："希萨诺总统是中国人民的老朋友，中莫两国人民的友谊应世代传承。建交 29 年来，两国关系一直稳步发展，各领域的交流与合作成效显著，高层交往密切，在国际事务中互相理解和支持。"胡主席赞赏希萨诺总统和莫国政府坚持"一个中国"政策，以及在台湾、人权等问题上对中方的一贯支持，并赞扬希萨诺总统成为全球第一位以国家元首身份出任本国中国和平统一促进会名誉主席的领导人。希萨诺说："我很愉快地出任莫国统促会名誉主席，支持中国的和平统一是莫桑比克的既定国策。"他还高度评价中国驻莫大使馆和莫国统促会的工作，称海外华人的爱国热情令他很钦佩。在北京访问期间，希萨诺总统还向胡锦涛主席和温家宝总理介绍了江永生会长的工作情况，江会长向胡主席赠送了希萨诺总统及其夫人、中国驻莫大使以及莫国统促会广大华侨华人参加反"台独"签名活动的照片，受到了胡主席的高度评价和赞扬。

2004 年 12 月初，莫桑比克解放阵线党总统候选人阿曼多·格布扎当选为莫桑比克新任总统，并于 2005 年 2 月 2 日宣誓就职。在前任总统希萨诺的提议下，江永生于当月又被聘为格布扎总统的保健医生。江永生在递交给总统府的一封信中写道："格布扎总统阁下，衷心地祝贺您当选为莫桑比克新任总统！您是中国人民的老朋友，感谢您对中国政府"一个中国"政策的支持。为此，我荣幸地代表莫国统促会理事会，邀请您担任我会名誉主席。"莫桑比克总统府办公室于8月底在致江永生的信件中表示，莫桑比克总统格布扎支持中国的和平统一大业，现应江会长的邀请，愉快地出任莫国统促会名誉主席。在此之前，莫桑比克总理路易莎·迪奥戈已于2005年6月应邀出任莫国统促会名誉顾问。此后，莫国议长爱德华多·若阿金·穆伦布韦也于2006年2月应邀出任莫国统促会名誉顾问。就这样，莫桑比克新老总统均为名誉主席，总理、议长同为名誉顾问，这在世界各国的统促会中是独一无二的。江会长对中国统一大业所做的杰出贡献，值得我们敬仰和学习。

2006年9月，笔者做客江会长家，发现他正在查阅资料、撰写文章，准备飞回国内，出席即将召开的第五届海外统促会会长会议。望着他来回忙碌的背影，感慨他情系中华、"反独促统"的执着精神，笔者坚信，莫桑比克中国和平统一促进会在江永生会长的带领下，一定会谱写出更为辉煌的篇章。

医术架桥梁，银针渡友谊

——江永生教授北大开讲[*]

3月15日晚7点，应北京大学研究生会的邀请，全非洲中国和平统一促进会副会长、莫桑比克中国和平统一促进会会长江永生教授在回国参加"两会"之际，在北大图书馆南配殿给大家带来了一场激情洋溢的演讲。

63岁的江教授精神抖擞，声如洪钟，站立两小时，滔滔不绝地讲述了他担任莫桑比克两任总统的保健医生、组织非洲的中国和平统一促进会的经历，以及他热爱祖国、忠于祖国的深刻情感。

凭着精湛的中医技术，江教授以一根银针将中国传统医学的瑰宝——针灸在非洲发扬光大。刚到莫桑比克，他就以针灸治疗了52例瘫痪患者，其中22人成功扔掉了拐杖。这一"奇迹"为他赢得了该国政要和民众的赞赏和信任。之后，他成为莫国前任总统希萨诺和现任总统格布扎的保健医生，并以其特殊的身份竭尽所能地为自己的祖国效力。在海外华侨华人在世界100多个国家和地区成立的180多个统促会组织中，只有莫桑比克统促会邀请到了该国总统担任其名誉主席，使该组织的影响力和行动力大大增强，而这离不开

＊ 这是北京大学研究生会为江永生2007年3月15日在北京大学的演讲所发的报道。

江教授与总统的私人情谊。

江教授经常利用与总统一同出访的机会，将和平统一促进会的工作做到了罗马教皇、联合国秘书长等世界政要的身上，得到了多方声援。

在总统身边，江永生教授扮演着中非民间外交家的角色。他向总统极力举荐我国派往莫桑比克的代表，促成双方会谈，为两国人民间的交流和了解起到了重要的作用。

江教授多次写信给我国领导人，建议在非洲建立中非友谊医院，举办中医论坛和针灸研习班，将针灸医学在非洲发扬光大。他还在莫桑比克团结华侨华人，并促成了中华会馆的归还，让非洲华侨华人的后代能更好地学习汉语、学习中国的灿烂文化。

江永生教授深情地说，最让他激动和难以忘怀的是今年 2 月 8 日胡锦涛主席访问莫桑比克时与他握手的那一刻。这一握，融入了江教授在异国他乡 16 年的苦与甜，温暖了他热爱祖国、忠于祖国的情怀，振奋了他终身为祖国奋斗的力量。

江永生教授的演讲获得了全场一阵阵的掌声，他对祖国的忠诚和奉献也赢得了同学们深深的景仰。

出席本次活动的嘉宾有北京大学历史学系党委书记王春梅女士、《中国中医药报》总编室主任毛嘉陵先生、中国农业经济开发中心执行主任王广山先生、世界华人公益事业基金会会长邱瑞莲女士等。

一片冰心在玉壶

——记莫桑比克中国和平统一促进会会长江永生

邓天宁*

　　江永生教授，中国针灸专家，四川乐山五通桥人。他现任联合国非洲特使、莫桑比克前总统希萨诺和莫桑比克现任总统格布扎的保健医生，还担任莫桑比克中国和平统一促进会会长、全非洲中国和平统一促进会副会长、世界大城市医药团体首脑协会副会长、中医药全球大会常务委员会共同主席等职务。

　　江永生担任会长的莫桑比克中国和平统一促进会，是全球100多个海外中国和平统一促进会中唯一一个将住在国现任总统、总理、议长聘为名誉主席和名誉顾问的统促会。1998年至今，江永生多次受到江泽民、胡锦涛等党和国家领导人的接见。2007年3月，江永生作为海外侨胞代表列席全国政协会议，并应邀到北京大学、北京师范大学、成都中医药大学、泸州医学院进行讲演，受到广大师生的热情欢迎与赞扬。

---

　　* 邓天宁，莫桑比克中国和平统一促进会副会长。

一、中医针灸瑰宝，异域放射光彩

江永生 1943 年 12 月出生，自幼随父亲学习岐黄之术，后就读于成都中医学院师资班，并于中国中医研究院针灸研究所提高班、研究生班、进修班结业，后担任泸州医学院针灸教研室、附属中医医院针灸科主任等职务。1991 年 8 月，他被中国卫生部选派到中国援莫桑比克医疗队第 8 队工作。

莫桑比克于 1975 年 6 月独立，此后又陷入了十几年的内战。1976 年，中国首次向莫桑比克派出了医疗队。1991 年，江永生正是在莫桑比克内战最激烈的时期，冒着生命危险来到此地的。他以一颗医生的仁爱之心，克服了重重困难，热心为患者服务，使中国针灸以其神奇的疗效在莫桑比克马普托中心医院和军队总医院独树一帜。

江永生的医术使很多患者得以康复，因此受到了人们的欢迎。在他的患者中，既有莫国政要，又有平民百姓，既有莫桑比克人，又有南非、津巴布韦、坦桑尼亚等邻国的民众，还有外国驻莫使节等人。他在莫国掀起了一股"针灸热"，先后收到了几十封感谢信。莫国总统希萨诺及其夫人、联合国驻莫桑比克维和部队司令里约中将及一些驻莫使节专门致信对他予以赞扬和鼓励，中国卫生部也于 1993 年授予他"援外医疗队优秀队员"的光荣称号。

1994 年 8 月，江永生在结束三年的援外工作后，又受聘于莫国军队总医院。之后，他成为希萨诺总统的保健医生，为总统及其家属服务。在长期的友好接触中，江永生与总统全家结下了深厚的友谊，总统一家称他是家中最好的中国朋友。希萨诺总统在 1998 年 3 月应江泽民主席的邀请访问中国时，特意请江永生作为保健医生陪同前往。江永生用中医针灸瑰宝，在异域放射光彩，不仅成为莫桑比克总统的中国"御医"，也描绘出自己辉煌多彩的人生画卷。

二、促进华社团结，弘扬中华文化

莫桑比克有 80 万平方千米土地和 2100 万人口，华侨华人在莫国生活有 130 多年的历史，鼎盛时期有华侨华人 1 万余人。1923 年，孙中山先生就开始任命中国政府驻莫官员，四代老华侨任南华还保留的他父亲的委任状就是证明。莫国当时开办了中华学校，招收学生达 300 余人，在全非洲尚属先例，南非等地的华侨华人都来马普托就读。3000 多平方米的中华会馆是莫国华侨华人聚会的场所，但 1975 年莫国独立后政府没收了中华会馆，也使很多华侨华人出走巴西、葡萄牙、美国、新加坡等国。因此，收回中华会馆是几代在莫华侨华人的心愿。

江永生身在非洲，心中却时时记挂着祖国。他为中莫友好关系和莫国侨社做了大量的工作，尤其是在莫国政府向华侨归还公用的中华会馆的过程中，他发挥了关键的作用。作为华侨代表和莫国统促会会长，江永生与莫国中华协会等华侨社团通力合作，并在中国驻莫大使馆的支持下，积极与莫国总统希萨诺和文化部长卡多巴等政府官员进行协调，终于在希萨诺总统卸任前，由政府批准归还了中华会馆，为培养华人子弟学习中文、弘扬中华文化做出了贡献。此外，为支持北京奥运会建设，他积极组织莫国统促会和中华协会会员捐款，捐款总额达 5200 多美元，其中 31 名捐款 100 美元的华侨获得了"奥运捐赠证书"。在 2005 年印度洋海啸中，他还发动大家向印尼华人捐款 1200 美元并送交红十字会，表达了莫国华人的手足之情。

三、促进祖国统一大业，
邀请莫国政要担任统促会名誉领导

江永生在为希萨诺总统诊疗时，常常向总统介绍中国改革开放的发展情况，宣传中国"和平统一，一国两制"的方针。在他的积极奔走下，莫桑比克华侨华人于 2002 年 7 月 15 日成立了莫桑比克中国和平统一促进会，江永生被公推为会长。此后，他力邀希萨诺总统担任该会的名誉主席，希萨诺总统也愉快地予以接受，成为全世界第一位出任本国中国和平统一促进会名誉主席的国家元首。希萨诺总统在接受邀请后对江永生说："你热爱自己的祖国，支持和平统一，很好，我支持你。"为此，希萨诺总统准假他自费到南非、澳大利亚、巴西、俄罗斯、智利等国家和地区参加全球促进中国和平统一大会，还先后致信江泽民主席、胡锦涛主席以及促统大会的召集人等，并亲自撰写贺词支持中国的和平统一大业。

2004 年，为了感谢教皇保罗二世为调停莫桑比克内战做出的贡献，担任非盟主席的希萨诺总统到梵蒂冈进行访问，并邀请江永生一同前往。在会见教皇时，希萨诺总统向教皇介绍江永生时说："这是中国的医生，他也是'主席'。"教皇颇感兴趣地询问江永生是什么"主席"，江永生趁机向其介绍了莫桑比克统促会和中国和平统一的构想，教皇频频点头说："很好，很好！"

2005 年 8 月，莫桑比克时任总统格布扎也愉快地接受了江永生的邀请，出任莫国统促会的名誉主席。此外，江永生还邀请莫桑比克时任总理路易莎和议长穆伦布韦担任了莫国统促会的名誉顾问，这在世界各国的中国和平统一促进会中是独一无二的。在谈到在海外开展"反独促统"工作的体会时，江永生说："向上延伸是'反独促统'深入发展的重要途径之一，即努力做好当地主流社会和主流媒体的工作，争取他们对中国和平统一政策的理解和支持。"

江永生将祖国的统一大业当作自己的事业，义不容辞地在莫国认真做好"反独促统"工作。为了搞好统促会的工作，他经常组织会员们开展各项活动，如举行会谈、发表声明等。这些活动涉及的电话、传真等办公费用有时每月达 200—300 美元，并多在他的工资中扣除；为了参加全球促统会议，他每次都要花费自己几个月的工资。他这种不计个人得失支持祖国统一大业的奉献精神，受到了莫国华侨华人发自内心的敬重。

四、编著

《莫桑比克十五年亲历记——反独促统专辑》

江永生还将自己十几年来在莫国的工作总结成文，编著了《莫桑比克十五年亲历记——反独促统专辑》一书。该书图文并茂，不仅收录了江永生多年来发表的关于"反独促统"的文章、通讯稿和照片，还包括了希萨诺总统致江泽民主席和胡锦涛主席的信函，以及致"反独促统"大会的贺词等。2006 年该书出版，莫国前总统希萨诺、中国驻莫大使洪虹、中国和平统一促进会执行副秘书长李路为之作序。国务院台湾事务办公室还发来贺信，称该书的出版对增进中莫两国民间友好往来，对推动中国和平统一大业具有积极意义。

本书出版后，江永生于 2006 年 9 月在重庆参加第五届海外统促会会长会议时将其送给了与会的各位代表，后又送给了莫国的政要和华侨华人，并受到了多方的好评。

目前，江永生还致力于在莫桑比克筹建中非友谊医院，举办中医论坛和针灸研习班等事宜，旨在将中医文化发扬光大，为非洲人民做出更大的贡献。

2007 年 7 月 3 日于马普托

促统春秋多壮丽，中医岁月最光辉*

邱清　李旭

　　有着神奇针灸医术的中国医生，莫桑比克总统的"御医"、朋友和兄弟，为中国统一大业积极奔走的莫桑比克中国和平统一促进会会长……这些，是非洲人眼中的江永生。

　　然而在江永生心中，自己只是一名普通的中医。在远离故土的世界另一个角落，他努力工作，诚恳待人，希望为中国人和中国传统医学赢得尊重，为中国的和平统一积极奔走，为四川的家乡父老争取更大的光荣。

　　"我时刻思念着自己的祖国！"江永生说。"走进非洲，弘扬针灸，助人为乐，团结合作；一身正气，两袖清风，三餐温饱，勿忘祖国"，这就是他非洲行医18年的全部浓缩。

一、走进非洲，中国"白求恩"妙手回春

　　江永生的非凡人生，由他妙手之下的银针所书写。1943年，江永生出生在四川乐山五通桥的一个中医世家，从小耳濡目染儒医精

＊ 本文写于2009年。

髓，为他日后悬壶济世的人生埋下了伏笔。

1991 年，时任四川泸州医学院针灸教研室主任、泸州医学院附属中医医院针灸科主任的江永生，被选派进中国援莫桑比克医疗队。他曾说："从踏上非洲土地的那一刻起，我就知道自己不是来享福的，等在我前面的是战争、疾病、危险、艰辛和寂寞。"

当时正值莫桑比克内战，在他工作的莫桑比克首都马普托中心医院内，江永生时常能听到枪声。特别是到了晚上，人们根本不敢出门，而即使躲在房里，还要防范土匪的袭击。江永生就被偷抢过两次，遗失的中医文献、资料让他心疼了好久。

然而，儒医精神注定了他的坚守。江永生被当地人民的困难和疾苦所触动，坚持留在那里为他们服务。不论贫富贵贱，他都一视同仁地以热情认真的态度为患者服务，用自己精湛的针灸技术悉心治疗。

越来越多的人在他的精妙医术下恢复了健康，其中也包括莫桑比克执政党莫桑比克解放阵线党中央书记西托莱。患有偏瘫的西托莱在英国治疗四年未愈，却通过江永生的治疗重新站了起来。他在政治局会议上行走自如，令全体政治局委员惊叹称奇。西托莱为江永生专门题词"中国针灸，造福世界"以表感谢。莫国解放阵线党 15 位中央政治局委员中有 13 位都曾得到江永生的诊治，如国防部长、教育部长、内政部长、总参谋长等军政要员，以及某些省长、市长、外国驻莫使节以及平民等，都请过江永生看病，并取得了较好的疗效。他们致信中国大使馆和江医生表示感谢，莫桑比克《消息报》、莫桑比克电视台以及新华社等媒体都做了详细的报道。1992 年 10 月，江永生在莫桑比克全国医学大会上做了中医针灸治疗 52 例偏瘫患者的临床报告，受到了与会医学专家的好评，也使他在莫桑比克名声大振。

在结束中国医疗队的工作后，江永生又受聘于莫国军队总医院，并担任了希萨诺总统的保健医生。初次为希萨诺总统号脉、看舌苔、查眼底后，还没等希萨诺告知自己的症状，江永生就说："总统先生，您有头痛、失眠、腰痛和疲劳等症状。"希萨诺听后吃惊地说："你怎么知道，这些症状我都有。"在接受了江永生多次的按摩、刮痧和拔火罐等治疗后，总统的症状逐渐有了缓解。

通过一根细细的银针，江永生不仅展示了中国传统医学的精妙，也传递了中华民族的精神风貌。希萨诺总统称赞道："从江永生医生身上，我看到了中国人的勤奋朴实和对技术精益求精的宝贵精神。"

截至 2009 年，江永生已经在非洲行医 18 年，医治的患者多达 17 万人次，其中包括莫国政要、外国使节、工人、军人、贫民……这个黑头发黄皮肤的"白求恩"，还在源源不断地向非洲人民传递着中国医生的仁爱。

江永生和非洲儿童在一起

二、双手行医，双脚为祖国和平统一奔走

带着中国人民的真诚，江永生与莫国政要和民众建立了亲密友好的关系。在希萨诺总统眼中，江永生不仅是一名出色的医生，更是"值得信赖的朋友和兄弟"。

在希萨诺工作期间，江永生常为他进行保健治疗和心理治疗。这些治疗往往更像是朋友间的闲聊。在1999年希萨诺竞选总统那段时间，江永生常为他加油打气。1999年12月希萨诺在大选中获胜，再次当选为莫桑比克总统。在就职典礼后，希萨诺总统与江永生热烈拥抱，并说："感谢你使我有了健康的身体、充沛的精力和乐观的精神。取得竞选的胜利，你功不可没，十分感谢你。"

在非洲行医的岁月，一晃18年，江永生说："走得越远，越是牵挂，心里一直惦念着为祖国做点事。"这个非洲人眼中的"友谊大使"终于找到了回报祖国的最好方式——双手行医，双脚为祖国和平统一奔走。而总统的认可，为他的"医学外交"打下了良好的基础。

在为希萨诺诊疗期间，江永生还常常向他介绍中国的发展近况，宣传中国的和平统一大业。2002年7月，莫桑比克中国和平统一促进会成立，这个团体由居住在莫桑比克的华侨华人所组成，大家一致推选江永生担任会长。当选会长后，江永生特别致信希萨诺总统，邀请其担任该会的名誉主席。总统仔细阅读了中国驻莫大使馆翻译成英语和葡语的关于中国和平统一事业的资料，并经过慎重考虑后对江永生说："你热爱祖国，促进中国的和平统一大业，这很好，我支持你的爱国行动。"8月12日，希萨诺接受了江永生的邀请，成为全世界第一位出任本国中国统促会名誉主席的国家元首。

2004年1月28日，在莫国统促会组织的反"台独"签名活动

中，希萨诺总统在横幅上第一个郑重地签上了自己的名字。1998年3月和2004年4月，江永生两度陪同希萨诺总统访华，并分别受到了江泽民主席和胡锦涛主席的接见。在受到胡锦涛主席接见时，江永生把这次签名活动的照片送给了胡主席。胡主席十分高兴，并与希萨诺总统热烈拥抱表示感谢。

在担任希萨诺总统的保健医生期间，江永生陪同希萨诺出访了美国、法国、意大利等十多个国家，会见了多国元首和联合国秘书长安南。也许是为江永生始终如一的诚恳和坚持不懈的努力所感动，希萨诺总统在任时和卸任后，一直都支持中国的和平统一事业和江永生等人的工作。江永生则再接再厉，积极奔走，不断借助自己的影响力，邀请了多位莫桑比克政要出任莫国统促会名誉领导。这成功地推动了中莫两国关系的良好发展，也促进了中国和平统一大业在国际上的影响。江永生还作为大会共同主席，主持了2003年和2005年在香港举行以及2007年在美国旧金山举行的中医药全球大会。每届大会他都邀请莫国总统、总理和卫生部长为大会撰写贺信，对中医药国际化表示支持，他也被海外华侨誉为"中医文化使者""民间外交家"。

此外，江永生还凝聚侨心，组织莫国华侨华人举行了一些有意义的活动。"5·12"汶川特大地震发生后，江永生不仅第一时间向家乡捐款，还积极奔走，组织莫桑比克华侨华人向灾区捐赠物资，并倡议全球中医药工作者积极投入抗震救灾，创建汶川地震中医医院。他也因此受到了中国驻莫大使馆、中国红十字会、民政部、国家中医药管理局、中国侨联等单位的高度赞扬。2007年3月，江永生作为27名海外列席代表之一和全非洲唯一的海外列席代表，应邀参加了全国政协十届五次会议。江永生在会上做了在非洲创办孔子中医学院和中医医院的提案，受到了与会领导和专家们的认可和支持。

江永生多次受邀在泸州医学院、成都中医药大学、广州中医药大学、暨南大学、澳门科技大学、北京师范大学、北京大学等高校做演讲，宣传中医文化和祖国和平统一大业，也受到了师生们的热烈欢迎和赞扬。北大研究生会在网站上写道："江教授经常利用与总统一同出访的机会，将和平统一促进会的工作做到了罗马教皇、联合国秘书长等世界政要的身上，得到了多方声援。"北京师范大学管理学院致函江教授说："感谢您在'两会'期间抽出宝贵时间，莅临北京师范大学做报告。在您慷慨激昂的演讲中，我们感受到了您精湛的医术和崇高的医德，体会到了您与莫桑比克总统之间的深厚情谊，以及你们为中非关系做出的杰出贡献。您高尚的爱国情怀和为祖国统一所做的不懈努力深深地感染了我们，您深入浅出的演讲和简便实用的养身之道让我们受益匪浅。欢迎您在方便的时候再次莅临师大做报告。"

江永生认为，"反独促统"是长期的历史任务，做好当代大学生的工作，鼓励他们热爱祖国、忠诚奉献，具有很大的意义。使"反独促统"工作后继有人，是老一代华侨华人义不容辞的责任。

三、他的梦想：在非洲创办"孔子中医学院"

如今，江永生的精湛医术和爱国之举，已经让他在莫桑比克成了很有影响力的华侨，但他的奋斗却远远没有止步。作为一名从事了几十年中医针灸的专家，亲眼看到、亲手推动传统中医药文化走向世界、焕发新生，是江永生最大的梦想。

中国 1963 年就向非洲派出了援外医疗队，医疗队队员们的精湛技术和良好的医德医风赢得了受援国政府和人民群众的高度赞扬。然而，中国医生援助非洲几十年，却没有一所自己的医院，也没有一所传播中医药文化的学校。江永生的梦想是，在非洲每个国家都建起中医学院和中医医院，把中医药文化传播到非洲的各个角落。

梦想从莫桑比克起步。目前，日本、美国、德国、法国、朝鲜、韩国甚至越南都已在莫桑比克开展了医疗援助项目。在小小的莫桑比克，中国针灸医生的阵地、中国传统医学的影响渐呈消退趋势，这让江永生心急如焚。江永生利用自己的影响在当地办起了学习班，培养了8名能够从事针灸辅助工作的护士学生。下一步，他打算联合四川成都中医药大学和泸州医学院的力量，在非洲创办一所"孔子中医学院"，届时将面向非洲招收约100名学生。

江永生希望能让中医不仅在中国，更在非洲、在全世界后继有人，他的女儿如今也正在泸州医学院钻研中医药。"她希望先在国内学习两年，然后到莫桑比克，继承我的事业。"他开心地说，"中医就是需要这样一代一代地传下去，相信今后她会比我做得更好！"

"江永生现象"启示录[*]

汤一新[**]

2002年8月13日，莫桑比克总统若阿金·阿尔贝托·希萨诺出任莫桑比克中国和平统一促进会名誉主席。2004年4月，希萨诺总统应邀访华，胡锦涛主席于4月5日在人民大会堂与希萨诺总统举行了会谈。会谈期间，胡主席对希萨诺总统和莫国政府坚持"一个中国"政策、支持中国的统一大业表示了赞赏和感谢。互联网上，在新华社等世界上千家媒体报道上述消息之际，还闪现着特邀希萨诺出任莫桑比克中国和平统一促进会名誉主席的该会会长兼总统保健医生江永生的名字。我为自己有这样杰出的朋友而感到骄傲。

江永生教授是一位临床中医，他是如何在非洲传播中医文化，并成为外国元首的保健医生的呢？榜样的力量鼓舞和启发着我们，品味江教授的事迹，对推动中医药事业的发展或许有所裨益。

---

[*] 原载《莫桑比克十八年——总统与医生》（香港新闻出版社2009年版）一书。

[**] 汤一新，国家级名中医，全国五一劳动奖章获得者，国务院政府特殊津贴享受者，现任四川省乐山市中医医院主任中医师。

一、民族的才是世界的

特色就是竞争力。具有自己民族的使命感，继承和发扬民族的特色，是中国人的立身之本。这是"江永生现象"给我的第一点启示。

说到民族文化，还没有哪一个领域或哪一个行业像中医这样，似乎许多人都有所了解，却又往往知之甚少、知之甚浅。古往今来，每个人的祖先和亲友都未曾脱离过中医的恩惠，现今却有人污蔑它传承的并不是我们中华民族的文化精髓，而是里面"90%都是糟粕"。不过，"中医不科学"这样低级的谬论，任随其打着"反伪科学"的招牌，却实为不谙科学真谛的摇唇鼓舌，煽动不了真正的炎黄子孙。2006年，某大学教授发起取消中医的"万人签名活动"，除去虚张声势的重复点击，全国网络签名者寥寥138人，还不及我院中医科一天来诊的患者，其不足挂齿，大可一笑置之。但这提醒我们需要反思的是，目前中医药的发展确实面临一些现实困难和问题，迄今还有不少人对中医看法模糊。就像当年"和氏璧"先是被当成一块普通的石头、后经雕琢成为国之瑰宝的多舛命运一样，人们对中医的认识，与其本身实际的珍贵价值还是存在严重偏离的。"江永生现象"颠覆了两极分化的"马太效应"，他以精湛的中医医术折服了希萨诺总统等国际友人，用横跨印度洋的临床案例佐证了中医的科学，显示了中医的神奇，成为"一介医生，两国津梁"，从一个侧面证明了无视中医的做法是多么幼稚和愚昧。

这些年来，独崇西医而贬低中医的思潮的存在严重影响了中医的发展。流传几千年的经典被搁置，亿万人的实践被忽略，有药无方的浅薄取代了凝练萃取的感悟，不求甚解的浮躁压制了狠下苦功的艰辛。中医追随他人，却没能得到他人的青睐；依附于他人，带来的却是自己的衰败；一个劲儿地向西转，最后却碰见了向东转的同行，实在让我们中国人感觉脸上火辣辣的。无论什么事物，都有自身的规律；无论什么改革，都有一定的限度。在这混混沌沌的西化潮流中，江永生教授临危不惧，用传承和发扬中医特色的精神造就了他人望尘莫及的辉煌，也让我们信心倍增。江永生教授理所当然地受到人们的崇敬，他真可谓是一位真正的民族英雄。

二、疗效是检验医学医术的根本标准

中医有一个由自己的独特理论和文化背景所建构出的活生生的意义世界，这使它成了一种充满文化与哲理深度的，同时又是可实证的科学。但是，这些实证都是在中医这个意义世界中，将疗效作为检验标准的前提下进行的。脱开了它，中医就失去了自己的理论灵性和生机来源，就会"虎落平阳被犬欺"。任何科学系统的科学性都要在坚持自己的理论根基、发挥自己的思想性情的情形下才会呈现出来。就像只能把实践作为检验真理的唯一标准一样，检验医学医术的根本标准不能是非中医的理论，而只能是临床疗效。然而，很多"聪明人"却不能领悟这个浅显的道理，而是凭空制造出一些无端的碰撞。

中华文化的最大特点在于它的包容性，古今中外，越是强盛的民族越能包容。所谓"君子和而不同，小人同而不和"，就是指品格高尚的人能够求同存异、兼收并蓄。这就是高明的中医多具有善于吸取西医长处的基本素质之奥秘，也是优秀的西医能够理解和尊重中医科学之根源。

包容是一种美德。中医与西医各有所长，各有各的真理和科学之处，只有具有"科学多元"认识的人，才能理解中医的科学性。就像大米是粮食，玉米也是粮食；黄河流的是水，长江流的也是水。思维正常的人绝不会因为黄河流的是水，就认定长江流的不是水，也绝不会因为西医是科学，就认为中医不是科学。

中医药学是我国人民经过几千年的实践总结出来的认识疾病发生发展规律的一个知识体系，具有较为完善的系统理论和确切的临床疗效。它符合"科学"的基本定义，只不过验证的方式、内容不同于西医而已。西医重复验证的是"病"，而中医重复验证的是"证"，病、证相互交叉，但它们同中有异。所谓中医不能重复，完全是"科盲"之谈。

世界是多元的，人类文化具有多样性。在医学领域，也很难仅采用某一套医学体系，就能彻底阐释和解决一切人体健康与疾病问题。中医与西医必将继续并存下去，二者和衷共济，临床疗效才能不断提高。江永生教授严谨地坚持传统的中医技艺，并与现代科技相融合，使他能够在国内外都取得良好的治疗效果。从他的成功中可以看出，中医与其走彻底的改革之路，不如先把传统好好继承，将自己的特色发扬光大。这是"江永生现象"给我的第二点启示。

三、中国需要更多的江永生

江永生早年的成长、学习和工作，都在他的家乡四川省乐山市五通桥区。1920 年，加拿大传教士来五通桥竹根滩（现竹根镇）创办福音堂，并在传教的同时用红汞、碘酒、奎宁等简单的西药为教友治疗小伤小病，这是五通桥人民接触西医药之开始。也就是说，西医传入江永生的家乡五通桥，迄今也只有不到一百年的历史。此前两千多年的历史中，中医为五通桥人民的繁衍生息做出了重要的贡献，立下了不可磨灭的功勋。五通桥中医的厚积薄发，正是源于历史的积淀。

江永生出生于中医世家，培养出江永生的五通桥中医医院，正是其父亲江欣然老中医于 1953 年所创立。20 世纪 50—60 年代，在江老先生的领导下，在当时的竹根镇跃进街，该院在整体面积还不及现在零头的情况下，创造了年门诊量近 30 万人次的纪录，当年的名医们有的日门诊量高达 100 人次。1972 年，西南三省视察团高度评价五通桥中医医院是当时西南地区最好的中医医院之一。

然而，江永生等名医在 20 世纪 80 年代的调离，成为五通桥中医兴衰的分水岭。以后的五通桥，虽然还有较好的中医，但具有真才实学者已是凤毛麟角了。中医药在独占五通桥医疗市场几千年后，在很短时间内风光不再，乃至丢失了大部分"阵地"。不能否认的是，这与疗效下降有关，但疗效下降并不是由于中医本身的退化，而是缘于乏人乏术。由于指导思想的偏差，一些同行忽略甚至丢弃了中医药的精髓"辨证论治"。他们的方药知识或许车载斗量，但是缺少了临证的智慧，疗效自然差强人意。患者在找这样的中医看不好病后，并不都能意识到这是人为的问题，却转而开始小看中医。久而久之，中医的阵地节节丢失。这样丢失的不仅是中医从业者和中医医院的阵地，还失去了群众对中医药的信任。因此，重拾中医的辨治思维，传承和弘扬中医药文化，才能推动中医药事业的健康发展。

"名医"不是治好一些患者就有资格获得的称呼。名医是像江永生这样的优秀临床人才中的佼佼者，是在一定时期和范围内，为行业内外公认的医学理论功底深厚、医术精湛、医德高尚、有相应社会影响和知名度的临床专家。

普通医生也可以看病，名医所不同的，在于他们不是"葫芦僧乱判葫芦案"，而是无论对疾病之见症、变症还是转症，都必"灼见其初终转变，胸有成竹，而后施之以方"。名医之所以成名，多有自己的独特专长和理论创新，既能术业有专攻，又可由博而约。名医之所以可贵，在于他们救死扶伤、悬壶济世的高尚医德，勇于实践、执着探索的创新精神，并以此推动了中医药学术之苑百花争艳、生机勃勃。历代名医用自己的临床经验、学术思想，不仅丰富了中医药学，而且为中华民族传统文化的积淀与升华，为弘扬和培育民族精神建立了不朽的功勋。

名医是中医事业发展的重要载体，中医药学的继承呼唤名医，中医药学的发展更离不开名医，解决当前社会普遍关注的"看病难、看病贵"问题，更需要大批的各级名中医。

名医江永生教授是中国中医的骄傲。从这个意义上说，出现江永生，是中医和中国人民的大幸。但只有一个江永生是不够的，中医和中国人民需要无数个江永生，中国中医界和中国社会要为新中医的脱颖而出创造更多的空间和机会。这是中医传承的希望之所在，是中华民族优秀文化复兴的希望之所在。

愿中国涌现更多的江永生！

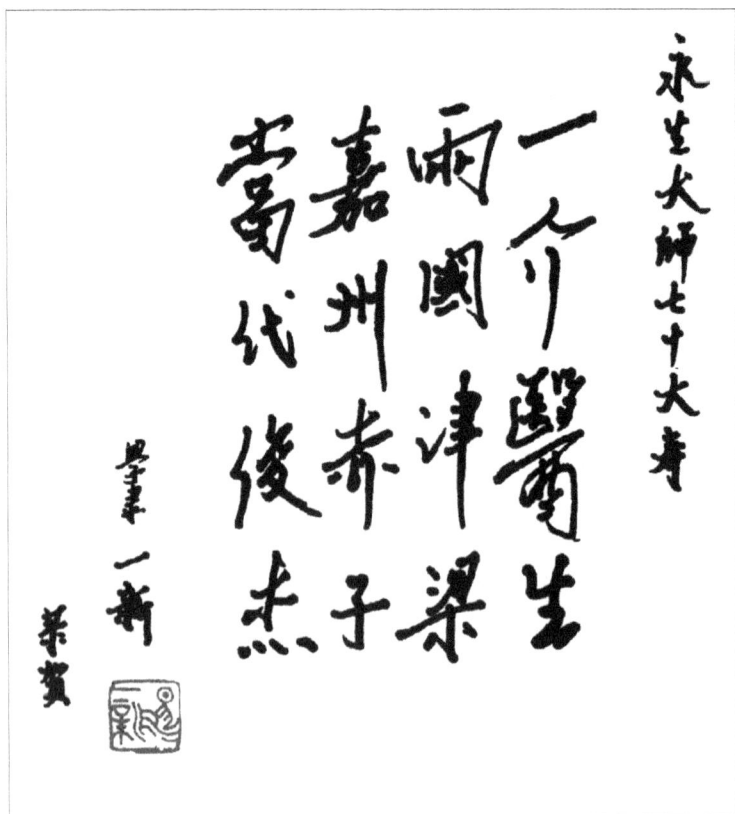

汤一新贺词

神针织就和平路[*]

廖泳清^{**}

作为一名针灸医生，从 1991 年被派驻到非洲国家莫桑比克以来，江永生在 18 年里，用小小的银针为该国 15 万名患者治疗各种疾病，受到了莫桑比克政要和民众的赞扬。作为统一战线成员，江永生在履行援外医疗任务的同时，不遗余力地争取非洲各国政要、世界著名人士对中国和平统一大业的支持，并组建了莫桑比克中国和平统一促进会，积极参与"反独促统"活动，为加强中非友好、为中国争取和平发展的国际环境做出了积极贡献。

一、总统医生显神奇

江永生 1943 年出生在四川省乐山市五通桥区的一个儒医世家，自幼随父学习岐黄之术。1964 年，他进入五通桥中医医院工作。1980 年，他奉调至泸州医学院中医系任教。1991 年 8 月，时任泸州

* 原载《四川统一战线》2009 年第 2 期。
** 廖泳清，时任四川省泸州市委统战部干部。

医学院针灸教研室主任、附属中医医院针灸科主任的江永生被卫生部选派，成为中国援莫桑比克医疗队的一名针灸医生。

初到莫桑比克，江永生所在的马普托中心医院针灸室在一段时间里鲜为人知，因为当地人对针灸闻所未闻，更不相信一根小小的银针能治病。一天，右侧上下肢已瘫痪3个月的农民弗朗西斯科抱着试一试的心理，由家人抬到了针灸室诊治。刚治疗一次，弗朗西斯科的手足就有了知觉。经过6次头针治疗，这位82岁高龄的瘫痪老人竟然奇迹般地能够站起来行走了。从此他现身说法，积极宣传中国针灸的神奇疗效。不久，"中国针灸"和江永生的名字便在莫桑比克首都马普托开始流传。许多偏瘫病人闻讯前来就诊，一时间，江永生的针灸室外排起了长队。

在行医过程中，江永生采用头针治疗偏瘫，体针治疗高血压，耳针治疗哮喘，眼针治疗面瘫，电针治疗胃下垂、失眠，均取得了显著效果。于是，上至莫桑比克国家领导人，下至平民百姓，甚至连驻莫桑比克的外国使节及其家属，邻国南非、津巴布韦、坦桑尼亚的病人，都慕名前来求治。据统计，18年里，莫桑比克解放阵线党15名中央政治局委员中有13人请江永生看过病，有12人接受过针灸治疗，且取得了较好的疗效。如偏瘫6年、时任莫桑比克解放阵线党中央书记的西托莱，经江教授3个疗程共45次治疗后便行走自如。

1994年6月，因援外合同即将期满，江永生在给莫国国防部长希潘德大将治病时，顺便向他道别。希潘德部长一下从病床上翻身坐起，拉住江永生的手说："你不能走，莫桑比克需要你!"于是，江永生又被莫国政府邀请，受聘于莫桑比克军队总医院工作。

莫桑比克总统的夫人马塞丽娜·希萨诺右肩疼痛多年，右臂活动受到影响，夜间常常伴有失眠，虽经多方治疗却不见起色。1997年9月中旬，她慕名走进马普托军队总医院请江永生治疗。江永生采用针药结合的方式对总统夫人进行治疗，为她解除了病痛。之后，他又受邀前往总统府，为总统及其家人服务。在与总统及其家人长期的接触中，江永生赢得了他们的信任，希萨诺总统直呼江永生为"兄弟"，总统夫人则称他是"我们家庭中最好的中国朋友"。

二、统促会长伸正义

18年来，江永生身在异乡，心系祖国。他说："我虽然暂时不能为祖国同胞治病，但可以为祖国的和平统一做点事。"在莫桑比克，江永生在治愈很多患者的同时，也结交了很多朋友。特别是与希萨诺总统"兄弟"和"家人"般的这层特殊关系，使江永生得以为中莫两国的政治、经济、文化交流做出更大的贡献。2002年7月，江永生与莫国华侨华人组建了莫桑比克中国和平统一促进会，并被推选为会长。莫桑比克统促会是个民间组织，办公费、电话费、差旅费都没有，江永生便自掏腰包多次奔赴世界各地，参加国际性的中国和平统一会议或论坛。所到之处，他都积极宣传中国的和平统一政策和改革开放取得的辉煌成就。他因此多次受到我国党和国家领导人的高度赞扬，并连续几年受邀回国参加国务院、全国政协和中央统战部举办的各类活动。《人民日报》《新华日报》《统一论坛》《香港中华医药杂志》等报刊也多次报道他的事迹。被江永生的拳拳爱国之心和坚持不懈的努力所打动，2002年8月，莫桑比克总统希萨诺愉快地接受江永生的邀请，出任莫国中国和平统一促进会名誉主席。希萨诺卸任总统后，新任总统格布扎也接受江永生的邀请，出任莫国统促会名誉主席。此外，莫国总理迪奥戈和议长穆伦布韦还担任该会名誉顾问，而前总统希萨诺则担任该会终身名誉主席。多位前任和现任政要出任本国中国和平统一促进会的名誉领导，这在海外尚属首例。

在 18 年的总统任期内及卸任后，希萨诺一直支持中国的和平统一大业，总是认真阅读中国领导人关于国际局势，特别是关于台湾问题的讲话，并予以高度赞赏。2003 年 8 月，希萨诺以莫国总统和非盟主席的名义致电"全球华侨华人推动中国和平统一大会"莫斯科大会："向大会举办者和参加者致以热诚的祝贺，向那些支持中国和平统一并因而团结起来的人们致以良好的祝愿，祝中国的和平统一大业早日实现。"2004 年 10 月，希萨诺总统在莫国执政党解放阵线党代表大会上强调，支持"一个中国"原则是莫国政府的既定国策，任何时候都不能动摇。此前台湾当局曾通过所谓的"邦交国"斯威士兰等进行游说，企图与莫桑比克建立"代办级"关系，被莫国断然拒绝。2005 年 2 月以来，希萨诺还利用担任联合国非洲特使的机会，多次在联合国提出或发表支持中国和平统一大业的讲话。在两任总统的影响下，莫国前国防部长、现任解放阵线党政治局委员希潘德大将，现任国防部长以及财政部长、教育部长、卫生部长、央行行长等，都被江永生邀请担任莫国统促会名誉理事，为该会的各项活动给予支持和帮助。

三、和平事业无穷期

江永生在担任希萨诺总统的保健医生期间，曾陪同总统访问过世界上许多国家和地区，每次他都不失时机地宣传中医药文化和中国的和平统一大业。2007 年 2 月，胡锦涛主席在访问莫桑比克时接见了江永生，听取了他关于援外医疗、和平促统工作的汇报，并对其工作给予充分肯定，使江永生深受鼓舞。此后，江永生率领莫国统促会成员开展了"贺奥运，促统一""龙行天下耀中华"等宣传活动，还与海外破坏火炬传递、支持拉萨"3·14"暴乱事件的行为进行了坚决的斗争。

2006 年 9 月，由江永生编著的《莫桑比克十五年亲历记——反独促统专辑》由香港新闻出版社出版发行。最近，江永生编著的《莫桑比克十八年——总统与医生》又将付梓。江永生说，他的理想有两个，一是在非洲创办孔子中医学院，推广中医药文化；二是为中非友好奉献自己的毕生精力，为祖国争取更大的光荣！

读后感言

汪新象[*]

我反复阅读了江永生教授编著的《莫桑比克十八年——总统与医生》一书后，深感欣慰！江永生是于1980年由乐山市五通桥中医医院调来泸州医学院中医系经典教研室任教的，当时我正是中医系的主任。我发现他不仅熟悉中医学的基础理论，而且十分热爱中医学的针灸术。随后经泸州医学院人事处同意，他被保送去北京中国中医研究院研究生班学习针灸，毕业回来即担任泸州医学院中医系针灸教研室主任，负责临床教学工作。1991年8月，他参加了国家卫生部组织的援助莫桑比克医疗队。1993年，他被卫生部评为中国援外医疗队优秀队员。

由于他的针灸技术精湛，治疗效果好，1994年援外工作期满后，他被莫桑比克军队总医院聘为针灸医生，不久又被聘为莫桑比克总统希萨诺的保健医生。18年来，他每次回泸医都要来看望我，送我他在异乡工作的照片，我们之间的情谊十分深厚。

我现在阅读了《莫桑比克十八年——总统与医生》后，才知道

---

* 汪新象，西南医科大学（原泸州医学院）中医系原主任，西南医科大学附属中医医院教授。

他在莫桑比克的工作安排是每周星期一至星期五在莫国军队总医院坐诊，星期六和星期日才去总统府服务。他用针灸技术为上至国家领导人下至平民百姓诊治疾病，诊治人次达 10 多万，并治好了很多疑难杂症。同时，他还致力于在莫桑比克创办中医学校和中医医院。他在莫国华侨华人中发起成立了莫桑比克中国和平统一促进会，并被公推为会长。随后，他邀请中国驻莫大使担任该会的名誉顾问，并邀请希萨诺总统担任名誉主席。就这样，江永生为促进中莫友好关系做了很多有益的工作。在莫国总统来中国访问时，他作为总统保健医生随行，受到了我国领导人的亲切接见。希萨诺总统还特意向胡锦涛主席等领导人介绍了江永生教授在莫桑比克的工作情况。2007 年 2 月，胡锦涛主席在访问莫桑比克时接见了江永生教授。2009 年 7 月，江永生教授还当选中国侨联第八届委员会海外委员。海外侨胞把江永生教授誉为"中医文化使者""民间外交家"。

江永生教授 18 年来在莫桑比克取得的辉煌成就由此可见一斑。他既利用针灸技术为 10 多万莫桑比克人民治病，又担任莫桑比克两任总统的保健医生，还为中国的和平统一大业做了很多工作。我为他感到高兴，希望他能再接再厉、谱写新篇，也祝愿他身体健康、乐享天年！

2009 年 9 月 1 日写于泸州医学院忠山校区宿舍

中国针灸专家在非洲[*]

江波^{**}

他用一根银针救治了 8 万多名莫桑比克患者，也用一根银针架起了中莫两国友谊的桥梁。莫桑比克总统若阿金·阿尔贝托·希萨诺对他说："你是我的保健医生，同时我也把你当作我的朋友和兄弟。"

"愿中国针灸医术在莫桑比克发扬光大，为密切中国和莫桑比克两国人民的友谊服务。"这是莫桑比克总统希萨诺 1997 年 10 月在总统府为中国针灸专家江永生亲笔写下的题词。作为中国援莫桑比克医疗队的成员，江永生在非洲工作了 21 年。在这 21 年中，他先是在莫桑比克马普托中心医院工作了 3 年，后又受聘于马普托军队总医院，并担任了总统希萨诺的保健医生。他不但弘扬了中华医学，实现了救死扶伤的医旨，而且为莫国培养了一批针灸护理人员，并通过针灸的神奇疗效加深了莫国人民对中国的美好印象，增进了两国的友谊。同时，他也受到了莫桑比克人民的欢迎与爱戴，受到了

---

* 乐山广播电视台节目《江永生》，2012 年 10 月。
** 江波，江永生之侄。

莫国政要、驻莫外国使节和当地华侨华人的赞扬，受到了中国方面的嘉奖。

江永生1943年12月出生于四川乐山五通桥的一个中医世家，自幼随父亲学习岐黄之术，后就读于成都中医学院师资班，并于中国中医研究院针灸研究所提高班、研究生班、进修班结业。他现在是四川针灸学会理事，泸州医学院针灸教研室、附属中医医院针灸科主任、教授。他长于针刺手法的研究，其参与的"头皮针徐疾补泻手法治疗瘫痪的研究""纯羊毛保健衣被的研制"等5项课题曾获得省级科研成果奖。他在国内外发表医学论文20余篇，并合著有《针灸学题解》《实用内科学》《彝汉针灸学》等著作。1991年8月，江永生被中国卫生部选派到中国援莫桑比克医疗队工作。

莫桑比克位于非洲东南部，是个多民族的农业国。该国于1975年独立后又经历了十余年的内战，天灾加上人祸，使其被联合国列为世界最不发达国家之一。1992年内战经和谈结束后，在希萨诺总统的领导和世界各国的援助下，莫桑比克克服了战争、自然灾害、瘟疫等造成的巨大困难，逐步实现了经济的恢复和发展。

中国医疗队援助莫桑比克已有26年的历史，江永生正是在莫桑比克内战最激烈的时期，冒着生命危险来到了这个国家。他以一颗医生的仁爱之心，克服了重重困难，热心为患者服务，使中国针灸以其独特的疗效在马普托中心医院和军队总医院中独树一帜。

为了更好地服务莫国人民，江永生因地制宜，独创了一种取穴方法。由于长期战乱，天灾人祸，莫国人民生活贫苦，疾病泛滥，患者众多。又因语言障碍，这些患者很难陈述清楚自己的病症，这给准确施针带来了困难。于是，江永生根据中国著名针灸学家薛崇成教授"经络中枢论"和"大脑中枢论"的有关理论，结合自己长期的体针和微针临床实践，创造了一种辩证的取穴方法。该方法分阳针组、阴针组和阴阳穴组，以胸背各5个腧穴为主穴，辅以另外

10 个腧穴为辅穴，再临床辨证平选 5 个腧穴，共 25 个腧穴进行整体治疗，施行"气血两调，阴平阳秘"的治疗原则，取得了显著的效果。

江永生的医术使很多患者得以康复，他也因此受到了人们的欢迎。每天到他门诊就医的患者约 30 人次，有时甚至达到 100 人次。他不仅设立了普通门诊，还为莫国军政要员、驻莫外国使节、联合国官员等服务。21 年来，经他诊治的患者近 20 万人次。他受到了各方好评，先后收到了几十封感谢信。莫国总统希萨诺及其夫人马塞丽娜、联合国驻莫桑比克维和部队司令里约中将和一些驻莫使节还专门致信对他予以赞扬和鼓励，中国卫生部也授予他"援外医疗队优秀队员"的光荣称号。

1994 年，江永生被聘为希萨诺总统的保健医生，为总统及其家属服务。在长期的友好接触中，江永生与希萨诺总统全家结下了深厚的友谊，总统一家称他是最好的中国朋友。希萨诺总统平时工作很忙，但每周星期六和星期日，他总是会请江永生到家里做客或看病，一到节假日，还会请江永生一道去垂钓、度假。江永生经常教总统说一些简单的汉语，总统也帮江永生提高葡语水平。

希萨诺总统很喜欢中国文化，江永生便请乐山书法家陈剑英写了对联"铁肩担道义，妙手著文章"赠送给他。总统非常喜欢，说很符合于他：用铁一样坚强的肩膀，去承担国家、社会、人类道德和正义的责任；用自己神妙的笔，去书写建设美好国家的文章，这些正是他的宏愿。希萨诺总统在 1998 年 3 月应江泽民主席的邀请访问中国时，邀请江永生作为保健医生陪同前往，并在致中国驻莫大使馆的照会中说："在接受江永生医生给我的针灸治疗以后，我的身体健康状况得到了明显的改善。我很钦佩他高超的医疗技术，特别是他的职业精神。江永生对所有患者，包括对我和我家人的人道主义的关怀，造就了我个人与他的深厚友谊和相互信任。尤其值得一提的是，他不管人的社会地位如何，都以这种热情认真的态度去服务，这种一视同仁的工作态度值得赞扬。"

江永生身在非洲，心中却时时记挂着祖国的统一大业。在希萨诺总统的支持下，他积极参与了非洲华侨华人促进中国和平统一的活动，不远万里地赶赴全球华侨华人"反独促统"大会并做发言。他的真诚行动，连同希萨诺总统以及莫桑比克人民对中国的友好支持，一时成了八方称颂的佳话。

现在，江永生正致力于将由他主编、由世界针灸学会联合会终身名誉主席王雪苔教授审定的《彝汉针灸学》（50万字）译成葡文。他还计划在莫桑比克创办针灸学校及培训班，并在该国蒙德拉内大学医学院开设针灸课程，培养莫国自己的针灸医生队伍，让更多的人享受针灸保健治疗，努力使其在非洲发展中国针灸医学的愿望得以实现。

"针"心永生

杨思进[*]

　　在遥远的非洲南部国家莫桑比克，有这样一个人，他用一枚银针悬壶济世、救死扶伤，使中医文化在莫国大地广为流传；在他眼中没有尊卑之分，无论是对地位显赫的莫国高官，还是对默默无闻的平民百姓，都一视同仁；他为祖国的和平统一大业呕心沥血、殚精竭虑；他精湛的医术、高尚的医德和拳拳爱国之心赢得了莫国人民的广泛赞誉。他就是泸州医学院附属中医医院教授、莫桑比克总统保健医生、莫桑比克中国和平统一促进会会长、全非洲中国和平统一促进会副会长江永生。

　　1991 年 8 月，江永生作为我国援助非洲医疗队莫桑比克分队的队员远赴莫桑比克，后于 1994 年受聘于该国军队总医院，并被聘为总统的保健医生。江永生在莫国工作的 21 年中，凭借非凡的意志、救死扶伤的医者情怀、强烈的国家使命感，克服了种种超乎想象的困难，勤勤恳恳、兢兢业业、任劳任怨，将祖国的传统医学（特别是针灸）因地制宜地服务于莫国人民，还将自己的毕生所学倾囊相授给当地的医务人员。同时，江永生还力主在莫国建立孔子中医学

---

　　* 杨思进，西南医科大学附属中医医院原院长。

院、开课授教，培养中医人才，为在海外弘扬传统中医文化、推动中医在莫国蓬勃发展、促进非洲中医药事业的繁荣而付出了不懈的努力。

虽然身处海外，江永生却无时无刻不在关注着自己的祖国。他不仅竭尽所能为莫国政要和民众的健康服务，还以饱满的爱国热情投入到了促进祖国和平统一的伟大事业中。2002 年，江永生同莫国华侨华人创建了莫桑比克中国和平统一促进会，并被推选为会长。在他的领导下，该会坚定不移地拥护各项维护祖国统一的方针政策，并同破坏国家和平统一的势力进行了坚决的斗争。江永生利用自己总统保健医生的身份，积极向莫国主流社会宣传中国的和平统一政策，使他们对我国的和平统一政策更加了解，进一步赢得了国际社会的理解与支持。江永生以及他所领导的莫国统促会用实际行动，诠释了广大华侨华人的民族使命感和拳拳爱国之情。

江永生教授是我的授业恩师，也是我走上岐黄之路的领路人。他不仅在学业上给我传道、授业、解惑，而且以高尚的医德为我树立了为医的榜样。我将以恩师为灯塔，继续奋发前行！

榜样的力量是无穷的。在江教授精神的感召下，越来越多的泸医中医院人迈出国门，走向世界。他们用自己的实际行动践行着医生的神圣使命，弘扬着传统中医国粹，在国际舞台上进一步展示了我国医务工作者的良好风采。

医之大者，为国为民。江永生教授行胜于言，他用一枚小小的银针，体现出了医者的救死扶伤之心，彰显出了让中医文化在非洲大地生根发芽之心，折射出了推动祖国和平统一的满腔爱国之心。愿这颗"针"心焕发出的光芒照耀世界，永生不息！

最后，遥祝江教授身体康健，工作顺利，继续为泸州医学院附属中医医院的事业发展，为促进中医文化在海外的传播，为推动祖国的和平统一大业谱写出新的辉煌篇章！

2012 年 9 月 12 日

海外闪光的总统"御医"江永生[*]

宋东涛[**]

一、中医世家，子承父业

永生比我小四岁，出生在人称"小西湖"的五通桥，其父江欣然是远近闻名的老中医。永生虽没有正规中医药大学的学历，但自幼随父行医，耳濡目染，身体力行，加之聪明好学、勤奋钻研，把父亲的医术医德一一接过手来、发扬光大，形成了自己独特的中医药与针灸疗法。这种疗法在他就职五通桥中医医院期间得到广泛实践，加之他在泸州医学院从事医学教学工作期间进行了深入钻研，并在到莫桑比克支援非洲人民和担任总统私人保健医生期间加以普遍应用，使中国医学和医术在非洲闪闪发光、播名四海。

---

[*] 原载《我的中国梦与非洲情》（香港新闻出版社 2013 年版）一书。

[**] 宋东涛，乐山师范学院教授。

二、以医济世，惠及平民

以永生的中医医术和领导能力，他是完全有条件和能力走向仕途的。但是，他不想为官，而是决意行医，以医济世，救民水火。当地有不少患者赞颂他"医术精湛，医德高尚""体恤平民，治病救人""不求名利，不贪富贵"。他还经常到百姓家中为患者看病，把药送到病患的手中。我的老父老母一直感谢江永生的关心，因为他不仅在五通桥中医医院工作时常常为他们把脉看病，到了泸州医学院任教后，他假期回来也要到家中去为他们看病拿药。

三、总统"御医"，志存千里

永生在随援外医疗队去非洲后，别人都先后回国了，他却自愿留在了莫桑比克，而且一留就是20多年，由壮年变成了老年。

人们不禁要问，他是为了什么？我曾经听永生讲过一个真实的故事：几年前，他在给莫桑比克总统当保健医生时，因工作和生活需要，想买一辆小汽车，但手中经济尚不宽裕。他只好向总统提出，希望总统给有关部门打个招呼，给他点优惠，好省点钱。可是这位总统却很为难，对他说政府部门有难处，不好给他优惠；如果买车实在有困难，总统私人愿意给他资助一些钱。总统既有原则又不失情义的做法让永生十分感动。

那么，永生为什么还要坚持留在莫桑比克呢？我终于明白了，他既不是为利，也不是图名。他是想为中莫人民的友好交往和中非人民的友谊添砖加瓦，贡献绵薄之力。以他的影响力，他在非洲被公推为非洲中国和平统一促进会副会长、莫桑比克中国和平统一促进会会长，我们党和国家也对他在莫桑比克为中非友好所做的贡献给予了高度的评价和肯定。

今年已是七旬老翁的永生兄弟，我们为你祝福，我们向你致敬。让我们伸开双臂，迎接你的光荣归来吧！

璀璨明珠江永生[*]

张忠凯[**]

转眼间，永生已到"古稀"之年。我在他的故乡向远在海外的永生弟致以衷心的祝福，祝他老当益壮，健康长寿！

记得 1980 年永生从五通桥中医医院调至泸州医学院去工作时，我曾赠送过一句话给他："你从五通桥这个美丽的地方走出去，将来必定会成为一颗璀璨的明珠。"如今，远在异国他乡的他，果然功成名就，成了我国在非洲大地上一颗耀眼夺目的明珠。他在传承祖国的中医药文化和针灸技术方面颇具匠心，不断潜心钻研、深究医理，并勇于创新、刻苦实践，将积累的治疗经验著书立说、传播于世，已成为我国援外医疗队中医术高超、享有盛誉的专家。凭借精湛的医术，他受聘为莫桑比克总统的保健医生。他悬壶济世，对平民百姓常施以岐黄妙手，实行人道主义的关怀。最难能可贵的是，他虽身在海外，却时刻关注着祖国的和平统一，并为之奔走呼号、历尽艰辛，以超凡的精力和热情投入到促进祖国和平统一的伟大事业之中。他在莫桑比克华侨华人中推动成立了中国和平统一促进会，在

---

[*] 原载《我的中国梦与非洲情》（香港新闻出版社 2013 年版）一书。
[**] 张忠凯，四川省乐山市五通桥区电力局原党委书记。

非洲积极宣传我国的和平统一政策，捍卫祖国尊严，争取国际社会的理解和支持。他以一颗赤子之心，往来于非洲国家之间，殚精竭虑，推动祖国统一大业，已成为一位名副其实的"民间外交家"。永生在非洲工作 22 年来所取得的辉煌成就，真令我肃然起敬！

永生出生在四川省乐山市五通桥这个风光旖旎、景色秀美、河道纵横的小城。小城地处两江汇流、三江环绕之中，水域宽阔，烟波浩渺。沿江两岸，有蔽日遮天、根壮叶茂的大黄葛树，四周的菩提山、青龙山、豹子山林木葱茏，将城市环抱，凸显出这座小城山水相依、纤纤秀丽和无限娇媚的景色。五通桥是我国西南地区一颗灿烂的明珠，名扬国内外，是许多文人墨客流连忘返的地方。清代著名诗人李嗣沅曾赞美五通桥的景色"风光应不让西湖"。更令人赞叹不已的是，在五通桥这块风水宝地的地下，蕴藏着极其丰富的盐卤资源。五通桥自古以来就是我国盐业生产的重镇，繁荣的经济养育着这方黎民百姓。抗日战争时期，许多沿海企业纷纷迁来五通桥发展，既保存了国家的实力，也孕育了新的生机。这里曾涌现出许多享誉全国的科学家、音乐家、实业家等仁人志士，永生就是在这片迷人的土地上茁壮成长起来的一颗璀璨明珠，他是故乡人民的骄傲！他豁达大度、包容豪爽的性格和全心全意为人民服务、为祖国统一大业服务的精神，正是美丽的故乡所赋予他的高尚品德使然。

永生喜爱交友，乐于助人，在社会各个阶层都有他所交往的朋友。朋友们有求于他，他都慨然相助。他虽远离故乡多年，但至今仍有不少他年轻时候的朋友打听他的消息，并委托我转达对他的问候。广交朋友的精神和宽以待人的美德，也使他能在异国他乡结交各个层面的朋友，成为促进中非友好的"民间大使"。

永生的行医风格，承袭了其父江欣然老先生的风格。江老先生是我的亲翁，是四川省的著名中医，尤其擅长治疗伤寒病症，有《伤寒论汇证》等著作流传于世。他处方精准，每方药物八味左右，民间曾赠其雅号"江八味"。此号名扬四方，其医术医德也赢得了五通桥人民群众的肯定与赞扬。《五通桥区志》对其医德的评价是："他待人宽厚，处世刚直不阿，对权富不趋，见贫困不鄙，对病家一视同仁，恬淡名利，痛恶浮华。"永生现在所具有的医德风范和人格品德与其父的言传身教密不可分。何其相似乃尔！

有一事例深深地感动着我。那是在 20 世纪 70 年代一个寒冬的晚上，我突发病症，昏迷不醒。当时通信和交通条件都很差，家人心急如焚，踏着崎岖不平的小路，跌跌撞撞地摸黑去永生家求救。永生二话不说，背起药箱，冒着凛冽的寒风，迅即小跑着前来为我诊治。他把纤细的银针扎在我的身上，奇妙地使我即刻苏醒，并减轻了我的疼痛。真是滴水如甘露，患难见真情！尽管事隔多年，这动人的一幕我至今难忘。为此，我特赋诗一首遥祝七旬翁永生生日快乐：

赞神采翁

博学之儒多奇才，茫溪河畔玉树栽，
潜心传承岐黄术，妙手济世入名台。
七旬老翁多神采，热爱祖国不懈怠，
河山一统促大业，名留青史民族楷。

银针为使连中莫，赤心作线促统一[*]

张群

经常阅读本刊的读者应该对"江永生"这个名字有印象，因为本刊曾在 2006 年第 5 期报道过这位莫桑比克总统的"御医"。2013年秋季，我们在南京采访了这位中莫友好的使者。

一、儒医世家出教授，选为援莫针灸师

1943 年 12 月的一天，在四川省乐山市五通桥区的一个儒医世家里，一个小生命呱呱坠地。家中老人高兴之余，对这个小生命寄予了厚望，遂取名叫"永生"。

江永生自幼跟着父亲学习岐黄之术，掌握了许多家传的医治患者的技能。1964 年，江永生参加工作，进入了当地的一所中医医院——五通桥中医医院。经过十几年的摸索实践，他积累了丰富的中医临床经验，成为一位出类拔萃的中医临床医生。

1979 年，勤奋好学的江永生参加了四川省的统一考试，并从万余名应试者中脱颖而出，被选调到四川省泸州医学院任教。其后，

---

* 原载《华人时刊》2014 年第 1、2 期。

江永生从讲师、副教授直到教授，一路勤奋进取。

有准备的人就会有幸运降临。1981 年，江永生有幸被泸州医学院选送到北京中国中医研究院研究生班学习针灸。在研究生班，江永生师从中国著名针灸专家薛崇成、宋正廉、王淑琴等教授，使他如鱼得水，也为他日后在针灸医学方面的精深造诣奠定了坚实的基础。

几年的研究生班结束后，江永生回到了泸州医学院，任针灸教研室主任、附属中医医院针灸科主任。1991 年，江永生荣幸地被选为中国援莫桑比克医疗队第 8 队的一名援外针灸医生。从此，援外的经历改写了他的人生历史，更使他的人生画卷增添了一抹辉煌的色彩。

二、银针展示中医术，莫党书记站起来

在莫桑比克，江永生先是在马普托中心医院的针灸室工作。此时，莫桑比克人对这位中国针灸医生还不是很熟悉。其后不久，一位已经瘫痪卧床 3 个月的患者弗朗西斯科被他的家人抬到这所医院治疗。这位患者的右侧上下肢全部瘫痪，他本人以及家人本来对肢体的恢复并没抱多大奢望，只是死马当作活马医罢了。

江永生使用针灸疗法对其进行治疗，只进行了 6 次，奇迹就出现了：只见这位 82 岁高龄的老人不但能站立起来，还奇迹般地可以像正常人一样走动。消息传开后，当地的偏瘫患者听说来了一位神奇的中国医生，他只凭着一根小小的银针，就能使瘫痪的患者站立起来，于是纷纷前来求治。院方为此专门开设了偏瘫头针专科门诊，江永生则采用头针、耳针以及莫桑比克人从没有见过的拔火罐疗法治疗因脑血管意外损伤所导致的偏瘫患者。

江永生所采用的这种综合疗法效果十分显著。当时有一项统计

数据，他用这种方法为 52 例脑血管病后遗症患者治疗的有效率高达 96%，其中有 22 名患者经治疗后丢掉了拐杖。

这一喜人的医疗成就，使马普托掀起了一股"针灸热"，一时针灸门诊室前排起了长队，江永生从此在莫桑比克声名大震。1993 年，在援外医疗队派遣 30 周年大会上，江永生被评为"优秀队员"。

一次，江永生接诊了一位特殊的患者，他就是时任莫桑比克解放阵线党（解阵党）中央书记的西托莱。西托莱患偏瘫已 6 年，渴望恢复健康，便慕名前来找江永生求诊。结果，江永生对他进行了 3 个疗程共 45 次治疗，使他终于行走自如，用手书写也没有困难。西托莱心存感激之情，特地赶到中国驻莫桑比克大使馆，向时任大使肖思晋致谢，并用葡语写下了"中国针灸，造福世界"的题词。

江永生不但为西托莱治好了偏瘫，还为莫解阵党中央政治局 15 名委员中的 13 人看过病。这 13 名委员中，有 12 人接受过江永生的针灸治疗，且都取得了很好的治疗效果。

不要以为江永生只为莫桑比克的国家政要进行治疗，前来找他求诊的患者各阶层都有，他也都一视同仁、尽心治疗。三年援外合同期满后，莫桑比克人舍不得让他回国。此时，莫桑比克国防部出面，聘请他担任马普托军队总医院的针灸医生。

三、治好总统夫人病，因缘际会当"御医"

作为马普托军队总医院特诊室及普通门诊的一名针灸医生，江永生的工作十分忙碌，但他依然勤勤恳恳，精心为患者治疗。同在这所医院工作的其他外国专家每天只看十几名患者，而江永生每日则诊治 40 名患者。正是江永生这种为患者无私奉献、全力救治的高尚品质，为祖国争得了荣誉，为各国医生树立了榜样，也为中莫友谊做出了贡献。

　　江永生的医德医术，还赢得了一位女患者的尊敬，她就是时任总统希萨诺的夫人马塞丽娜·希萨诺。总统夫人的右肩疼痛多年，活动受到限制，总也医治不好，而且伴有失眠等多种症状。她听说江永生用神奇的银针治好了许多同胞的病痛，便专门来到马普托军队总医院请江永生为自己诊病。

　　经过一番仔细检查，江永生发现马塞丽娜的病因不在右肩，也不在右臂，更不是以前其他医生所诊断的肩周炎，而是由于颈椎骨质增生所造成的连带性病痛。经过拍摄 X 光片，江永生的这一诊断也得到了证实。于是，马塞丽娜立即请江永生为其进行针灸治疗。

　　只经过 3 次针灸，小小银针又显神通——马塞丽娜的病情明显减轻，肩部已不再疼痛，而且睡眠时间也随之增多。看到江永生如此神奇的医术，马塞丽娜于是热情地邀请江永生到总统府做客。她说："我要请你到总统府继续为我治疗，也请你为我的丈夫治疗。"

　　1997 年 9 月 25 日上午，一辆专车将江永生接到了总统府。大约 10 点半，刚从外面主持完活动的希萨诺总统回到了总统府，顾不上休息便走进了会客厅。他与江永生亲切握手，并说："我们早就认识，我夫人的病经你治疗后大有好转，我很感谢。现在请你为我们夫妇治病。"

　　希萨诺坐定后，江永生立即用中医望闻问切的技艺为其诊断。一番切脉、望舌苔、看眼底后，江永生心中对总统的健康情况有了数。他对总统说道："总统先生，您有头疼、失眠、腰痛和疲劳等症状。"希萨诺听后十分惊奇，他钦佩地说："你说得对，这些症状我都有。"

　　接着，江永生施展中医的按摩、刮痧、拔火罐等疗法为希萨诺总统治疗。其后，在复诊时，又增加了针灸疗法。经过江永生 4 次治疗后，希萨诺总统的症状大有好转，腰痛、头疼明显减轻，睡眠也能增加到 6 个小时左右。就这样，江永生成了莫桑比克总统希萨诺的"御医"。

四、总统全家皆受益，蛋糕分赠江永生

自此以后，江永生周一至周五在莫桑比克军队总医院上班，为普通群众治病，周六和周日则到总统府服务。

希萨诺总统夫妇被江永生治好了病，总统全家自然也仰慕中国医学。总统的母亲和岳母均有腰腿痛的毛病，经江永生针灸治疗后双双获得了好转。总统儿媳结婚四年后一直未有喜，江永生辨证施治，对夫妇俩分别施以针灸治疗，并以其他疗法辅治。半年后，总统儿媳怀孕了，后来生下了一位可爱的千金，使总统府上下高兴不已。为此，希萨诺总统经常掩饰不住自己的喜悦之情，对官员们说，中国的医学和文化是世界第一流的。从江大夫身上，他看到了中国人的勤奋朴实和对技术精益求精的宝贵精神，中国人值得信任和交往。

在长期的交往中，江永生与总统全家结下了深厚的情谊。希萨诺总统曾经郑重其事地对江永生说："你是我的保健医生，同时也是我的朋友和兄弟。如果你有重要的事情需要帮助，可以和我直接联系。"总统夫人马塞丽娜也热情地对江永生说："你来我家就当回到自己家一样。"因此，平时双方说话都是无拘无束，既亲切又自然。每逢莫桑比克节假日，在没有国事活动时，总统就会去度假，同时进行游泳、钓鱼等休闲活动。此时，江永生是希萨诺总统必邀一同前往的朋友。虽然他们经常见面，但每逢元旦，希萨诺总统都要亲自给江永生书写贺卡，以表达对江永生关照其健康的感谢之情。

1998年莫桑比克独立23周年纪念日那天，总统府举行了隆重的宴会，希萨诺总统亲自操刀为莫国党政军领导人切蛋糕。在分赠蛋糕时，他特地切了一块给江永生。在场的官员们见状，纷纷为江永

生的荣幸鼓起了掌。对于希萨诺总统所给予自己的特殊礼遇，江永生自然情不自禁地称谢。他知道，这不仅是希萨诺总统对他本人的礼遇，也是总统对中国人民的礼遇。

2000 年预示着一个新世纪的到来，元旦前夕，江永生将他回国探亲时带来的金箔画《峨眉山·乐山大佛》和对联"铁肩担道义，妙手著文章"赠予希萨诺总统。总统收到礼物后十分高兴，在听完江永生对对联内容的解释后，他说："这副对联含义很深刻，非常好，很符合我的宏愿。"

希萨诺总统对这副对联很珍视，在其后的一次聚会上，他命人将其高高地悬挂在会议厅的墙上，以示郑重。希萨诺还请江永生用葡萄牙语向与会的贵宾们解释这副对联的含义，在场的官员和各国使节无不报以热烈的掌声。至今，江永生赠送的这副对联还悬挂在希萨诺的家中。

2000 年元旦这天，江永生请中国驻莫大使和中国医疗队全体队员到他在莫桑比克的家中做客。同时，江永生也特地邀请了希萨诺总统。下午 6 时，希萨诺总统准时来到了江永生家中。总统的到来，使大家十分高兴。随即，总统就融入了中国朋友之中，和大家一道品尝中国菜，一道欢笑畅聊。

2002 年，江永生将朋友篆刻的龙形印钮"希萨诺印"赠予希萨诺总统。2002 年和 2003 年，在江永生过 59 岁和 60 岁生日时，希萨诺总统还分别赠送了贺卡、贺信和生日礼物。

2004 年元旦，希萨诺总统夫妇特地邀请了中国驻莫大使夫妇和江永生夫妇到总统家乡做客过节。在总统家乡，江永生他们愉快地参观了总统的私家农场和腰果园。这是希萨诺担任总统 18 年来第一次邀请中国客人到他的家乡过元旦。

五、中国"白求恩"，诊疗患者22万人次

自1991年随中国援外医疗队赴非到达莫桑比克以来，江永生用针灸、按摩、拔火罐、刮痧等中医诊疗方法为莫桑比克人民服务，得到了莫国政要和民众的认可和赞扬，以至成了总统的"御医"。23年来，江永生诊疗过的患者多达22万人次，使莫桑比克人民领略和感受到了中国医学的魅力，以及中国人民对非洲人民的友好情谊。莫桑比克总统希萨诺曾经对江永生说："你是中国在莫桑比克的'白求恩'。"

1998年3月，江永生还作为希萨诺总统的保健医生陪同总统访华。访问期间，恰逢江永生主编的一本《彝汉针灸学》在国内正式出版。该书是他和一批彝汉同胞花了10年的心血，采用彝汉文对照的方式写成的中国针灸学专著，由中国中医研究院原副院长、世界针灸联合会终身名誉主席王雪苔教授审定，时任四川省委副书记、全国政协常委、著名彝族学者冯元蔚教授为之作序，受到了中外专家学者的关注和推崇。书中概括了针灸学的基本内容，还收录了泸州医学院附属中医医院历年来的针灸医学科研成果，并印有江永生为莫解阵党中央书记西托莱治疗瘫痪、为莫桑比克儿童治疗哮喘的照片。

在北京钓鱼台国宾馆，当江永生将这本散发着淡淡墨香的《彝汉针灸学》双手递到希萨诺总统手上时，希萨诺总统对能获赠江永生的大作很是高兴，连说："很好，非常感谢你。以后我将请中国方面帮助把这本书译成葡文，在适当的时候在莫桑比克办中国针灸学习班。"

2005年格布扎继任莫桑比克总统后，前任总统希萨诺提议仍由江永生担任格布扎的保健医生。因此，江永生也成了两任总统的

"御医"。

江永生育有一儿一女，女儿学的是中医，继承了江永生的衣钵。江永生希望在条件成熟时，女儿能来莫桑比克接自己的班。他说，相信女儿会比自己做得还要好。

六、会馆回归显才干，中华文化扬异域

江永生的身份除了是莫桑比克总统的保健医生，还是世界中医药学会联合会副主席、中国和平统一促进会理事、全非洲中国和平统一促进会副会长、莫桑比克中国和平统一促进会会长，可谓是一位真正的和平卫士、民间外交家。

20 世纪 20—30 年代，华侨华人在莫桑比克马普托集资兴建了一座规模宏大的中华会馆，其时莫桑比克还是葡萄牙的殖民地。1975年莫桑比克获得了独立，但中华会馆也被新政府没收充公。华侨华人为此积极奔走，但一直未能解决。近年来，莫桑比克华侨华人为了中华会馆的归还多方努力，中国驻莫桑比克大使馆也与莫国相关官员交换过意见。

这其中，江永生没少做过努力。早在 1994 年，江永生就利用给莫桑比克文化部长卡多巴看病的机会，数次向这位部长传达新老华侨们的心愿和呼声。其后，在中国驻莫桑比克大使馆的鼎力支持下，江永生又代表华侨华人与莫桑比克有关官员直接对话，协商解决中华会馆的归还问题。但卡多巴表示，他个人决定不了这件事情。

其后，江永生又在 1998 年首次和希萨诺总统就此进行了商谈。总统起初考虑到这是历史问题，是革命所造成的后果，如果单单归还了华侨华人的中华会馆，怕涉及面太广，会给政府今后的工作带来被动，所以一时还是未能顺畅地解决。

为了消除希萨诺总统的顾虑，江永生不辞辛苦，找到了老华侨

任南华、梁太、郑先生以及潘先生等多人，积极收集资料，以展示中华会馆在华侨华人心目中的地位。此外，他们还以中华会馆里建有关公的祠堂，为华侨华人的重要宗教建筑，是其举行相关仪式以及参拜纪念的地方为由，再次向总统进言。这次，希萨诺总统终于松了口，说："这个理由尚可以考虑。"

总统松了口，于是江永生趁热打铁，回去后立即和中华协会会长黄类思、统促会副会长袁文志等一道筹措，将相关文件、认证材料打印装订，送到莫桑比克文化部长手中，请他尽快按照各项程序办理。

再后来，江永生又多次在莫国总统与各部部长之间进行积极沟通和协调，并排除了多方面的干扰和压力，终于赶在了希萨诺总统卸任之前，经莫桑比克政府文化部、教育部、财政部三个部门联合批准，将中华会馆归还给了华侨华人。2005 年 4 月 17 日，莫桑比克政府归还中华会馆的交接仪式在马普托市原中华会馆内如期举行，成为莫桑比克华侨华人的一件大事、盛事。

七、和平卫士反分裂，说动总统任"主席"

江永生虽身在海外，却心系祖国。和所有海外华侨华人一样，他时时处处关心祖国的和平统一大业。2002 年，他组织莫桑比克华侨华人成立了莫桑比克中国和平统一促进会，并被大家推举为会长。其后，江永生利用到希萨诺总统家例行诊疗的机会做起了总统的工作。言谈间，他十分自然地向总统介绍了中国改革开放的情况，以及中国"和平统一，一国两制"的方针，并且力邀希萨诺总统担任莫桑比克中国和平统一促进会名誉主席。最终，一贯对华友好、支持中国和平统一事业的希萨诺总统愉快地接受了江永生的邀请，成为全世界第一位出任本国中国和平统一促进会名誉主席的国家元首。

2003 年圣诞节，江永生和莫国统促会的 12 名理事接到了希萨诺总统和夫人的热情邀请，荣幸地参加了在总统府举办的国宴，这是多年来华侨华人首次集体参加总统府的国宴活动。因为在场的有莫国政要、社会名流以及各国驻莫使节，江永生一行的参与，使中国的和平统一主张得到了更多人士的理解、关心和支持。2004 年春节之际，莫国统促会开展反"台独"签名活动，希萨诺总统用葡萄牙文在反"台独"的大横幅上第一个签名"若阿金·希萨诺　莫桑比克共和国总统"。总统夫人听说后，也认真地在横幅上签名"马塞丽娜·希萨诺　莫桑比克第一夫人"，以表达对中国人民和中国政府和平统一大业的大力支持。

此外，当江永生自费到南非、澳大利亚、巴西、俄罗斯等国家和地区参加全球促进中国和平统一大会时，希萨诺总统都予以准假来积极支持他，还说："你热爱祖国，促进中国的和平统一大业，这很好，我支持你的爱国行动。"希萨诺总统还先后致信江泽民主席、胡锦涛主席以及促统大会的召集人等，并亲自撰写贺词支持中国和平统一大业，他也因此得到了中国领导人的高度称赞。

2004 年 4 月 5 日，希萨诺总统应胡锦涛主席的邀请访问中国，江永生则作为总统的保健医生陪同前往。在国宴上，江永生向胡锦涛主席赠送了希萨诺总统及其夫人、中国驻莫大使以及莫国统促会 200 多位华侨华人参加反"台独"签名活动的照片，受到了胡锦涛主席的赞扬。在此之前，签过名的横幅实物已被希萨诺总统在钓鱼台国宾馆和时任政协副主席罗豪才会谈时赠送给了中国和平统一促进会永久保存。

2005 年 1 月格布扎继任莫桑比克总统后，在前任总统希萨诺的提议下，江永生当月又被聘请为格布扎总统的保健医生。江永生在向总统府递交的一封信中写道："格布扎总统阁下，衷心地祝贺您当选为莫桑比克新任总统！您是中国人民的老朋友，感谢您对中国政府关于'一个中国'政策的支持。为此，我荣幸地代表莫国统促会理事会，邀请您担任我会名誉主席。"8月底，莫桑比克总统府办公室向江永生致信表示，格布扎总统支持中国的和平统一大业，现应江会长的邀请，愉快地出任莫国统促会名誉主席。此前，莫桑比克总理路易莎·迪奥戈已于6月应江永生会长之邀出任莫国统促会名誉顾问。2006年2月，时任莫桑比克议长的爱德华多·穆伦布韦也应邀出任莫国统促会名誉顾问。2010年11月，莫桑比克新任议长韦罗尼卡·马卡莫也接受江会长的邀请，愉快地出任了该会的名誉顾问，支持中国和平统一大业。多位住在国政要出任其名誉领导，这在世界各国的中国统促会中也是独此一家的。

八、不忘国耻批安倍，维和促统非洲赞

2014年1月10—13日，日本首相安倍晋三访问了莫桑比克、埃塞俄比亚和科特迪瓦。对此，江永生认为：日本政府援助非洲，我们表示支持；但如果是打着援助的幌子，妄图复辟日本军国主义的思想，欺骗非洲人民，我们将坚决反对。于是，江永生以莫国统促会会长的名义召集莫桑比克中华协会、福建同乡总会、商会、中国医疗队等组织的代表开会协商，号召大家不忘国耻，批判安倍政府的对华政策。

江永生与全非洲统促会会长李新铸多次商讨，原拟定在11日安倍晋三访问莫桑比克时，举行游行示威、在机场和宾馆前静坐等一系列活动。但根据莫桑比克法律规定，游行需要经过申报批准，至少要1—2周的审查。因此，他们就在莫国报纸上发表观点意见，向莫桑比克人民宣传中国政府的立场和华侨华人的爱国观点。

江永生与全非洲中国和平统一促进会会长李新铸合影

　　除了发表严正声明，江永生和莫国统促会还将安倍晋三参拜靖国神社之事，以及联合国秘书长潘基文，中国驻英国大使、驻葡萄牙大使、驻莫桑比克大使和美国、英国、韩国等国家谴责安倍晋三的有关报道和图片向莫桑比克华侨华人做了宣传，并翻译成葡文刊登在《莫桑比克消息报》《解放阵线党报》《国家报》《星期日报》和《反对党报》上。为了防止安倍晋三欺骗非洲人民、强加政治条件，以及与和平和正义为敌，江永生和莫国统促会还通过格布扎总统办公室的秘书转告格布扎总统，同时向莫国统促会名誉顾问、莫国前任总理路易莎，现任议长马卡莫告知了统促会的观点和立场。

　　2014 年 1 月 11—12 日，莫桑比克统促会召集了在莫华侨华人，声讨安倍晋三参拜靖国神社和日本在南京大屠杀中的罪行。华侨华人集资 1 万美元连续两天在莫桑比克的《国家报》上以整整两版刊登了中国新华社发表的声讨安倍晋三的文章。刊登文章时，报社要求莫国统促会及会长江永生署名，并表示如果产生法律纠纷，他必须承担法律责任。江永生慨然应允，力促文章刊登，结果 2 万多份报纸在莫销售一空，影响也广为传播。莫国政要、人民以及中国驻莫大使李春华等对江永生和莫国华侨华人的爱国举动表示了赞扬与肯定，这一活动也得到了全世界华侨华人的声援。

2014 年 1 月 17 日，江永生主持召开了各侨团侨领声讨安倍晋三的积极分子的座谈会，中国驻莫大使李春华、驻莫大使馆政务参赞何源、侨务领事办公室主任殷坤旭、新华社记者李晓鹏、中国援莫医疗队队长刘存伟等应邀参会。莫国统促会副会长徐曙光、王孝金，常务理事肖正民、张飞帆以及老华侨代表任伟程等积极发言，谈了他们参加这次活动的体会。李春华大使高度肯定了莫桑比克华侨华人的工作，并表示驻莫大使馆将积极予以协助和支持。

当我们问江永生"如何实现习近平总书记提出的中国梦，如何实现您的中国梦"时，他说："我的中国梦就是始终不渝地支持推进中国的和平统一事业，在莫桑比克创建非洲第一所孔子中医学院，传播中国文化。祖国和平统一大业早日实现就是我最大的中国梦！"2013 年 3 月，江永生被聘为莫桑比克蒙德拉内大学孔子学院的高级顾问，孔子学院院长邢献红亲笔为江永生写下了如下赠语。

赠江永生教授：

精湛医术，高尚医德，
　　　——莫桑人民的福音
大公无私，一身正气
　　　——莫桑华人的骄傲
祝：莫桑比克孔子中医学院早日建成！

敬德垃内大学孔子学院
邢献红

To Professor Jiang Yongsheng:

Exquisite medical skills, noble medical ethics
　　　— Good fortune of Mozambican people
Perfectly impartial, completely upright
　　　— Pride of overseas Chinese
Best wishes for a speedy establishment of Confucius Institute
of Traditional Chinese Medicine in Mozambique !

Confucius Institute at Eduardo Mondlane University
Xing Xianhong

邢献红题词

转眼之间，江永生在莫桑比克已经工作了 23 个年头。他为莫桑比克人民服务了 23 年，也为中莫友好服务了 23 年。因为常年的紧张工作和辛苦劳累，老人家有多种疾病在身。他虽是医生，为别人看得了病，却唯独亏待了自己。2010 年 2 月 25 日，他在莫国军队总医院工作时突发心梗，经抢救后才得以脱险，但他随后又义无反顾地一心扑在工作上。

当记者敲下本篇最后一个字时，中国农历马年的钟声即将敲响。让我们衷心祝愿这位为中莫友好无私奉献的当代"白求恩"、和平统一卫士、民间外交家江永生先生"马年幸福，身体康健"！

悬壶济世，金针度人[*]

　　江永生，四川省泸州医学院教授，莫桑比克总统保健医生。江教授祖籍四川省乐山市五通桥区，现任中国和平统一促进会第八届理事会理事、全非洲中国和平统一促进会副会长、莫桑比克中国和平统一促进会会长。江教授还曾任全国政协十届五次会议海外列席代表，中国侨联第八、九届委员会海外委员，世界大城市医药团体首脑协会副会长，中医药全球大会常务委员会共同主席，世界中医药学会联合会副主席。

　　江永生自幼跟随父亲学习岐黄之术，掌握了许多家传的救治患者的医术。其父亲江欣然是四川省著名老中医，也是毛主席、周总理的保健医生蒲辅周的同门师兄。1963 年江永生从重庆五中高中毕业后随父学医，后进入五通桥中医医院工作。经过十几年的摸索实践，他积累了丰富的中医临床经验，成了一位出类拔萃的中医临床医生。

　　1979 年，勤奋好学的江永生参加了四川省的统一考试，本为检

---

　　* 本文是江永生入选 2014 年由作家报社与铭文堂（北京）国际文化传播发展中心共同主办的"中华颂"时代人物的评选语。

验自己能力的他，竟从万余名应试者中脱颖而出，被选调到四川省泸州医学院任教，登上了大学讲台。其后，江永生从讲师、副教授到教授，一路勤奋进取。

有准备的人就会有幸运降临。1981 年，江永生有幸被泸州医学院选送到中国中医研究院研究生班学习针灸。在研究生班，江永生师从中国著名针灸专家薛崇成、宋正廉、王淑琴等教授，使他如鱼得水，也为他日后在针灸医学方面的精深造诣奠定了坚实的基础。

1991 年，江永生作为我国援外医疗队的队员远赴非洲莫桑比克。他克服种种困难，用精湛的中医传统医疗技术救死扶伤、忘我工作，不仅受到了莫桑比克民众的欢迎，也在该国掀起了一股"针灸热"。

在江永生的患者中，上至莫桑比克国家领导人，下至平民百姓，既有莫桑比克人，也有南非、津巴布韦、坦桑尼亚等邻国的患者，还有外国驻莫的使节。在莫桑比克执政党解放阵线党 15 名中央政治局委员中，有 13 人接受过江永生的治疗，且都取得了较好的疗效。1993 年，中国卫生部授予江永生"援外医疗队优秀队员"的光荣称号。

1994 年 8 月，江永生在三年援外工作结束后，又被莫国政府聘为马普托军队总医院的医生，同时还被聘为希萨诺总统的保健医生。1997 年，江永生开始频繁出入总统府，真正成了莫桑比克总统的中国"御医"，也开始了他的"业余外交"生涯。

1998 年 3 月，希萨诺总统应江泽民主席的邀请访问中国，江永生则作为总统保健医生随行。2004 年 4 月，希萨诺总统应胡锦涛主席的邀请来华进行工作访问，江永生再次随行。

江永生到希萨诺总统家例行诊疗时，常常向总统介绍中国改革开放的发展情况，宣传中国的和平统一大业。在他的积极奔走下，莫桑比克华侨华人于 2002 年 7 月 15 日成立了莫桑比克中国和平统一促进会，江永生被公推为会长。此后，他力邀希萨诺总统担任该会的名誉主席，希萨诺总统也愉快地予以接受。

2005年，莫桑比克新任总统格布扎也愉快地接受了江永生的邀请，出任莫桑比克中国和平统一促进会的名誉主席。此外，江永生还邀请莫国总理路易莎和议长穆伦布韦担任了该会的名誉顾问，这在世界各国的中国和平统一促进会中是独一无二的。江永生为促进祖国的和平统一大业做出了突出的贡献，多次受到中共中央统战部、国务院侨办、中国侨联等单位的表扬。

关于江永生教授的事迹，三言两语难以言尽。至今，他已在莫桑比克工作了23年，治疗的患者达22万余人次。23年来，他用针灸、按摩、拔火罐、刮痧等中医疗法为莫桑比克人民服务，为非洲人民服务，得到了莫桑比克政要和民众的赞扬。江永生被誉为"中医文化使者""中国的'白求恩'""民间外交家"，受到过江泽民、胡锦涛等党和国家领导人的接见。

其实，江永生在这23年中，一直有两个梦：促进祖国实现和平统一是第一个梦，在非洲创办孔子中医学院是第二个梦。让我们共同祝愿江教授的梦想早日实现！

我心中的江永生教授

李恒臣*

　　江永生教授1943年出生于四川省乐山市五通桥区的一个中医世家，是20世纪90年代作为中国援外医疗队的一名医生到莫桑比克工作的。我于2008年在莫桑比克认识江教授，在几年的交往中，我耳闻目睹了江教授在莫桑比克的很多感人事迹，对他十分尊敬和钦佩。江教授七十大寿之际，我公司总裁吴涛从山东发来贺电，感谢江教授对我公司的大力支持。

　　今年4月，江教授成为中国侨联举办的"最美侨胞"评选的候选人。在此，我真心、迫切地想写一写我心中的江教授。

一、中医文化的使者，中国的"白求恩"

　　江永生教授在莫桑比克工作20多年，他积极传播推广中医针灸，用一根小小的银针救治了无数的患者。在他的患者中，上至莫桑比克国家领导人，下至平民百姓，他不分贫贱富贵，都以仁心仁术尽职尽责地精心救治。2008年，我们公司的一名员工发烧，按感

---

* 李恒臣，济南域潇集团总经理。

冒治疗了两天仍不见好转，反而病情加重，高烧不退。后求助于江教授，他诊断是疟疾。因我们刚到莫桑比克不久，对疟疾症状不甚了解，此时患者的情况已非常危险。危急之时，江教授毫不犹豫地马上对患者予以救治。在治疗的几天里，江教授一天要打好几个电话，有时在深夜两点钟还打电话询问患者情况，以便及时掌握病情，调整治疗方案。经过江教授的精心治疗，患者最终得以康复。此事使我很受感动，患者也十分感激江教授，称他为"再生父母"。在以后的几年中，江教授无私地为我们公司治疗过十几位患者。在我的心中，江教授是一位德高望重的长者，一位尽职尽责的医生。作为莫桑比克前总统希萨诺的保健医生，江教授被希萨诺称作"中医文化的使者""中国的'白求恩'"。

二、民间外交家，为华侨华人排忧解难

江教授以其精湛的医术、高尚的医德、热忱的工作态度为莫国患者服务，赢得了他们的认可和赞扬。他常常以医会友，在莫桑比克具有很深厚的人脉关系。上至莫桑比克总统、总理、各部部长，下至普通百姓，江教授与他们的私人关系都非常好。很多莫桑比克华侨华人在工作或生活中遇到困难，都乐意找江教授帮助解决。每每有遇到困难的人找到江教授，他都不嫌麻烦，积极出谋划策、给予帮助。他在莫国华侨华人和中资企业中具有很高的威望，受到大家的爱戴和尊敬，被誉为"民间外交家"。

2012年，我们公司在莫桑比克申请了一个铁矿的采矿许可证，所有申请材料都符合莫国的矿业法律法规，但许可证却迟迟未能签发。此事两年没有得到解决，后来我们找到江教授寻求帮助。而他不辞劳苦连续几天去地矿部找部长，向其介绍我们公司在莫的经营情况，最终说服部长给我们签发了许可证。

我们公司在莫桑比克进行投资几年来，得到了江永生教授的多次帮助，他也深得我们的信任和尊敬。江永生教授在莫20多年，为众多华侨华人、中资企业解决了无数的困难，他助人为乐的精神被传为佳话。

三、为促进祖国和平统一无私奉献

江永生教授具有众多的头衔，如莫桑比克总统保健医生、世界中医药学会联合会副主席等，但对于祖国的统一大业来说，他还有一些更耀眼的头衔：中国和平统一促进会理事、全非洲中国和平统一促进会副会长、莫桑比克中国和平统一促进会会长，可谓是一位真正的和平卫士、民间外交家。今年1月，日本首相安倍晋三访问莫桑比克，江永生作为莫桑比克中国和平统一促进会会长，召集莫国华侨华人举办座谈会，谴责安倍晋三参拜靖国神社和声讨日本在南京大屠杀中的罪行，并集资在莫桑比克的《国家报》上整版刊登了中国新华社发表的声讨安倍晋三的文章，受到了海内外中华儿女和莫国人民的赞扬。

在几年的交往中，江教授在我心中是德高望重的长者、仁心仁术的医生、助人为乐的楷模、传播中医文化的使者、无私奉献的中国"白求恩"和热爱祖国的民间外交家。

最后，我谨代表我公司所有员工，预祝江永生教授能获评"最美侨胞"的光荣称号，为中莫友谊、为祖国的统一大业做出更大的贡献。

2014年5月9日于马普托

江教授救了我一命

——致江永生教授的感谢信

方立志*

尊敬的江永生教授:

您好!

我叫方立志,是一名曾患疟疾并因此遭受病痛折磨的患者,一名被您从鬼门关前拉回来的热血青年。我在非洲莫桑比克工作已两年,前段时间去了楠普拉省的纳卡拉市出差。因为北方四省是疟疾的重灾区,再加上我自己没有对疟疾做好防护,2014年4月10日从北方回到马普托后,我就开始发病了。

以前我只是听过别人得这种疾病,根本没有想到居然有这么严重。一开始是感到身体疲惫至极,全身发酸,不一会儿又浑身发冷,虽盖了数层棉被也感到不暖和。恶寒与发热交替而作一个小时后,我的体温竟已高达40℃。刚开始我还以为只是普通的感冒发烧,因为不知道需要服用什么药物,就向我们公司的李经理致电询问。因为李经理曾经得过疟疾,对这种疾病有深刻的认识,所以他当机立断带着我去了当地的医院检查化验。果不其然,我患上了疟疾。因

---

* 方立志,济南域潇集团探矿工程师,曾在莫桑比克工作。

为我曾在网上看到疟疾在非洲每年会夺去 60 万人的生命，加上几年前我公司一位 28 岁的翻译死于疟疾，而我是第一次患病，在身体不断畏寒发抖之时，我心中的恐惧也越来越强，生怕疾病会夺走我仅有 25 岁的年轻生命。

怎么办？谁能救救我？面对突然来袭的疾病，身体的虚弱、对疟疾的恐惧以及当地医疗条件的落后，让我的心里感到了绝望。这时，李经理想到了莫桑比克总统的中国"御医"江永生教授。考虑到江教授工作繁忙，我们原本不便打扰，但是身处异国他乡，人命关天，实在是没有办法，因此我们在 4 月 13 日这天最终敲响了江教授家的房门。

面对惶恐的我，江教授首先给我量了体温和血压，并且通过"望闻问切"的方法对我进行检查。他告诉我不要害怕，给我加油打气，让我的心踏实了许多。因为我得的是复合型恶性疟疾，治疗起来比较棘手，耐心而又有信心的江教授便先给我做了针灸和拔罐。做完之后，我立马就感觉到身体舒服多了。江教授指着我的背部说道："你这个小伙子，拔罐完身体都是紫色的了，说明身体内有瘀血和热毒，外有风寒。"做完治疗后，江教授耐心地给我讲解每一种抗疟药的吃法，告诉我不要担心，因为疟疾怎么来说都有 3—7 天的发作期。到了晚上，江教授还给我打了两次电话询问病情。得到江教授的关心与治疗，我渐渐地有了与病魔做斗争的信心。第二天我还是高烧不退，江教授又带我来到了马普托军队总医院，进行了抽血和胸透检查，还召集医生会诊，并为我办理了入院手续，选好了药物，以加强针对性治疗。前前后后，江教授的额头上渐渐地沁出了汗珠。经过 7 天的治疗，我终于脱离了危险并于 4 月 19 日康复出院。看到这位和蔼慈祥的老人，我心中顿时充满了希望和感动。我知道，江教授工作繁忙，最近身体不是很好，血压很高，但他对我就像对自己的亲生孩子一样无微不至地照顾。我默默地把头扭到一边，生怕别人看到我流下了感动的泪水。

住院期间，江教授每天为我做针灸和拔罐，这使我康复得更加迅速。第三天的时候，我的体温终于开始下降。江教授的脸上露出了久违的笑容，但他眼中充满了血丝。我从护士口中得知江教授刚刚在休息室睡着了，自从我开始发烧被诊断为复合型恶性疟疾以来，他就没有睡好过觉。他每天都在想着我的病情有没有缓解，想着该用什么药、该停什么药、我是否能吃得下东西、体温有没有降下来，每隔两个小时就来询问或者打电话询问我的病情……我不知道别人此生有没有遇到过这样待病人就像待亲人一样的医生，但我此生有幸在此遇到了。经过江教授的治疗，我逐渐康复可以出院了。因为我得的是复合型恶性疟疾，江教授担心会反复，所以又给我开了半个月的药来防止疟疾复发。

江教授，我不知道该怎么感谢您，我现在身体康复得很好，又是生龙活虎的壮小伙了。但我还是要感谢您的救命之恩，在此写下一封小小的感谢信，以表达对您的感谢。是您用精湛的医术和高尚的医德挽救了我的生命，是您把我从死亡的边缘拉了回来，是您让我珍惜热爱我现在所拥有的一切，是您唤起了我对未来生活的信心。我永远都不会忘记您对我讲过的那句话："孩子，不要怕，有我呢!"

江教授，祝您和您的家人身体健康，工作顺利!

济南域潇集团方立志敬上

2014 年 5 月 10 日于马普托

致江医生的感谢信

安红伟[*]

尊敬的江医生：

您好！

我叫安红伟，是河南国际驻莫桑比克的一名员工。首先，我代表全家向您送上最真挚的祝福，祝您的事业蒸蒸日上，在医学领域取得更大的成绩。

此刻，我怀着激动的心情向您表达无限的感激。是您用无私的爱心和高尚的医德为我解除了病痛，您的一言一行、一举一动诠释着当代医生的职责操守和医道本色。

还记得去年我身处莫桑比克跟随项目部工作，因为厨师职业的原因，长期站立而导致腰肌劳损，持续的疼痛一直伴随着我。由于工作非常紧张，我的职业病越加突出，最终站立都非常困难。得知您在莫桑比克常年从事医疗工作并且医术高明，我怀着仰慕和期待的心情找到您，希望您能够帮助我消除这一顽疾。

当我第一次见到您的时候，看到您工作非常忙碌，有很多病人需要您医治。从您的脸上，我看到了耐心、细致和对医疗事业的热

---

* 安红伟，河南国际合作集团职工。

爱。经过与您的交谈，您决定使用针灸的方法对我进行医治。因为我之前没有接触过针灸，您很细心地向我做了讲解，告诉我针灸的原理及效用，使我不仅对自己的病情有了进一步的认识，而且对针灸有了一定的了解。我当时感觉腰背顽疾真的有救了，事实也正如我所料——您不仅治好了我的腰肌劳损，而且还神奇地在很短的几分钟内使我疼痛的颈部肌肉也得到了舒缓。当时我的同事也在场，我们都对您的医疗技术佩服得五体投地。

经过那天的短暂治疗之后，您还嘱咐我要持续治疗半个月到一个月才能完全康复。您对我的关心真的让我很感动，后来我每周都去您的诊室接受进一步的治疗。每次见到您，我都会得到您耐心和体贴的慰问，使我这个海外游子的心中产生了一种回家见到亲人的感觉，这种感觉在之前接触过的医生当中从来没有过。经过一个月的治疗，我的背部疼痛完全消失了，工作和生活也恢复了正常。事情已经过去一年多的时间，我一直想向您表达我内心的谢意，但是因为工作繁忙，一直到今天我才有时间通过信件的形式向您致谢。您不仅医术让我佩服，您对工作的态度也同样值得我学习。虽然与您接触的一个月是短暂的，但是您对我身体和思想的影响一直伴随着我。每当对待工作稍有松懈的时候，我都会想到您的那份责任感；每当想对身体放纵的时候，我都会想到您无微不至的嘱咐。

总之，千言万语也不能表达我对您的感激和崇拜之情。在这里，我祝福您身体健康、阖家幸福，也希望您的医风医德能够影响更多的人。

河南国际安红伟

2014 年 5 月 18 日于马普托

民间大使，时代楷模

—— 莫桑比克中国和平统一促进会会长江永生

王利培*

江永生会长有很多头衔，但我与他相识时大家都称呼他为江医生，而且我们交谈的话题更多的也是中医药如何在莫桑比克更好地发展。那是 2012 年 1 月，我刚到使馆工作，从此开始了我与江医生四年多的交往。

经江医生本人介绍，我了解到他是 1991 年随中国援外医疗队从四川来到莫桑比克的。援外医疗工作结束后，他被莫桑比克政府聘任，在军队总医院工作，后有幸成为莫桑比克总统的保健医生，并一直在莫桑比克工作和生活。这一过程可以浓缩为苏健大使为他所作的题词：医病传情，爱国侨领，民间大使。

一、作为医生的江永生

20 多年来，江医生不辞辛劳、忘我工作，运用中国传统医学为

---

* 王利培，时任中国驻莫桑比克大使馆经济商务处参赞。

莫桑比克民众和官员服务，经他诊治过的患者达 20 多万人次。同时，作为中医教授，他还坚持对医疗实践进行不断研究和总结，先后发表学术论文 20 多篇，有些还被翻译成葡文，以推广和传播中医知识与理论。莫桑比克前任总统希萨诺称赞他是"中医文化的使者""中国的'白求恩'"。

二、作为侨领的江永生

2002 年 7 月莫桑比克中国和平统一促进会成立，江医生被推选担任会长。这是多年来他不遗余力地推动祖国和平统一大业的结果。

作为莫国统促会会长，在日常繁忙的医务工作之余，江医生无私地投入了自己的大量时间、精力与财力，组织各种活动和会议，带领大家共同学习中国政府解决台湾问题的方针政策，支持和促进两岸和平统一事业。他本人还撰写了《莫桑比克十五年亲历记——反独促统专辑》一书。

三、作为"民间大使"的江永生

江医生给人的深刻印象是认真、执着、无私、奉献，这是中华民族传统文化中蕴含的优秀精神品质。据介绍，江医生自幼勤勉好学，并深受其父江欣然老中医的影响，也选择了从医为民的人生道路。因此，作为医生和会长的他，始终如一地体现着认真、执着、无私、奉献的品格，并因此赢得了很多人的认可、尊重与友谊，这也使他能够担任起"民间大使"这一独特角色。

江医生利用从医和担任莫国统促会会长的机会，结识了包括总统、议长、总理在内的多位莫桑比克政要，特别是他与前任总统希萨诺的交往与友谊，已是中莫两国关系中的一段佳话。他在 2015 年中莫建交 40 周年征文活动中撰写的《我为希萨诺总统当保健医生》一文获得特等奖，使更多的人了解到他为中莫友谊与合作做出的积极贡献。

此外，江医生还利用他个人的关系与影响，征得莫桑比克两任总统希萨诺和格布扎的同意，邀请他们先后担任莫桑比克中国和平统一促进会名誉主席，还邀请莫国多位政要担任该会名誉顾问。在此基础上，他为中莫两国人民间的友谊与合作做出了突出的贡献，他的卓越影响已经并将继续产生更大的带动和示范作用。

作为简短的结束语，我怀着敬佩与感动，由衷地认为江永生先生不愧为优秀的中国医生，不愧为卓越的统促会会长，不愧为中莫两国的民间大使，不愧为时代的楷模！这让我想到必须要提及他的新作——《我的中国梦与非洲情》。书中他所谈及的梦想有的已经实现，有的正在实现，有的需要我们大家共同努力一起来实现。

江医生，在敬佩与感动之余，我将继续对你的梦想予以坚定的支持！

2016 年 5 月 20 日于马普托

无疆大爱播远方，赤诚之心正气扬

——记莫桑比克中国和平统一促进会会长江永生*

彭娟　宋磊

2015 年 11 月 8 日，全非洲中国和平统一促进会在南非约翰内斯堡举办了全球华侨华人促进中国和平统一大会，莫桑比克前总统希萨诺接受邀请，出任全非洲统促会名誉主席，并在大会上发表了热情洋溢的讲话，赢得了大会代表们热烈的掌声。13 年前，他就应邀出任了莫桑比克中国和平统一促进会的名誉主席，在国际上和华侨华人中引起很大反响，获得广泛好评。人们不仅要问，为什么希萨诺这么热衷于中国的和平统一事业呢？这就不得不说起一位重要人物——希萨诺的家庭保健医生、莫桑比克统促会会长江永生。

一、少年壮志，成就未来

江永生 1943 年出生于四川乐山，自幼天资聪慧、勤勉好学。其父江欣然是一位著名的中医，在当地创办了远近闻名的五通桥中医

---

* 原载《统一论坛》2016 年第 5 期。

医院。江永生从小受父亲悬壶济世精神的影响，选择了从医为民的道路，高中毕业后就进入五通桥中医医院随父学医。经过十几年的刻苦学习和实践锻炼，在父亲的指导下，江永生积累了丰富的中医临床经验，还先后就读于成都中医学院师资班及中国中医研究院针灸研究所提高班、研究生班。1979年，勤奋好学的江永生参加了四川省的统一考试，并从万余名应试者中脱颖而出，被选调到四川省泸州医学院任教。其后，江永生从讲师、副教授到教授，一路勤奋进取。

二、高尚医德，悬壶济世

1991年，江永生作为中国援外医疗队队员，来到非洲东南部国家莫桑比克，开始了他在异国他乡悬壶济世的生涯。莫桑比克是个多民族的农业国家，1975年独立后又遭遇了十余年的内战，天灾人祸，民不聊生，被联合国列为世界最不发达国家之一。在莫期间，江永生克服种种困难，运用针灸、按摩、拔火罐、刮痧等中国传统医疗技术为莫桑比克人民服务，救死扶伤，忘我工作，诊治过的患者达20多万人次。由于其高尚的医德和精湛的医术，江医生赢得了莫桑比克各界人士的尊重和赞誉，并在莫国首都马普托掀起了一股"针灸热"。时任总统希萨诺称赞他是"中医文化的使者""中国的'白求恩'"。

1994年8月，在援外工作结束后，江永生被莫桑比克国防部聘为马普托军队总医院的医生。1997年9月，总统夫人马塞丽娜·希萨诺因肩臂疼痛多年医治无效，找到军队总医院的江永生希望得到诊治。经过江大夫的三次针灸治疗，总统夫人的病情明显好转，患处不再疼痛，睡眠质量也大大改善。她非常感激地说："谢谢高明的中国医生，我要请你到总统府，为我继续治疗，也请你为我丈夫治疗。"随后，江永生受聘为希萨诺总统的保健医生。

三、民间大使，铸就友谊

在 1999 年总统大选的日子里，为了使希萨诺在繁重的工作中保持良好的精神状态，江永生精心研究了保健计划，对他进行保健治疗和心理治疗。1999 年 12 月希萨诺在大选中获胜，再次当选为莫桑比克总统。当选的第二天，希萨诺高兴地对江永生说："我当选总统与你的保健治疗有关，你功不可没！"从此，江永生开始频繁出入总统府，真正成为莫桑比克总统的中国"御医"。

经过江永生辛勤的工作，他与希萨诺之间的信任和友谊不断加深。希萨诺在一份总统声明中曾深有感触地说："在接受江永生医生给我的针灸治疗之后，我的身体健康状况得到了明显的改善……过去用现代医学难以根治的病症，经他治疗后得到了好转和痊愈。我很佩服他高超的医疗技术，特别是他的职业精神。江永生对所有患者，包括对我和我的家人的人道主义的关怀，造就了我个人与他的深厚友谊和相互信任。尤其值得一提的是，他不管人的社会地位如何，都以这种热情认真的态度去服务，这种一视同仁的工作态度值得赞扬。"2015 年，在中莫建交 40 周年征文活动中，江永生所撰写的《我为希萨诺总统当保健医生》一文获得特等奖，受到中莫各界人士的普遍赞誉。这正是对江永生多年如一日促进中莫两国友好，无私奉献莫国人民的高度肯定。

四、热爱祖国，心系大业

台湾问题事关祖国的完全统一，事关中华民族的核心利益。实现祖国的完全统一，不仅是全体中华儿女的共同心愿，也是每个中国人为之不懈奋斗的目标。江永生不遗余力地为其奔走呼喊，在他的积极推动下，莫桑比克中国和平统一促进会于 2002 年 7 月 15 日成立，江永生任会长。在他的动员下，希萨诺总统欣然接受邀请，担任该会名誉主席，这在当时世界各国的中国和平统一促进会中是独一无二的。为了进一步扩大统促会的影响，通过江永生细致而积极的工作，2005 年，新任总统格布扎也愉快地接受邀请，出任莫桑比克统促会名誉主席。此外，莫国总理路易莎和议长穆伦布韦也受邀出任该会名誉顾问，使中国的和平统一事业在莫桑比克产生了极大的影响。

作为莫国统促会的会长，江永生将祖国的和平统一大业当作自己义不容辞的责任，无私地投入了大量的精力与财力。他组织华侨华人开展活动并召开会议，学习中国政府的对台方针政策，声讨"台独"势力的分裂言行，支持和促进两岸关系和平发展。他积极支持其他国家和地区统促会的工作，建议中国政府研究制定《反分裂国家法》，积极参加在各国召开的"反独促统"大会。他著书立说，汇集总结自己参加"反独促统"活动的工作经验，撰写出版了《莫桑比克十五年亲历记——反独促统专辑》《我的中国梦与非洲情》等著作。2007 年，他作为海外代表，列席中国人民政治协商会议第十届全国委员会第五次会议。2014 年，日本首相安倍晋三访问莫桑比克期间，江永生发动华侨华人共同集资在莫国《国家报》上刊登声讨安倍晋三的檄文，反映了莫国华侨华人的心声。江永生虽然是一位"御医"，但其工资收入与发达国家的医生相比并不高。他在统促会工作的通信和办公费用，以及参加世界各地的"反独促统"活动的费用，几乎花去了他所有的收入节余，但他毫无怨言，并且乐此不疲。

五、服务侨社，维护侨利

20 世纪 20—30 年代，莫桑比克华侨华人在马普托集资兴建了中华会馆，当时莫桑比克还是葡萄牙的殖民地。1975 年莫桑比克独立时，中华会馆被政府没收充公。几十年来，莫桑比克华侨华人为争取归还中华会馆，做出了多方努力。江永生积极维护华侨华人的利益，早在 1994 年，他就利用给莫桑比克文化部长卡多巴看病的机会，反映广大华侨华人的心愿和呼声，但部长说，他个人决定不了这件事。于是，江永生开始广泛游说，在总统、各有关部门部长之间积极进行沟通和协调，并与各位侨领一起，力排来自多方面的干扰和压力，终于在希萨诺总统卸任之前，经莫桑比克文化部、教育部、财政部联合批准，使中华会馆归还给了华侨华人。2005 年 4 月 17 日，归还中华会馆的交接仪式在马普托隆重举行，成为莫桑比克华侨华人中的一件大事。

江永生在《七十三岁述怀》一诗中写道："倏忽人世七十三，曾经鸿雁留雪痕。风雨变幻桩桩忆，岁月沧桑件件闻。援莫医疗二十五，促统成功何时成？民族担当五十载，奋蹄余年谢党恩。"正所谓医者仁心，赤子爱国，这首诗正是他多年来弘扬中医药文化、造福非洲人民、坚定信念促进祖国统一的真实写照。

敬佩九爸，祝福九爸

——写在江永生九爸七十大寿之际

江波

在他们兄弟姊妹之中，我父亲排行老大，江永生排行老九，所以在江氏家族中我们都亲切地称他为"九爸爸"。少年叔侄如兄弟，可以同学、同玩、同长，有时，侄辈们私下里又叫他"九老师"。不管怎么称呼，在众侄辈、孙辈心中，九爸就是江家的骄傲、江家的楷模、江家的旗帜。每当说到九爸，我的心中就充满了敬佩，感觉到了温暖与力量……

我对九爸印象最深的时期，当是 1978 年底至 1979 年 6 月我转到五通桥中学学习时期。当时高考刚恢复两年，为了及时有效地参加高考，九爸将我推荐到五通桥中学 1979 级文科班学习。除了上学，我还寄宿在他家——当时的五通桥中医医院宿舍，与他儿子江柱同住。我们朝夕相处，九爸对事业的追求，对家庭的责任，对各种工作和人际关系的处理，让我感悟到了不少东西。

九爸对我的影响是深刻的，准确地说，九爸在我人生道路上既是长辈，更是良师益友。特别是在高考和大学期间，每当我有点儿成绩，他比我还高兴，逢人便讲，大加赞许，给了我很大的鼓励。

记得我考上乐山师专后第一次去学校报道时，由于看到校舍比较简陋，与我想象中的大学校园差距很大，又一下子发了几十本厚书，使我备受打击。我一急之下立即返回五通桥，不想再读书，并陷入了一时的苦恼。是九爸及时的开导、细心的说服，让我很快调整了心态，踏实地完成了学业。

还记得九爸在1980年考入泸州医学院任教，一下子从中医学徒登上了大学讲堂，为此我专门给四川人民广播电台投了一篇短稿，并被选用。之后九爸被选派到北京中国中医研究院针灸研究所进修，恰好1981年暑假我到在北京的兄长江勇处玩，与九爸再次重逢。我们谈天论地，一起聚会、登长城、参观博物馆……20世纪90年代初，九爸被选派到中国援莫桑比克医疗队工作，后又被聘为两任莫国总统的保健医生，待他回乡探亲时我们偶有相见。

时间过得真快。昔日的九爸已满70大寿，当年的侄儿也已年过半百。再回首，再思量，有许多美好的回忆仿佛是昨天的事情。在此，我将感谢和祝愿送给九爸，祝您生日快乐、身体健康！

2012 年 12 月 15 日

给爷爷的生日贺词

亲爱的爷爷：

您好！

当我们还在床上熟睡时，也许非洲已迎来初升的朝阳。我们一同位于东半球，但却相隔万水千山。此时此刻，我们的心与您在一起。我代表爸爸妈妈和姑姑，在泸州向您送来真挚的祝福：Happy birthday to you！Have a good day！（祝您生日快乐！愿您过得愉快！）

今天是您 70 岁的生日，您把 70 年的岁月献给了祖国，献给了医学。您永远是我最敬爱的爷爷，也是我们家人永远的骄傲。我们永远爱您！

Dear grandfather, happy birthday to you！Thank you for your love！Have a good day everyday！（亲爱的爷爷，祝您生日快乐！谢谢您的疼爱，愿您每天过得愉快！）

祝您健康长寿，福如东海，寿比南山！

江雨彤

2012 年 12 月 15 日